COLLECTION
FOLIO/ACTUEL

Henri Mendras

L'Europe des Européens

Sociologie
de l'Europe occidentale

Gallimard

Cet ouvrage, qui peut se lire de manière autonome, s'inscrit dans la trilogie consacrée par l'auteur à l'étude des sociétés paysannes (*Les sociétés paysannes. Éléments pour une théorie de la paysannerie,* collection Folio histoire, n° 70), des sociétés industrielles (*La Seconde Révolution française (1965-1984),* collection Folio essais n° 243) et des sociétés postindustrielles (*L'Europe des Européens. Sociologie de l'Europe occidentale,* Folio actuel n° 54).

AVANT-PROPOS

Ce livre est une esquisse. Ou plutôt une série d'ébauches sur des thèmes sociologiques. Les bons connaisseurs de chacun des pays regarderont ma tentative avec condescendance et les spécialistes de chacun des thèmes jugeront mon schématisme excessif. Auprès des uns et des autres, je plaide l'indulgence. Si ce livre a un mérite, c'est par l'effort de rassembler des données disparates et de s'interroger sur les tendances et les forces à l'œuvre dans les différents pays. Je soumets à mon lecteur le fruit de ma moisson et de mes réflexions, si je m'aventure à formuler des jugements, c'est pour alimenter la discussion entre des experts plus compétents, en attendant que d'autres tentatives analogues nourrissent le débat.

Je suis d'autant plus libre pour dire ma gratitude à tous ceux qui m'ont aidé dans cette entreprise périlleuse. D'abord mes collègues de l'équipe Louis Dirn à l'OFCE et de l'Observatoire sociologique du changement (Fondation Nationale des Sciences Politiques-CNRS) qui mènent dans différents domaines des études comparatives et dont certains sont de bons connaisseurs d'un pays voisin. Toujours disponibles et attentifs à mes questionnements, ils m'ont fait part de leur savoir avec une générosité extrême. J'ai une dette particulière à l'égard de Louis Chauvel, de Laurence Duboys Fresney, de Michel Forsé, de Patrick Le Galès, de Marco Oberti et de Denis Stoclet.

Le programme international « Comparative Charting of Social Change » que nous avons lancé avec Theodore Caplow en 1987 m'a fourni l'occasion de discussions approfondies avec des collègues de six pays des deux bords de l'Atlantique. L'Observatoire du changement social en Europe occidentale que nous avons créé à Poitiers, grâce au Président Monory, avec Arnaldo Bagnasco, Vincent Wright et Patrick Le Galès, m'a apporté, année après année, des analyses comparatives par les meilleurs spécialistes de chaque domaine dans chacun des pays. La collection des livres publiés (en y ajoutant *Six manières d'être européen* dirigé avec Dominique Schnapper) constitue le début d'une bibliothèque comparative européenne.

J'ai pillé allègrement les uns et les autres ; je leur dois un grand merci.

INTRODUCTION

L'UNE ET L'AUTRE EUROPE[1]

« L'Europe de l'Atlantique à l'Oural » n'est qu'un trompe-l'œil historique. Des portes de Westphalie jusqu'à Vladivostok dans l'immense plaine eurasiatique, l'Oural n'est pas une frontière « naturelle » et les villes de Sibérie sont plus « européennes » que Nijni-Novgorod ou Kiev. Pour aller rapidement au centre de mon argument, je proposerai donc de séparer, dès l'abord, l'Europe occidentale de l'« Autre Europe », en empruntant ce mot à Czeslaw Milosz (1964). Il est vrai que pour lui la Russie était encore un autre monde, ici je réunirai sous ce terme tout l'Est de l'Europe, et j'établirai la coupure entre les deux, à la frontière exacte où est tombé le rideau de fer en 1948, à deux « erreurs » près, l'Allemagne de l'Est et la Bohême qui, bien évidemment, font partie de l'Europe occidentale. Autrement dit les marches orientales de l'Empire de Charlemagne (814) et de

1. Cette introduction a paru sous une forme différente dans *La Revue Tocqueville/The Tocqueville Review*, vol. XV, n° 2, 1994.

l'Empire des Hohenstaufen (1250) : la ligne Oder-Neisse, la frontière qui vient d'être rétablie entre la République tchèque et la Slovaquie, poursuivie par la frontière entre l'Autriche et la Hongrie, puis en retour vers l'Adriatique, en englobant la Slovénie, qui n'a jamais été ottomane. Cette frontière sud a été renforcée par la menace ottomane : faut-il rappeler que par deux fois les Ottomans se sont arrêtés devant les murs de Vienne, en 1529 et encore en 1683, et qu'ils perdront la Hongrie par la paix de Karlowitz en 1699. En se retirant, les Ottomans laissent chez les peuples qu'ils ont dominés des mœurs et des attitudes indélébiles. Les historiens hongrois (Szucs, 1985) savent de quoi ils parlent lorsqu'ils affirment que l'Empire ottoman a été un instrument de « destruction économique, culturelle et éthique ». Il a broyé toute autre identité que l'identité ethnico-religieuse qui demeure seule vivante. Les malheureux événements de Bosnie montrent que cette coupure historique entre l'une et l'autre Europe demeure plus actuelle que jamais.

Pas plus que la géographie, l'histoire n'offre de définition de l'Europe. Pour les Grecs et les Romains, la notion d'Europe n'existait pas (Pillorget, 1992). On a souvent dit que Charlemagne était le premier Européen. Si dans plusieurs textes il est appelé *Pater Europae*, c'est évidemment pour l'opposer à l'autre Empereur, celui de Byzance. Au cours des siècles suivants, le mot Europe ne disparaît pas complètement, mais on parle surtout de la Chrétienté : *Christianitas* et même *Respublica Christiana*. Dans *La Divine comédie*, Dante fait trois références à l'Europe et quinze à la Chrétienté. Au cours du XVIe siècle, l'Europe prend conscience d'elle-même à la suite des grandes découvertes, de la menace nouvelle que représente le Grand Turc et de la cassure de la chrétienté par la Réforme protestante. Elle devient une véritable « communauté de pensée », une *Respublica litterarum*, en même temps qu'un champ de bataille quasi permanent, et la notion de chrétienté cède progressivement le pas à celle d'Europe. Charles Quint est salué de *futurus Europae dominus*, mais François Ier fit obstacle à une hégémonie européenne des Habsbourg en s'alliant avec le Sultan. Dès lors les Européens apprennent à connaître les Ottomans, leurs mœurs et leurs manières : entre 1480 et 1609 plus de 80 livres sont consacrés à la Turquie et seulement 40 aux Amériques. Face aux Turcs, voisins menaçants, et aux lointains bons sauvages Américains, les Européens commencent à se savoir différents.

Il faudra attendre le XVIIIe siècle pour que l'Europe soit vraiment conceptualisée : la première édition du *Dictionnaire* de Furetière (1684) ne comporte pas le mot qui est présent dans celui de Trévoux (1732). La *Respublica litterarum* deviendra l'Europe des Lumières, si bien qu'Edmund Burke pourra écrire : « Aucun Européen ne peut être un exilé complet dans quelque partie de l'Europe que ce soit. » La Révolution française se voulait pan-européenne, et lança ses armées à travers le continent pour y répandre les Droits de l'homme et envoyer les tyrans au tombeau. Mais par un retour de flamme dont l'histoire est coutumière, elle attisera les nationalismes et contribuera à la constitution des États-nations.

Isolée pendant cinquante ans de l'« Autre Europe », l'Europe occidentale a vécu dans un même marché économique, sous la même protection tutélaire de l'Empereur d'Amérique, mais a conservé une étonnante diversité de mœurs et d'institutions qui fait que chaque nation, chaque région gère ses affaires à sa manière particulière. De quelle Europe parle-t-on ? Quels en sont ses traits communs, fondamentaux et distinctifs ?

Au sein de cet Occident de l'Europe, des traits essentiels font contraste point par point avec l'Autre Europe. Mon modèle de la civilisation européenne se construit selon quatre arêtes essentielles :

— L'*individualisme évangélique et romain*. L'individu est premier, le groupe social est second et destiné à satisfaire les besoins et les désirs de l'individu.

— L'*idée de nation*. Peuplée de *paysans stables* sur leur tenure depuis le Moyen Âge, l'Europe est passée de la féodalité à l'État-nation sans jamais connaître d'Empire, depuis Charlemagne. L'Europe des nations s'oppose à celle des empires.

— Le *capitalisme* inventé à partir du XVIᵉ siècle s'est épanoui grâce à l'*industrie* et au rapport particulier qu'elle suppose entre sciences et techniques.

— La *démocratie* ou, plus précisément, le gouvernement de la *majorité* dans le respect des droits de la minorité.

Liés entre eux, ces quatre traits, exceptionnels dans l'histoire des civilisations, font modèle, comme je vais essayer de le montrer.

L'INDIVIDUALISME ÉVANGÉLIQUE

Le rapport direct entre la créature et son Créateur est le fondement de l'individualisme occidental. L'*alliance* du peuple juif avec son Dieu établissait déjà un « contrat » entre un peuple libre de son destin et un Dieu libre de son choix : si le peuple élu par Dieu se révèle indigne de son élection, il devra se racheter et demander sa rédemption. Dans la Genèse, Adam se rebelle contre Dieu, qui vient de le créer. Comme le dit joliment Chantal Millon-Delsol (1993, p. 24), « Adam cueille son existence en bravant Dieu : je préfère ma dignité dans le malheur, car dans le pur bonheur que tu me proposes, je ne suis pas sûr d'exister ». Au Sinaï, Moïse reçoit la proposition d'alliance de Dieu et descend la proposer au peuple, « Il prit le livre de l'Alliance et le lut aux oreilles du peuple ; et ils dirent "Tout ce qu'a dit Yahvé nous le mettrons en pratique et nous l'écouterons". Moïse prit le sang et en aspergea le peuple. Il dit : "Voici le sang de l'Alliance que Yahvé a conclue avec vous" » (Exode, 24, 7-8). Puis il remonte, en bon négociateur, faire part à Dieu de l'accord du peuple et sceller l'Alliance.

Étrange et exceptionnel rapport d'altérité, qui sera transféré par le Christ du peuple à l'individu. Dans l'Évangile, chaque créature attend son salut personnel de son Créateur, et de lui seul. Le cri de détresse du Golgotha : « *Elie, Elie, lema sabachthani* », « Mon Dieu, mon Dieu, pourquoi m'as-tu abandonné ? » (Matthieu, 27, 46) manifeste le désespoir de l'homme, seul au moment suprême, sans l'aide ni des siens, ni de sa société. C'est l'aboutissement ultime du Sermon sur la montagne qui formule une morale complètement individualiste et même antisociale : le Royaume de Dieu est promis aux pauvres, à chacun des pauvres, non à la collectivité des pauvres. Le précepte : « Aimez-vous les uns les autres » est un précepte individualiste. Le Décalogue faisait référence à une société élémentaire où il fallait révérer ses anciens et ne pas tromper autrui. Il n'en est plus trace dans les Béatitudes. La société est totalement absente de l'Évangile, sauf sous la forme des Pharisiens, du Temple peuplé de marchands et de la foule qui exige de Pilate le martyre de Jésus. Autrement dit, la société est mauvaise, elle fait obstacle à l'élection divine, au lieu d'aider l'homme à accéder au royaume de Dieu.

Ce message évangélique d'individualisme absolu, si étrange pour toute société, se heurta bien vite aux sociétés de l'Antiquité. Puis, par une curieuse métempsycose sociale, il s'incarna dans l'une des institutions les plus extraordinaires de toute l'histoire de l'Humanité : l'Église romaine. Elle affirma que toute créature avait besoin de la médiation des prêtres pour ne pas s'égarer dans les fausses croyances et du soutien d'une structure ecclésiale pour accéder au Royaume. Ainsi pendant seize siècles, le message évangélique perdit son tranchant idéologique et fit sa « paix avec le monde » au travers du pontife de Rome. Toutes les « hérésies », qui brandissaient le principe fondamental du lien direct entre la créature et son Créateur, furent écrasées dans le sang et par le feu. Après bien d'autres, Jan Hus, paysan de Bohême, prêcha le retour à la pureté évangélique, l'abolition de l'Église et de la féodalité, pour rétablir l'égalité de toutes les créatures dans une démocratie paysanne. Il fut brûlé à Constance en 1415, mais ses disciples, Hussites et Taborites, poursuivirent leur quête de parousie pendant plus d'un siècle, en attendant que Luther reprenne le message, cette fois avec le succès que l'on sait. Il revendiqua pour le croyant le droit de lire lui-même la parole de Dieu dans la Bible. En 1967, après Vatican II, la Bible de Mélan affirme toujours : « C'est donc à l'Église, nourrie de sa tradition, que revient le pouvoir et le droit d'une lecture authentique où la Bible se déchiffre » (p. XXIX). Au bout de vingt siècles, le message évangélique ne passe toujours pas à Rome !

La seconde racine de l'individualisme occidental se trouve dans le droit romain. De la loi des Douze Tables (451 av. J.-C.) à Justinien et à Napoléon, la carrière bimillénaire de ce chef-d'œuvre idéologique mériterait d'être analysée d'un œil sociologique : sa robustesse logique lui a permis de traverser les siècles, en même temps que sa souplesse interprétative lui permettait de servir tous les pouvoirs et de s'appliquer même dans des sociétés aux traditions juridiques les plus contradictoires. Or il n'est pas de droit plus individualiste, tant pour le droit des personnes que pour le droit des biens. Il affirme que « nul n'est censé rester dans l'indivision », principe qui détruit toutes les communautés familiales et contre lequel les notaires de tous les temps et de tous les pays ont dû construire des parades, plus ou moins acceptables, mais toujours en contradiction avec le principe. Il affirme par ailleurs qu'une chose ne peut avoir qu'un seul maître, et que celui-ci a tous les droits sur sa chose : *usus, fructus, abusus*. Le maître a le droit de détruire sa chose, de tuer son esclave. Sur sa terre le maître a tous les droits d'usage et de récolte des fruits, personne d'autre ne peut partager ce droit. Cette idée est étrangère à la plupart des civilisations. Dans l'ancien droit mésopotamien, la terre ne saurait être vendue : si l'on est contraint de la transmettre, on prend une motte de terre que l'on jette rituellement dans le fleuve où elle se dissout, le champ étant symboliquement détruit, c'est une terre nouvelle qu'acquiert le nouveau détenteur. Le plus souvent la terre peut être l'objet de plusieurs formes de droits d'usage mais non de propriété : le domaine éminent peut appartenir à Dieu, à la collectivité ou au seigneur, tandis que le paysan a la pleine possession utile de la terre qu'il cultive, dont il peut partager les fruits avec d'autres et qu'il transmet à ses enfants. Le droit musulman établit que les fruits sont partagés en cinq parts entre le détenteur du sol, le fournisseur de l'eau, le cultivateur et l'attelage, plus une pour la semence. Nous sommes tellement imbus de l'idée que la propriété est un droit individuel que les autres conceptions nous paraissent surprenantes. La proclamation de la propriété comme un droit de l'homme dans la Déclaration de 1789 a de quoi faire rire l'ethnologue et scandaliser le socialiste pour qui « la propriété, c'est le vol ! ».

Le droit canon a repris le principe individualiste de l'Évangile en le poussant parfois jusqu'à l'extrême, à propos du mariage notamment. L'idée que le mariage est le résultat de l'accord des volontés des deux conjoints, et d'eux seuls, est une conception antisociale, et un refus de la parenté. Aucune société n'a jamais été construite sur ce principe. Dans toutes celles que nous connaissons, la sagesse veut que le choix des fiancés soit orienté, sinon commandé, par les parents et tout l'environnement social. Le mariage est une alliance entre deux lignages ou deux moitiés exogames ; et des règles précises s'appliquent partout pour désigner les choix préférentiels et les choix interdits. Le principe du droit canon est issu directement de l'Évangile : « L'homme et la femme quitteront père et mère et les deux ne seront plus qu'une seule chair. » Précepte acceptable pour des peuples nomades où l'on vit en tribu, mais inacceptable ailleurs. Dans les sociétés féodales, agraires ou paysannes, puis bourgeoises, il ne pouvait pénétrer. Pendant deux millénaires, les mariages ont été organisés par les parents en vue de l'intérêt des deux lignages et non des sentiments des conjoints. Molière en a fait le ressort de la plupart de ses comédies : au « Sans dot ! » d'Arpagon, Valère répond « Cela s'impose ! »

En cette fin de XXe siècle, la volonté des conjoints l'emporte enfin, et le principe canonique est en train de pénétrer les mœurs occidentales, au moment même où, par une ruse de l'histoire, le deuxième principe évangélique : « Ce que Dieu a uni, l'homme ne le sépare pas », l'indissolubilité du mariage, est en train de céder devant la diffusion du divorce. Une fois les Pharisiens partis, les disciples étaient si ahuris d'apprendre qu'ils ne pouvaient plus répudier leurs femmes qu'ils interrogèrent à nouveau Jésus, et il leur dit : « Quiconque répudie sa femme et en épouse une autre commet l'adultère envers elle ; et si c'est elle qui répudie son mari pour en épouser un autre, elle commet l'adultère. » On ne peut être plus précis. Et saint Paul ira jusqu'à dissuader veufs et veuves de se remarier, « mais, s'ils ne peuvent se contenir, qu'ils se remarient : il vaut mieux se marier que de brûler » (Corinthiens, I, 7-9). L'Église a toujours considéré d'un mauvais œil le remariage des veuves. Les premiers chrétiens ont manifesté une étrange horreur du corps et du sexe (Brown, 1995).

Comment maintenir le principe de la monogamie absolue quand un tiers des couples divorcent et que 40% des premières naissances, dans certains pays d'Europe, se font hors mariage ? Pris à revers, le pontife de Rome a grand mal à transiger avec l'orthodoxie évangélique comme l'ont fait les protestants. En effet, de nos jours il y a contradiction à proclamer le choix totalement libre des conjoints et à vouloir en même temps que ce choix soit irrévocable. Certes, le traité est la loi des parties, *pacta sunt servanda.* Mais ce que la volonté conjointe a fait, la volonté conjointe peut le défaire. Si les parents ont conclu le mariage pour des raisons de convenances sociales ou économiques, ces raisons demeurent. Si les conjoints ne motivent leur décision que par une inclination réciproque et que celle-ci disparaisse, pourquoi se soumettre à un contrat vidé de son sens ? Jésus l'avait prévu : les conjoints sont libres, mais leur choix est entériné par Dieu, et ce que Dieu a uni est intangible. Facile à dire, mais il faut que la foi soit chevillée au corps pour être plus forte que les sentiments. L'intervention de Dieu perd de son efficacité en Europe occidentale dans une société où les pratiquants réguliers sont moins de 10 %, comme nous le verrons.

L'individualisme est une innovation idéologique d'une force incroyable, qui se heurtait au principe contraire, commun à toutes les civilisations connues : le groupe prime l'individu. En Grèce, le bannissement était la peine suprême, parce qu'en rejetant le citoyen hors de la cité, il en faisait un être « sans cité », le contraire d'un homme, et par conséquent un esclave potentiel, au mieux un métèque. Un homme ne peut être sage que s'il vit dans une cité qui a de bonnes lois, c'est pourquoi la recherche des bonnes lois est si essentielle. En Inde, l'*out cast* est dans une situation qui fait penser au banni antique : sans sa caste, l'homme n'a pas d'identité.

L'individualisme a survécu discrètement, sur le plan théorique, jusqu'à ce que la Réforme protestante le fasse triompher en Europe du Nord. Dans l'Europe catholique, la Contre-Réforme céda sur ce point et saint Ignace réintégra le principe du lien direct entre la créature et son Créateur. Les *Exercices spirituels* et l'*Imitation de Jésus-Christ* ne font guère appel à l'Église. La théologie morale issue du concile de Trente eut le plus grand mal à concilier deux principes aussi contradictoires que l'autorité de l'Église, seule voie vers le salut, et le commerce direct « entre mon Dieu et moi ».

Enfin, le siècle des Lumières proclama une philosophie individualiste, résumée dans deux Déclarations des droits de l'homme, qui donnait au bon gouvernement l'objectif d'assurer le bonheur des citoyens, et non la gloire du souverain, ni l'expansion de la nation, ni l'accès au Royaume de Dieu. La devise de la République française, « liberté, égalité, fraternité », peut paraître antinomique de celle qui est inscrite au fronton de Versailles : « À toutes les gloires de la France ». Totalement individualiste, cette vision de la société politique est habilement compensée par l'idée de la souveraineté du peuple, supposée être l'amalgame des volontés des citoyens. Cette fiction juridique fait que rien n'existe entre chaque citoyen pris dans son individualité et la Nation, censée être mue par cette volonté souveraine du peuple pris dans son entier. L'article 3 de la Déclaration de 1789 affirme : « Le principe de toute souveraineté réside essentiellement dans la Nation. Nul corps, nul individu ne peut exercer d'autorité qui n'en émane expressément. » Le Créateur et sa créature en quelque sorte ; mais ici les rôles sont inversés, c'est le citoyen qui crée la volonté nationale. En retour, le citoyen tire son identité de la nation, et sa fierté des gloires nationales.

Au XIXᵉ siècle, un instant déstabilisés par les principes révolutionnaires, les grands corps sociaux et les grandes institutions réagirent vite, et reprirent la commande. Familles paysannes et bourgeoises continuèrent à marier leurs enfants selon leurs intérêts et leurs principes. La bourgeoisie mit quelque temps à consentir le suffrage égalitaire de tous les citoyens et l'égalité devant la loi. Par compensation, elle utilisa le droit de propriété, inscrit dans la Déclaration mais non au fronton des édifices publics, pour réorganiser le système des inégalités. Ainsi aucun des trois principes républicains affirmés ne pénétra réellement dans aucune des sociétés occidentales. Seul Tocqueville perçut clairement que l'égalité était une passion démocratique qui allait faire des progrès incessants et entraîner une révolution profonde, totale, des mœurs et des institutions. Il fallut attendre deux siècles, la fin de ce XXe siècle, pour que, l'enrichissement aidant, l'Occident permît à la liberté et à l'égalité de faire des progrès foudroyants dans le fonctionnement de la société, et non plus seulement dans son idéologie. L'Église elle-même à Vatican II dut consentir ce qu'elle avait refusé deux siècles plus tôt : la liberté de l'homme de choisir sa religion.

Ainsi, on le voit, l'individualisme proclamé par le Christ a mis deux millénaires à pénétrer la société occidentale. Certains pensent que les idéologies sont en retard sur la réalité. Sur le moyen ou même le long terme peut-être, mais sur le très long terme, millénaire, les idéologies peuvent triompher contre les structures les plus profondes, les plus éternelles. Rien n'est si simple, il est vrai ; mais ce qui importe est de bien marquer que cet individualisme oppose l'Europe occidentale à toutes les autres civilisations, y compris celles de l'Autre Europe, pour lesquelles l'homme est, avant tout, membre de sa société à laquelle il doit se soumettre parce que sans elle il n'est rien. Enfin il faut préciser que cette vision théologique, philosophique et politique de la créature, de l'homme et du citoyen est sans rapport avec l'individualisme, synonyme d'égoïsme que l'on reproche à l'individu qui se conduit selon son intérêt personnel, sans aucun égard pour les autres. Bien au contraire, l'individualisme occidental ne se comprend que dans un rapport à autrui, aux institutions et à la société tout entière. Le Christ prêchait l'amour du prochain comme antidote de morale individuelle qu'il instituait, sans s'apercevoir que la morale individuelle est inopérante si elle n'est pas étayée par les mœurs et les institutions. Tout ce livre cherche à montrer comment l'individualisme, triomphant enfin au bout de vingt siècles, suppose des mécanismes de contrôle et de régulation sociale, qui se mettent en place sous nos yeux.

DES PAYSANS ET DES NATIONS

L'Europe occidentale, telle que je l'ai découpée, a une caractéristique historique commune : être peuplée de paysans stables sur leur tenure depuis au moins le XIIᵉ siècle. Le serf « casé » était « lié à sa terre », qu'il ne pouvait quitter sans l'accord de son maître. S'il « déguerpissait », le maître pouvait l'y ramener par la force. Mais en retour le maître lui assurait la sécurité de sa tenure avec le droit de la transmettre à ses enfants. Il n'était pas un esclave, une chose appartenant à son maître, mais un sujet de droit soumis à ce lien irrévocable avec la terre du seigneur, qui était aussi sienne. Le droit féodal distinguait deux droits de propriété complémentaires et indissociables, le « domaine éminent » du seigneur, et le « domaine utile » du paysan. Tant que les hommes étaient rares et la terre abondante, il était essentiel que le seigneur gardât ses hommes sur ses terres pour les cultiver. Mais du jour où, grâce aux premiers perfectionnements de l'agriculture, la population augmenta, la terre devint plus rare que les hommes et ceux-ci s'accrochèrent à leurs champs : plus question de « déguerpir » car où trouver une autre terre ? La situation se retournait, et le paysan voulut que son domaine utile fût reconnu. Il le fut dans toute l'Europe continentale à quelques exceptions près : l'Italie, le Portugal et l'Espagne du Sud où les grands domaines féodaux étaient cultivés par des masses de manouvriers, de *bracchianti*. L'Europe paysanne ne descend pas au-delà de la Toscane et de l'Ombrie et s'arrête à la Castille et au Tage.

Sur cette économie paysanne (Mendras, 1995), les seigneurs prélevaient de quoi mener une vie de cour plus ou moins fastueuse, et entretenir leurs armées pour faire la guerre à l'appel de leurs suzerains. La réserve leur fournissait la nourriture, et les redevances des paysans les espèces monétaires pour payer les soldats et les marchands qui apportaient les aménités nécessaires à la vie seigneuriale, grâce aux marchés qui se développaient. L'idéal chevaleresque, la guerre et la vie de cour, détournaient les seigneurs de la gestion de leur domaine dont ils laissaient de plus en plus le soin à leurs intendants. Ils confiaient la perception des droits féodaux sur terres, moulins, fours et péages à des officiers. Officiers et intendants se multipliant constituèrent l'embryon d'une classe d'intermédiaires qui prit de plus en plus conscience de son existence. De leur côté, les paysans eurent recours à des hommes de loi pour gérer leurs conflits de village et de famille, et ces tabellions vinrent renforcer cette nouvelle classe. L'Église se confondait avec la féodalité lorsque évêques, chapitres et monastères exerçaient des prérogatives féodales, en plus du prélèvement de la dîme. Plus les paysans se multipliaient, plus les techniques agricoles se perfectionnaient, plus augmentaient les prélèvements des féodaux, des intermédiaires et des clercs qui s'enrichissaient et développaient un mode de vie opulent et ostentatoire.

Jusqu'à la seconde révolution agricole du XVIIIᵉ siècle, les troupeaux paissaient sur les terres non cultivées, dans les forêts, les prairies et les landes et sur les jachères ; l'élevage était indépendant des cultures, la production de viande et du lait de celle des céréales. Les plantes fourragères et la découverte du rôle de l'azote permirent de doubler à nouveau le rendement des céréales et de limiter les jachères puisque ces plantes rendaient aux terres leur fertilité. Les fourrages plus abondants permettaient de nourrir un bétail plus nombreux qui donnait son fumier pour enrichir les champs. Cultures et élevages s'intégraient en un système de production très complexe. Grâce à cette seconde révolution agricole on a pu nourrir une population deux fois plus nombreuse. La densité démographique augmenta rapidement, les famines disparurent et un premier exode rural conduisit ce surcroît de population en ville, où l'industrie naissante lui donna des emplois.

À partir du XIVᵉ siècle, les juristes, qui réinven-

taient le droit romain, furent confrontés à une
contradiction insoluble entre les domaines éminent et utile du droit féodal et la conception
romaine du droit de propriété. Droits seigneu-
riaux et droits collectifs étant incompatibles avec
le droit de propriété individuelle, une grande lutte
commença entre seigneurs et paysans. Les premiers voulurent transformer leur domaine éminent en propriété pleine et devenir des « propriétaires fonciers » en réduisant les paysans à n'être
que des exploitants sans droit de propriété. De
leur côté, pour transformer leur domaine utile en
droit de propriété, les paysans acceptèrent de
payer des droits féodaux, devenus une sorte
d'impôt régalien et non plus reconnaissance d'un
domaine éminent. La révolution agricole du
XVIIIe siècle exacerba le conflit. En Angleterre, le
mouvement des enclosures conduisait à donner le
droit de propriété au lord et les petits paysans,
dépossédés de leurs droits coutumiers, furent
chassés de leur terre vers les villes, où les attiraient
les débuts de la révolution industrielle. En France,
au contraire, la nuit du 4 août marquait la fin du
droit féodal, permettant aux paysans de transformer leur domaine utile en droit de propriété
complet. Le reste de l'Europe occidentale suivit le
même chemin, à des variantes près selon les
nations et les régions.

En Angleterre, *landlords* et gestionnaires modernistes voulaient profiter de la révolution des techniques agricoles pour augmenter les revenus de
leurs domaines. Ils obtinrent la pleine propriété

juridique et le pouvoir de clore leurs terres pour mieux cultiver et développer l'élevage. Les pauvres paysans qui survivaient grâce aux communaux, aux droits accessoires et aux emplois saisonniers, furent réduits à la misère et allèrent chercher en ville de quoi vivre, bien mal puisque le paupérisme fut le grand scandale social de l'Angleterre au XIXe siècle. La France suivit un chemin inverse. Les seigneurs s'intéressaient rarement à leurs domaines et à l'agriculture, dont ils laissaient le soin à leurs intendants et aux paysans. Les quelques efforts pour partager les communaux et clore les champs se heurtèrent à des communautés paysannes fortes qui les refusèrent. Les paysans demeurèrent sur leur terre, d'autant plus que l'industrie restait essentiellement rurale, concentrée dans les petites villes ou dispersée dans les campagnes.

Le contraste est donc complet entre l'histoire agraire française et anglaise. Ici les paysans sont chassés de leurs terres dès le XVIIIe siècle par des squires qui deviennent propriétaires de leurs terres et les cultivent grâce à des salariés ; là une population nombreuse de paysans, enracinée dans sa terre, est maintenue en place jusqu'à la troisième révolution agricole, celle des années 1950-1960. Ce contraste explique l'erreur de Marx qui, obnubilé par l'évolution anglaise, croyait qu'elle allait s'imposer partout. Il n'avait pas compris que la logique de l'économie paysanne permettait aux paysans du continent de perpétuer leur système de production dans une économie capitaliste. En Allemagne les évolutions furent différentes dans l'est du pays, dominé par les *junkers*, et dans le sud, qui suivit un chemin plus proche de la France. Après les révoltes paysannes du XVe et du XVIe siècle réprimées dans le sang, les paysans conservèrent la possession de leurs terres en Wurtemberg, en Bavière et en Bohême. Dans les régions protestantes une aristocratie paysanne se mit en place dès le XVIe siècle. N'ayant pas connu de révolution, l'Italie et l'Espagne conservèrent, dans le sud, leur structure de *latifundia*, tandis que dans les régions du nord se développaient des structures paysannes analogues aux françaises.

L'Autre Europe a connu une histoire agraire radicalement différente. Les deux révolutions agricoles n'ont jamais massivement pénétré sauf en quelques terroirs privilégiés. Jamais les moujiks n'y ont su allier élevage, céréales et plantes fourragères en un système productif complexe comme les paysans d'Occident. Au siècle dernier, dans la plupart des régions russes, l'agriculture était restée à un stade de productivité que l'Occident avait déjà dépassé au XIIe siècle. L'Ukraine et la Valachie ont pu être les greniers de l'Europe occidentale du XVIe au XIXe siècle, grâce à des terres exceptionnellement fertiles, non grâce à la compétence de leurs paysans. Sans paysannerie riche, pas de surplus suffisant pour développer un artisanat complexe, du commerce et ensuite de l'industrie. Les boyards prélevaient tout ce qu'ils pouvaient (bien plus que les seigneurs en Occident) pour mener grande vie à Saint-Pétersbourg ou à Paris, et non pour investir. En Europe occidentale, notamment en France,

le développement de l'État monarchique a coïncidé avec la disparition du servage puisque le roi
et les paysans étaient objectivement alliés contre la
noblesse. Dans l'Autre Europe, au contraire, l'instauration de l'État absolutiste a entraîné le renforcement du servage, le second servage, qui dans les
Balkans a soumis des paysans demeurés libres
jusque-là à l'autorité des boyards. Faut-il rappeler
que le servage domine, sous une forme ou sous
une autre, dans la plupart des régions de l'Autre
Europe, encore au XIXᵉ siècle.

En Russie, la terre n'était pas l'objet d'appro-
priation individuelle. Pour un moujik russe, la
terre appartient à Dieu seul, la collectivité la gère
dans l'intérêt de tous et le seigneur n'est qu'un
usurpateur qui s'est arrogé par la force un droit
sur la terre. La collectivité villageoise, le *mir*, était
une véritable communauté paysanne puisque la
terre était répartie à nouveau tous les trois ou cinq
ans entre les familles en fonction de règles très
variées qui étaient soit « le nombre de bouches »
à nourrir, soit « le nombre de bras » capables de
labourer. La terre était à tous et à chacun, selon
ses besoins ou selon ses moyens. Il fallut attendre
1906, Stolypine et sa réforme agraire, pour que
ces principes soient abandonnés et qu'une première forme de propriété paysanne individuelle
fût instituée. Pas pour longtemps, puisque Staline
vit dans ces paysans devenus propriétaires, les
koulaks, une menace pour son régime et entre-
prit leur anéantissement, soit par la mort, soit par
la déportation en Sibérie sur les terres vierges.

Kolkhozes et sovkhozes reprenaient sous une forme étatique et autoritaire la tradition du *mir*; ce qui explique que le kolkhozien d'aujourd'hui soit si réticent à devenir propriétaire.

Cette frontière entre deux types de paysannerie sépare aussi l'aire de la famille occidentale, caractérisée par le mariage tardif et le nombre élevé de célibataires, et l'aire de la famille indivise dont le modèle le plus achevé est la Zadrouga des Slaves du Sud et des Slovaques; Pologne, Moldavie et Valachie faisant exception. L'histoire agraire de chacun des pays et des régions de l'Autre Europe est trop diverse pour qu'il puisse être question ici d'entrer dans plus de détails. Il suffit à mon propos d'avoir montré l'opposition tranchée entre les paysanneries stables et individualistes de l'Europe occidentale et les paysanneries de l'Autre Europe, pour la plupart soumises à des boyards et à des traditions collectives : la loi du village et de la famille indivise s'impose à l'individu.

L'idée de nation, telle que la théorie en a été développée à partir du XVIIIe siècle, est indubitablement issue de cette paysannerie stable. Un peuple, une langue et un sol coïncident pour former la Nation, séparée de ses voisines par des frontières qu'il faut défendre, comme la haie protège le champ, comme la borne limite l'héritage. L'idée de « frontière naturelle », si essentielle à l'idéologie nationale française, est une idée de paysan. Richelieu voulait à toute force « achever le pré carré ». À cette version française de la Nation, Renan ajoutera la volonté de vivre ensemble, le pacte national. La version anglaise est voisine, puisque la mer fournit des frontières vraiment « naturelles » et que la Couronne assure l'unité du Royaume-Uni. Au contraire, dans la version allemande, c'est le peuple et sa civilisation, *Volk und Kultur*, qui sont la base de la nation, plus que le sol et la frontière. Malgré l'appel de Fichte dans les *Discours à la Nation allemande* (1807), jamais les peuples germaniques n'ont été tous réunis au sein de frontières stables. Les Provinces-Unies se sont créées en une nation, par rébellion contre le pouvoir du Pape et de l'Empereur, en respectant scrupuleusement les particularismes religieux et en se donnant le négoce et la mer pour empire. L'Italie s'est tardivement constituée en nation bien que l'unité de la langue et de la culture sur un territoire clairement délimité remonte loin dans le passé. Seule aujourd'hui, l'Espagne conserve sa structure impériale, parce que les Basques et les Catalans s'affirment comme des nations contre le pouvoir des Castillans et de Madrid. Ne parle-t-on pas *des* Espagne ? Ces conditions historiques variées ont commandé la diversité des formes de l'État dans chacun des pays, mais partout l'État est aujourd'hui identifié à la Nation.

Par contraste, l'Autre Europe est celle des Empires : le russe, l'ottoman et l'austro-hongrois. Elle n'a jamais connu de nation, malgré tous les mouvements de nationalités au milieu du siècle dernier. Le souverain, et lui seul, incarne l'empire. Il rassemble sous son imperium des « nations diverses », au sens du XVIIe siècle, c'est-à-dire des peuples ayant chacun sa langue, sa culture, son système de gouvernement local, son territoire, sa religion. Et tous ces peuples sont soumis au pouvoir du souverain dont ils reconnaissent ou rejettent la légitimité, mais auquel ils sont soumis en tant que communauté et non en tant qu'individus. Les communautés sont de dimensions variées et de cohérence discutable et si étroitement intriquées qu'il est fou de vouloir les démêler, comme on le voit bien aujourd'hui en Bosnie-Herzégovine. Ici les paysans sont polonais mais les villes sont peuplées de juifs, ailleurs les paysans sont roumains ou slovaques et les citadins hongrois.

La nation ne connaît que des citoyens, l'empire ne connaît que des communautés et ne prétend pas avoir de citoyens. Le tsar de toutes les Russie règne sur des Russes mais aussi sur des peuples slaves variés, des peuples musulmans d'origines ethniques diverses et une poussière de peuples allogènes dans le Caucase, l'Oural et en Sibérie. L'empereur d'Autriche est en même temps roi de Hongrie et il partage la Pologne à son gré avec le roi de Prusse et le tsar. Il grignote petit à petit des provinces à son voisin ottoman quand le pouvoir de la Sublime Porte décline. Le Sultan s'impose comme suzerain à des peuples innombrables qu'il doit en permanence ramener sous son joug. Il lui paraît normal que dans son empire, le Roi de France soit protecteur des chrétiens romains, et le Tsar des chrétiens orthodoxes, que le Métropolite grec siège à côté de lui sur le Bosphore : juifs, orthodoxes, catholiques romains et uniates, coptes, arméniens, protestants, maronites, nestoriens, etc. sont reconnus par lui comme des communautés : l'idée occidentale que les sujets doivent avoir la même religion que le prince (*cujus regio, ejus religio*) lui est complètement étrangère. L'Allemagne montre bien le contraste entre ces empires qui ne tiennent que par l'Empereur et le Saint-Empire dont l'Empereur à l'origine était élu et n'avait qu'un pouvoir symbolique.

L'Europe des frontières stables s'arrête à la ligne Oder-Neisse, dernière frontière dont la légitimité n'est pas encore si ferme qu'il n'ait fallu plus d'un an après la réunification pour que le chancelier Kohl la reconnaisse comme intangible, sous la pression forte et conjointe de toutes les nations d'Europe. Dans l'Autre Europe, les frontières ne sont que des fictions passagères, des produits de rapports historiques toujours remis en question.

Pour le stratège occidental, l'objectif primordial est de défendre les frontières de la nation. De Valmy à la Marne, puis à la ligne Maginot, l'intégrité de la Patrie se joue dans une guerre de position, dans les tranchées au plus près de la frontière. Pour le stratège de l'Autre Europe, la défense de la Patrie est assurée dans une guerre de mouvements, par la retraite au plus profond de la steppe immense : à Poltava, Borodino, Stalingrad, Charles XII, Napoléon et Hitler ont été vaincus par leurs conquêtes, comme dit le poète ; par la steppe et le général hiver, plus que par des batailles perdues.

Deux cas méritent l'attention : la Pologne et la Bohême. La Pologne avait, dès l'origine, tout pour constituer une nation : un peuple, un territoire, une culture, une langue, une religion. Mais elle n'a jamais eu de frontière fixe. Un moment, grâce à l'alliance des Lituaniens, elle s'est élargie jusqu'à former un empire qui était en passe de devenir la principale puissance de l'Europe orientale, alors que Kiev et Moscou n'étaient que des principautés instables. L'empire s'est effondré sans se constituer en nation, jusqu'à ce que l'incurie de la Diète autorisât le dépeçage du peuple entre les trois voisins. Situé ailleurs, le royaume de Bohême serait sans doute devenu plus tôt une nation, puisqu'il avait lui aussi un territoire, un peuple, une langue. Il fallut attendre 1918 pour que la République tchèque soit constituée, mal il est vrai par l'adjonction de la Slovaquie, que l'amitié de la France lui a value, funeste présent de Clemenceau à Masaryk. La République tchèque est la seule qui soit encore vivante en 1939 et rétablie en 1945. Toutes les « démocraties », créées par le traité de Versailles, avaient sombré dans la dictature au cours des années trente. Avec la Slovénie c'est la seule qui ait pu renaître en 1990 sans drame affreux, dans le velours, grâce à un président poète.

Ces deux exemples contrastés montrent bien que l'idée de Nation et d'État est une idée française et anglaise (accessoirement, américaine et hollandaise) que la Révolution a prétendu répandre en Europe, pour laquelle les peuples de l'Autre Europe se sont passionnés tout au long du

XIXe siècle et notamment en 1848 pour se libérer de leurs empires. Et ils continuent encore de se passionner pour elle, sans pouvoir la faire leur, à cause de la diversité des ethnies et de leurs imbrications territoriales, et aussi à cause des traditions autocratiques. Depuis deux siècles l'Autre Europe ne parvient pas à se créer des États-nations. Faut-il espérer qu'elle y réussisse au moment où l'État-Nation est en train de perdre sa souveraineté en Europe occidentale ? Le drame bosniaque paraît anachronique au moment où l'Europe se fédère.

LA VILLE, LE CAPITALISME ET L'INDUSTRIE

Comment est née l'idée qu'une richesse pouvait être vue comme un capital producteur de richesse ? Question fondamentale qui demeure sans réponse après Marx et Weber, et malgré la masse des travaux historiques et sociologiques. Cette idée est née, semble-t-il, quelque part en Allemagne du Sud au XVIe siècle. Pourquoi là, et à ce moment ? Et non quelques siècles plus tôt en Chine, où les techniques étaient beaucoup plus avancées qu'en Europe ? (Baechler, 1995).

Faut-il ici aussi revenir à l'Évangile ? Dans l'enseignement évangélique, deux préceptes fondent la séparation du temporel et du divin, du religieux et du politique : « On ne peut servir deux maîtres, Dieu et Mammon », « Rendre à César ce qui est à César et à Dieu ce qui est à Dieu. » Ces deux principes établissent la distinction entre économique, politique et religieux et reconnaissent à chacun des trois domaines une légitimité propre, qui est le fondement même de notre conception de l'Église, de l'État et du capitalisme. Cette trichotomie est inconnue dans la plupart des civilisations et notamment dans l'Autre Europe, qui n'a jamais séparé le politique du religieux ni le politique de l'économique : l'Église est soumise au despote et l'État gère l'économie. Dans leur effort pour définir les traits d'une Europe centrale, à mi-chemin entre l'occidentale et l'orientale, des historiens hongrois ont insisté sur ce point ; Szucs (1985) affirme que « le modèle est-européen était fondé (...) sur la fusion des trois catégories : l'*économie* correspondant au cadre *impérial,* lui-même formé autour du concept de *civilisation* de la troisième Rome (Moscou) » (p. 73). Ou encore cette belle formule : « L'Occident a subordonné la société à l'État, l'Est l'a étatisée » (p. 83).

Établir une distinction radicale entre César et Dieu donne une légitimité complète au politique qui n'est plus soumis à la légitimité divine. Certes, Charlemagne veut être couronné par le pape, et encore Napoléon. Le roi de France est sacré par l'évêque de Reims et la reine d'Angleterre par l'archevêque de Canterbury, mais l'onction du sacre n'entraîne pas de soumission ni même d'allégeance : l'empereur se bat contre le pape en Italie, le roi très chrétien affirme son gallicanisme et sa gracieuse Majesté est le chef de l'Église d'Angleterre. Cette séparation du temporel et du religieux est une étrangeté. La chrétienté d'Orient a conservé le principe romain de confusion entre les deux légitimités : à Constantinople l'empereur est choisi par Dieu, par conséquent c'est lui qui nomme le patriarche et lui remet la crosse. La confusion est complète et l'Église est au service du souverain. « L'Église peut être considérée comme un grand service de l'État, liée aussi étroitement que les autres au maître de maison, l'Empereur » (Guillou, 1990). Il en sera de même dans la Russie tsariste. L'autocrate orthodoxe tient son pouvoir directement de Dieu et ce pouvoir s'étend au religieux, tandis que la chrétienté d'Occident, fidèle au principe évangélique, respecte deux légitimités différentes pour le politique et le religieux. Encore aujourd'hui, à Athènes, chaque nouveau gouvernement en arrivant au pouvoir nomme un nouveau métropolite. Imagine-t-on le Président de la République changeant le cardinal archevêque de Paris ?

D'autre part l'Évangile proclame l'incompatibilité entre richesse d'ici-bas et rédemption dans l'au-delà. Il faut se dépouiller de ses richesses pour accéder au royaume de Dieu : « Il est plus difficile à un riche d'y entrer qu'à un chameau de passer par le chas d'une aiguille » (Matthieu 19, 16-26), ce qui conduit à distinguer la légitimité économique de la légitimité politique. La féodalité a soigneusement tenu la vie économique à l'écart, dans des villes en dehors du système d'allégeance féodale. La ville d'Europe est aux mains des marchands, des artisans, des bourgeois, tandis que dans d'autres civilisations, les villes sont le siège du pouvoir politique et économique (Baechler, 1995). Les villes mayas étaient des métropoles religieuses. Les villes de l'Antiquité étaient les sièges du pouvoir, Babylone et Athènes comme Rome. De même en Chine, les villes étaient régentées par les mandarins représentants de l'empereur, quand elles n'étaient pas en rébellion. En Europe occidentale la féodalité a toujours refusé aux villes le pouvoir qui était le sien : faire la guerre. Les villes étaient en quelque sorte des exceptions dans la conception féodale de la société. Par des chartes de franchise, le seigneur leur accordait une indépendance plus ou moins complète, il les exonérait de son pouvoir et de sa tutelle, à la condition qu'elles renoncent à toute prétention au pouvoir politique et donc militaire. Elles avaient tous les droits pour se gouverner elles-mêmes, mais aucun au-delà. Elles pouvaient entretenir une milice pour assurer l'ordre interne ou pour se défendre contre les incursions de bandes armées mais non pour faire la guerre, privilège du seigneur. Enfermées dans leurs murailles, elles étaient maîtresses d'elles-mêmes tandis que le plat pays alentour était sous l'autorité des seigneurs. Seules les villes italiennes ont été sièges de pouvoir politique et ont disposé de la puissance militaire. Au Moyen Âge et pendant la Renaissance elles se sont divisées entre partisans de l'empereur et partisans du pape, elles se sont fait la guerre et ont loué les services de *condottiere* dont certains furent de grands chefs de guerre. Peut-être est-ce l'explication que le capitalisme commerçant des XIIIe et XIVe siècles ne s'y soit pas transformé en véritable capitalisme industriel comme dans le reste de l'Europe.

Depuis le XIIe siècle cette Europe des villes s'est développée dans le royaume de Lothaire, la Lotharingie, qui a été l'objet d'un conflit répété entre la nation française et diverses autres puissances, Bourgogne, Espagne, Autriche, Prusse. Elle est encore aujourd'hui l'épine dorsale urbanisée de l'Europe occidentale, prolongée jusqu'au bassin londonien au nord et par l'arc méditerranéen de Venise à Valence : la fameuse « banane bleue de la DATAR ». Au XIXe siècle le renforcement des nations a entraîné l'affaiblissement des villes. En France, le roi avait déjà supprimé les franchises consenties par la féodalité. En Allemagne, la Prusse a supprimé les dernières villes libres héritières de la ligue hanséatique, notamment Cologne. Liège est devenue partie de la Belgique. L'Union européenne, qui entraîne irrémédiablement l'affaiblissement des États-nations, permet aux capitales régionales de reprendre une autonomie et un pouvoir. L'Europe des villes est en train de renaître (Bagnasco, Le Galès, 1997).

Au sein des villes, les bourgeois avaient donc tout le pouvoir et leur légitimité propre qui était celle du négoce. Les municipalités se gouvernaient selon des constitutions très variées. Les guildes organisaient les différents métiers. Les quartiers avaient une certaine individualité qui se mani-

festait dans les grandes occasions festives, religieuses ou carnavalesques et aussi lors des entrées des
évêques, des seigneurs, des rois et des empereurs.
Chacun se rangeait dans sa catégorie, en portait
les couleurs derrière les autorités constituées. Les
confréries religieuses s'organisaient sur un mode
volontaire pour le service d'un saint. Les bourgeois détenteurs du pouvoir étaient entourés
d'hommes de loi et gouvernaient le peuple des
artisans, maîtres, compagnons et apprentis. Ainsi
s'est constituée petit à petit dans les villes une
classe bourgeoise ayant en commun avec les gestionnaires féodaux une même fonction, une
même position de commandement : pouvoir social
et économique, mais ni politique ni militaire. Dès
le XIVᵉ siècle on voit apparaître l'originalité de
cette classe qui n'a son équivalent dans aucune
autre civilisation et qui manque encore aujour-
d'hui dans la plupart des pays pour assurer leur
développement.

Dans une étude récente, John P. Powelson
(1994) défend l'argument que le développement
économique a été rendu possible en Europe occidentale par la diffusion de ce qu'il appelle un
« processus de diffusion du pouvoir ». Autrement
dit, des rapports de pouvoir se sont établis du haut
au bas de la hiérarchie sociale au Moyen Âge entre
féodaux et paysans, puis entre les nobles, les bourgeois et les paysans. Pour l'économiste, la triade
fondamentale de l'Occident médiéval n'est pas le
guerrier, le prêtre et le laboureur, mais le noble,
le bourgeois et le paysan, auxquels se surajoutera

le roi (le Prince puis l'État). Cette évolution était en germe dans le rapport féodal entre suzerain et vassal qui étaient liés par l'hommage, sorte de contrat par lequel les deux parties s'engageaient l'une à l'égard de l'autre. Seul le noble porte les armes. Les sociétés de l'Est, où subsista une paysannerie armée, ignorèrent l'hommage vassalique, caractéristique de la féodalité occidentale. Marc Bloch (1968) parlait déjà de « féodalisme contractuel » : « L'hommage vassalique était un vrai contrat, et bilatéral. Le seigneur, s'il manquait à ses engagements, perdait ses droits (...). Dans cet accent, mis sur l'idée d'une convention, capable de lier les pouvoirs, réside l'originalité de notre féodalité à nous. Par là, si dur aux petits qu'ait été ce régime, il a véritablement légué à nos civilisations quelque chose dont nous souhaitons vivre encore » (p. 617 et 619). La limitation de la terre disponible oblige le seigneur et le serf à négocier pour assurer les ressources du premier et la survie de second, négociation qui se poursuivra lorsque le prélèvement en nature sera remplacé par des paiements en argent. Fondé sur la confiance entre deux parties qui se respectent, le contrat est peut-être l'institution fondatrice de l'Europe occidentale, comme le suggèrent Peyrefitte (1995) et Fukuyama (1995).

Le bourgeois des Flandres, d'Allemagne et d'Angleterre se sentit totalement légitime lorsque le protestantisme le convainquit que son succès ici-bas était l'annonce de son élection dans l'au-delà. Cette légitimité complète, que l'exclusion féodale puis la morale protestante conféraient au bourgeois, lui donnait en même temps la volonté d'entreprendre et de se dépasser sans cesse. L'idée que le capital n'est pas une richesse à accumuler pour la prodiguer, mais un bien qui doit être mis au travail pour produire plus, cette idée inouïe, conjuguée avec la légitimité bourgeoise, a créé le capitalisme, en Europe occidentale et à cette époque, sans que nous sachions ni comment ni pourquoi.

Une autre invention permit au capitalisme de créer la société industrielle : la liaison entre la science et la technique. Jusqu'au XVIIe siècle la technique était affaire d'artisans et la science affaire d'hommes libres, et personne ne s'était jamais soucié de lier les deux. Lorsque Archimède sortit de son bain en criant *Eurêka*, il était content de lui et jamais ne lui vint l'idée que sa découverte pût servir à quoi que ce soit. Il avait compris, et c'était la récompense suprême du sage. Le miracle grec ne débouchait sur aucune technique, affaire d'esclave et d'artisan. Lorsque l'empereur Justinien s'entendit expliquer par son esclave que l'eau du fleuve pouvait servir à mouvoir la meule du moulin, il le remercia, l'affranchit et lui recommanda de ne pas divulguer sa découverte par peur de n'avoir plus assez de besogne pour occuper tous ses esclaves. Il retarda ainsi pour près de mille ans la diffusion du moulin à eau qui fut l'un des facteurs de la révolution du XIIe siècle.

Le dieu des juifs et des chrétiens était un dieu actif, créateur, un dieu qui se dépensa pendant six jours à concevoir et à construire son monde pour ensuite s'en réjouir et en confier la gestion à l'homme. Étrange *Deus faber*, artisan et en même temps savant. « Que la lumière soit et la lumière fut » : Il avait donc bien le concept de lumière avant de l'inventer. Rien à voir avec l'Olympe. Mais il fallut attendre le XVIIe siècle pour que Pascal et Torricelli unissent les efforts de l'artisan à la recherche du savant. Au XVIIIe siècle, en Angleterre, on transforme la marmite de Papin en machine à vapeur pour actionner les métiers à tisser ; puis, mise sur les rails, elle tire des chariots. Ainsi naquit la révolution industrielle qui, rappelons-le, n'aurait pas été possible sans les deux révolutions agricoles, celle du XIIe siècle et celle du XVIIIe siècle. Il fallait que des générations de paysans eussent défriché les forêts et inventé des systèmes de culture et d'élevage très complexes et très productifs pour que l'on puisse nourrir plus d'hommes qu'il n'en fallait pour cultiver la terre.

L'industrie commença à se diffuser dans la Russie tsariste au début du XXe siècle, sous la pression des capitalistes occidentaux. Elle ne pénétra guère les autres pays. Puis le communisme chercha une voie nouvelle pour développer son industrie. Les Soviets renouèrent avec la tradition despotique en chassant les entrepreneurs et les koulaks et en soumettant l'agriculture et l'industrie à la planification d'État. Cette forme d'un capitalisme d'État fut capable de créer une industrie de base puissante, grâce à laquelle l'Armée rouge a vaincu l'armée nazie et a sauvé l'Occident. Pendant un certain temps, ses industries de haute technologie ont même été à deux de jeu avec les États-Unis. Mais le capitalisme d'État s'est révélé incapable de gérer un système productif moderne, ni même une agriculture, malgré les étendues les plus fertiles et les machines les plus puissantes. Sans tradition paysanne, point d'agriculture vraiment productive. Sans propriété privée et sans esprit d'entreprise individuelle, point d'industrie capable d'évoluer par elle-même. On voit aujourd'hui la différence entre la Russie et les pays d'ancienne agriculture individuelle où la collectivisation n'a pas tué la notion de propriété individuelle, la Lituanie par exemple, et surtout la Pologne qui n'a pas été collectivisée.

En 1939 l'Autre Europe n'avait pas d'industrie ; sauf la Bohême qui, répétons-le, s'est trouvée en 1948 de l'autre côté du rideau de fer par une malheureuse « erreur » historique. Seuls le Japon puis les dragons du Pacifique ont su emprunter à l'Occident son industrie et la gérer selon leurs traditions et leurs structures sociales. Jusqu'à présent, les efforts pour développer des industries dans le tiers monde continuent à se heurter à des obstacles sociaux qu'il faudra des générations pour aplanir. Les progrès techniques et les méthodes de gestion économique ne sont d'aucune utilité tant qu'ils ne rencontrent pas une morale, des mœurs, des structures sociales et une classe moyenne, des règles juridiques, un système de pouvoir, capables de les mettre en œuvre. Il est plus aisé de faire accepter une innovation à un paysan traditionnel qu'à un ilote planteur de manioc ou de maïs, ou coupeur de canne à sucre.

LA LOI DE LA MAJORITÉ

Que la moitié plus un gouverne avec le consentement de la moitié moins un est une règle bien étrange, qu'aucune société n'a jamais pensé légitime, dans aucune civilisation autre que l'Europe occidentale et les États-Unis depuis deux siècles. Dans la plupart des sociétés de format restreint, soit les chefs de famille délibérèrent des intérêts de la collectivité pour arriver à une décision unanime, soit le chef dit la volonté collective du groupe après s'être assuré qu'elle est bien telle, et l'appuie sur son *mana* pour éviter toute contestation. Dans les empires, qui dépassent le format de la chefferie, le despote se fait obéir par la violence, sans entrer dans les affaires des communautés ethniques et locales.

Les philosophes des Lumières, qui crurent réinventer la démocratie antique en se vêtissant d'une toge pour légiférer, n'avaient qu'une image travestie de la vie publique dans la *polis* grecque. La règle de la majorité a été sans doute inventée dans les immenses abbayes du sud de l'Italie dans les premiers siècles du christianisme (Favre, 1976). Comment gouverner une communauté de mortels, tous égaux puisque tous prêtres ? On disputa longuement pour savoir à qui donner le pouvoir : aux meilleurs, la *pars sanior,* ou au grand nombre, la *pars major*? Mais comment élire les meilleurs puisque tous sont les oints du Seigneur ? En toute logique, l'égalité de tous conduisait à la loi du nombre. Si toutes les créatures sont égales aux yeux du Créateur, seule la perversion de la société, sous l'influence du malin, peut établir des différences entre elles. Malgré saint Paul, les hommes et les femmes sont appelés également au bonheur éternel. Ce retour à l'égalité évangélique a été proclamé et prêché par bien des prophètes, sans jamais s'imposer, jusqu'aux Déclarations des droits de l'homme américaine et française. Tant il est vrai que la liberté suppose l'égalité ; qui peut être complètement libre s'il est soumis à la volonté d'un autre et s'il n'a pas la liberté de dire non au pouvoir d'autrui ?

Le principe égalitaire et majoritaire fit lentement son chemin à travers les institutions ecclésiales, notamment pour l'élection du pape à partir de 499. Puis il se répandit dans les assemblées et parlements et jusque dans les démocraties paysannes : le peuple assemblé sur la place du village ou dans l'église ne se contentait pas d'approuver par acclamation les décisions du syndic ou du maire ou de les rejeter par des murmures ou de grands cris. Le maire lui-même devait être élu, et pour une telle élection, chaque chef de famille opine et chaque opinion compte. Le Parlement britannique, les Diètes allemandes, les cantons suisses avaient appris cet usage depuis longtemps. Les puritains émigrés en Amérique y apportèrent les mêmes coutumes politiques et les assemblées de gentilshommes des États-Unis jouèrent le jeu majoritaire dans le respect des bonnes manières. En France, les Assemblées révolutionnaires eurent quelque mal à dominer les passions pour s'habituer à voter en toute sérénité. En outre le gouvernement de la majorité peut se muer en tyrannie pour une minorité, comme Tocqueville l'a souligné. Le respect des droits de la minorité est donc un contrepoids essentiel. Au siècle dernier au Reichstag, les problèmes touchant à la religion ne se réglaient pas par un vote mais par des négociations entre les représentants des diverses confessions qui savaient qu'elles devaient arriver à un compromis en l'absence de tout arbitre et pour échapper à un vote où la majorité triompherait. Retour à la règle de l'unanimité quand les questions vitales sont en jeu.

Cette règle du gouvernement de la majorité dans le respect des droits de la minorité n'a jamais été instituée ailleurs qu'en Europe occidentale. Par contraste, l'Autre Europe n'a jamais connu que l'unanimité. Dans le *mir*, tant qu'un chef de famille se refusait à accepter la décision collective, celle-ci n'était pas prise, et la palabre continuait jusqu'à ce que le récalcitrant cédât et consentît à la volonté commune. La règle de l'unanimité est le mode de gouvernement des groupes restreints, mais ne s'adapte pas à de vastes ensembles humains. Les pays de l'Est de l'Europe ont

toujours été tiraillés entre l'unanimisme et l'anarchie qui conduit au despotisme. Le royaume de
Pologne succomba au XVIIIe siècle en grande partie
à cause de la règle du *liberum veto* qui était en usage
dans la Diète de la noblesse. Un noble, parce qu'il
était noble, pouvait toujours opposer son veto à
une décision de la Diète, sans avoir à s'en expliquer, et son veto suspendait la décision. L'unanimité du *mir*, transposée en anarchie parlementaire
en quelque sorte. L'élection du roi de Pologne
était le grand événement qui rassemblait toute la
noblesse et les somptueuses ambassades de toutes
les puissances européennes intéressées par le
choix du roi. Chaque ambassadeur disposait
d'affidés dans tous les partis et de l'or à profusion
pour acheter les votes. Après la mort de Jean III
Sobieski en 1696, l'Électeur de Saxe, Auguste II,
se fit élire roi de Pologne contre la volonté de
Louis XIV et du pape grâce à l'argent réuni pour
lui par Berend Lehman. Un roi de Pologne luthé-
rien et allemand ! Voltaire pouvait conclure qu'il
« avait acheté la moitié des suffrages de la noblesse
polonaise et forcé l'autre moitié par l'approche
d'une armée saxonne ». On comprend qu'un
royaume ainsi gouverné n'ait pas résisté longtemps aux ambitions de ses puissants voisins et ait
été rayé de la carte par des partages successifs.

Dès le haut Moyen Âge les tribus slaves, se
reconnaissant incapables de se gouverner, firent
appel aux Varègues pour ramener l'ordre et la
paix entre elles et leur imposer un pouvoir. Au
XIXe siècle encore, d'innombrables rébellions de

moujiks réclamaient que l'on revînt au pouvoir du *mir* et en appelaient au pouvoir du tsar autocrate pour ramener les mœurs anciennes et les débarrasser des seigneurs usurpateurs. « Tout le pouvoir aux soviets » trouvait une résonance profonde et lointaine chez tout Russe, ouvrier, moujik ou soldat, en 1917. Pendant une brève période les Soviets se sont essayés au fonctionnement majoritaire à l'occidentale. Le parti bolchevique lui-même ne respecta le principe majoritaire que de 1903 à 1921. La guerre civile tua dans l'œuf ces débuts démocratiques. Sous Gorbatchev, le recours à des majorités qualifiées manifestait que les députés étaient désemparés à l'idée de ne plus arriver à une unanimité. D'ailleurs combien de fois, après avoir « démoli » le « nouveau tsar » au cours de débats houleux, ont-ils confirmé son pouvoir par des majorités de plus des trois quarts : l'observateur occidental voyait une contradiction alarmante là où il n'y avait qu'habitude de l'unanimisme, peur de l'anarchie qui conduit à l'autocratie, et conviction qu'une majorité de 51% n'est pas suffisante pour créer une véritable légitimité.

Concevoir que la moitié plus un donne la légitimité pour gouverner n'est pas une simple abstraction dont on peut se convaincre intellectuellement. C'est une vision du monde et d'autrui, une vision de la société, où règne la confiance grâce à un état de droit : la ferme conviction que lorsque la majorité vous échappera, le nouveau pouvoir respectera l'état de droit, *the Rule of Law*, et les droits de la minorité. C'est tout un système de

valeurs et de normes, incarné dans des institutions
et des mœurs, qui ne s'apprend que par un usage
prolongé, à travers la continuité des rapports
sociaux et des institutions. Cette construction
idéologique subtile, que des juristes savants ont
mis des siècles à édifier, ne se transfère pas d'une
civilisation à une autre, comme une usine clés en
main. Louis XIV, lui-même, savait que son Parlement incarnait une légitimité traditionnelle dont
il devait tenir compte ; en affirmant « L'État, c'est
moi », il affirmait par là même l'existence d'un
État, différent de sa personne, ce qui est l'opposé
du despote autocrate.

Sauf la tchèque, toutes les démocraties de
l'Autre Europe ont cédé devant des gouvernements totalitaires, successivement jusqu'en 1939 :
Voldemaras en Lituanie, les colonels en Pologne,
Horthy en Hongrie, Antonescu en Roumanie,
Metaxas en Grèce, Boris III en Bulgarie, Paul en
Yougoslavie en attendant Tito. Cette série et cette
exception ne sont évidemment pas simplement le
produit de l'air du temps[1]. Elles témoignent de la
légèreté des Alliés, et notamment des Français, qui
ont cru en 1920 qu'il suffisait de quelques hommes politiques frottés de parisianisme pour faire
fonctionner des élections, des parlements et des
gouvernements démocratiques. Charmante naïveté qui n'est pas complètement dépourvue d'actualité, trois quarts de siècles plus tard, bien que

---

1. Il est vrai qu'en Europe occidentale l'Allemagne et les trois
pays méditerranéens avaient suivi la même pente.

des élections soient maintenant le mode commun de choix des dirigeants.

Dans les empires il n'y a pas d'État, il n'y a que l'empereur. En russe *gosoudarstvo* ne veut pas dire État mais pouvoir du souverain (*gosoudar*). L'idée même d'un État indépendant du souverain n'existe pas. En Angleterre, l'*habeas corpus* de 1679 instituait pour la première fois un état de droit dont tout citoyen pouvait se prévaloir contre l'État. Il faudra plus d'un siècle pour que la France suive cet exemple et prétende l'imposer au monde. Comment imposer le respect des droits de l'homme si l'autocrate de droit divin a tous les droits sur ses sujets ? Si l'Agha peut faire pendre le Serbe ou le Grec sans jugement ? Si l'homme n'est pas maître de son propre corps, comment le serait-il de sa propriété ? Et comment faire fonctionner une économie si la propriété n'est pas intangible, si le Président peut décider une nuit de rafler toutes les économies accumulées par tous les citoyens ? Un État et un état de droit s'édifient lentement et n'existent vraiment que lorsque tous, gouvernants et gouvernés, sont convaincus de leur existence et de leur valeur suprême. Alors seulement l'État et le droit cessent d'être les armes aux mains des plus forts pour opprimer les plus faibles.

DU BON USAGE DU MODÈLE
POUR ANALYSER LA DIVERSITÉ

Résumons-nous. Individualisme, État-nation, capitalisme, gouvernement de la majorité ne sont pas une série de caractéristiques mais, au contraire, des traits essentiels qui s'agencent en un modèle. La nation et la démocratie supposent les citoyens libres, l'État-providence lui-même est individualiste. Le capitalisme a besoin d'entrepreneurs autonomes et d'un état de droit. Aucun des quatre éléments ne pourrait exister sans les trois autres et leur conjonction ne se rencontre nulle part ailleurs qu'en Europe occidentale, où il a mis vingt siècles à se cristalliser.

Qu'on me comprenne bien. Mon propos n'est pas ici de faire une géographie culturelle de l'Europe, mais de construire un schéma analytique de l'Europe occidentale pour fonder des études comparatives de changement social. Je me suis servi de l'Autre Europe à cette seule fin, j'ai donc forcé le trait, accusé le contraste, sans jamais proposer de modèle pour les civilisations de l'Autre Europe, qui me paraissent trop diverses pour relever d'un seul modèle. Souvent la Russie m'a servi de contrepoint à la France : entre ces deux extrêmes, les autres pays présentent des formes d'agencements variés que ce livre a pris pour objet. Certaines régions et certains pays de l'Autre Europe ont connu une paysannerie individualiste et stable et ont évolué plus rapidement que d'autres vers le modèle occidental, notamment la Pologne et la Hongrie. Ce qui a induit Jeno Szucs (1985) à distinguer trois Europe mais, à le lire, il est clair que l'Europe centrale est une variante affadie de l'Est auquel elle appartient, alors qu'elle se différencie radicalement de l'Occident.

L'esquisse cavalière que je viens de présenter a montré une longue et lente conquête de l'Europe par un modèle idéologique. Ce modèle est fait d'innovations idéologiques : l'idée individualiste de l'homme ; la distinction entre trois légitimités, religieuse, politique et économique ; la notion de capital ; la conjugaison de la science et de la technique ; le pouvoir de la majorité ; la force du contrat et du rapport de confiance qu'il suppose ; l'état de droit ; le droit de propriété à la romaine. Tels sont les éléments fondamentaux de la civilisation d'Europe occidentale qui dérivent des quatre arêtes du modèle et qui sont uniques dans l'histoire des civilisations. On peut lire l'histoire de notre Europe comme la progression et l'épanouissement de ce modèle. Certes cette lecture peut être taxée de providentialisme et rappeler Bossuet. Mais après tout, Tocqueville, Marx, Weber et Durkheim n'ont pas eu d'autre ambition que d'analyser cet épanouissement, chacun selon son angle d'analyse.

Ce modèle n'est évidemment achevé nulle part. On voit bien que la Grande-Bretagne, n'ayant jamais eu de paysannerie forte, conserve ses traits particuliers, notamment un individualisme plus affirmé, moins équilibré que sur le Continent. En

France, le capitalisme a pénétré tardivement et sous une forme étatique, colbertiste, qui surévalue la nation au détriment de l'individu, qui, par conséquent, affirme son individualité en se rebellant contre l'État. En Italie et en Allemagne, nation et loi de la majorité sont très récentes ; les villes et les principautés sont demeurées longtemps les véritables sièges de pouvoir. L'histoire tend vers ce modèle théorique mais de manière différente ici et là. Par ailleurs il n'est pas dit qu'aucune autre société ne pourrait reproduire ce modèle, ou une variante de ce modèle, le Japon et les dragons du Pacifique sont là pour en illustrer la possibilité. Selon Powelson, si le Japon a pu développer une forme de capitalisme dès qu'il s'est ouvert à l'Occident, ce n'est pas seulement par imitation, mais aussi parce qu'il avait connu, dès le XIVe siècle, un « féodalisme contractuel », certes différent, mais de même type que l'occidental, comme l'avait déjà vu Marc Bloch.

En se développant, ce modèle de civilisation a traversé les siècles et s'est agencé avec des structures sociales et des types d'économies très variés, qu'il a contribué à instaurer et à faire évoluer. Le paysan individualiste s'est libéré du servage, le négociant s'est transformé en fabricant, la monarchie a supplanté la féodalité, l'industrie le capitalisme et les classes sociales se sont établies. Toutes ces transformations se sont réalisées grâce au modèle et en le renforçant. Elles l'ont inscrit plus intimement dans les traditions culturelles de chaque société nationale ou régionale. La Révolution a proclamé les principes idéologiques fondamentaux qui se dégageaient de la gangue sociétale, très lentement depuis dix-huit siècles. Mais cette proclamation demeurait théorique. Elle n'entraînait pas pour autant leur pénétration dans les rapports sociaux. L'Église catholique demeurait ferme dans son refus. Certes la liberté civique était acquise en principe, mais le suffrage universel mit un siècle à se répandre dans les différents pays. Le triomphe du capitalisme entraînait le renforcement d'inégalités anciennes et l'apparition de nouvelles. Il fallut attendre le Second après-guerre pour que, grâce à l'enrichissement fabuleux des Trente glorieuses, l'égalité pénètre la trame des rapports sociaux, que j'ai analysée pour la France dans *La Seconde Révolution française* (Mendras, 1994).

Aujourd'hui l'individualisme poursuit sa course millénaire et atteint enfin son achèvement, à la fois dans l'idéologie, l'idée que l'homme se fait de lui-même, et dans les rapports entre l'individu et les grandes institutions, la religion, la famille, l'État. Les grandes classes sociales et les grandes institutions symboliques ont perdu leur fonction d'encadrement ; elles ne prescrivent plus ni des façons de voir le monde ni des règles de morale pratique. Églises, syndicats, partis, convenances bourgeoises, cultures ouvrières et paysannes ne fournissent plus des modèles auxquels chacun se doit de se conformer s'il ne veut pas encourir la réprobation et parfois l'exclusion. Chacun aujourd'hui peut se construire soi-même avec les modèles de son choix et les contraintes qui lui sont particulières. La religion elle-même est exemplaire du mouvement d'ensemble, puisque à Vatican II, elle a réalisé son *aggiornamento* qui reconnaît la liberté religieuse et les droits de l'homme qu'elle refusait depuis le XVIIIe siècle. Progressivement, les institutions perdent leur emprise sur les fidèles et ceux-ci veulent s'inventer chacun pour soi-même sa religion personnelle en empruntant ici et là les éléments de son éthique, de ses croyances et de ses rites (chapitre premier).

Dans une société où le changement est permanent, l'individu doit trouver en soi ce qui fait de lui une personne unique, assurer à la fois la continuité de sa personnalité et les moyens de s'adapter à des situations sans cesse nouvelles. Aujourd'hui seulement chacun a acquis la liberté de dire non. Le cultivateur n'est plus soumis à la volonté de son propriétaire, de son « maître » comme on disait dans l'ouest de la France, et l'ouvrier peut refuser d'obéir, non sans risque certes. Jean-Daniel Reynaud (1973) a dénommé joliment « pléistocratie » cet état nouveau où le pouvoir descend jusqu'au peuple, ne serait-ce que virtuellement. Ainsi le mouvement de « descente des pouvoirs » dans la société, esquissé dès le Moyen Âge, trouve son aboutissement, tout au moins en principe.

La démocratie s'est enfin établie fermement dans les institutions de toutes les nations d'Europe occidentale et les valeurs démocratiques se diffusent dans la population et se renforcent dans la conviction de chacun. L'entre-deux-guerres avait marqué un brutal retour du totalitarisme. La croisade victorieuse des démocraties a établi des institutions solides à Bonn et à Rome. Dans la péninsule Ibérique il fallut attendre la mort de Franco et de Salazar pour que des démocraties s'installent avec une étonnante facilité, à la suite d'une révolution au Portugal et grâce à une transition habilement préparée et menée en Espagne. Aujourd'hui que la démocratie a été rétablie à Prague, tous les pays d'Europe occidentale sont gouvernés par des élections et selon la règle majoritaire. Si l'on se reporte au début du siècle, ce triomphe de la démocratie, qui nous paraît aujourd'hui aller de soi, a quelque chose de prodigieux. Avant 1914, l'Angleterre était la « mère » des démocraties, mais la France et la Suisse étaient les seules républiques. Les Habsbourg régnaient à Vienne sur des peuples divers qui supportèrent avec impatience leur tutelle, jusqu'à l'attentat de Sarajevo. L'Empire allemand s'étendait de Metz à Poznań et Königsberg. Qui aurait osé prédire qu'en soixante ans, guère plus d'un demi-siècle, tous ces régimes autoritaires disparaîtraient et que les royautés seraient des reliques vénérables conservées pieusement ? L'avènement du socialisme et de la paix universelle, grâce à l'union des peuples, était le rêve des utopistes de gauche et la terreur des conservateurs réalistes ou réformistes, rêve brisé en août 1914. Cet incroyable progrès des institutions démocratiques s'est accompagné d'un progrès des valeurs démocratiques et de l'égalité dans les rapports sociaux.

En revanche, l'État-nation est visiblement soumis à une double compétition : supra-nationale, venue de la globalisation économique et de la construction européenne, et infra-nationale avec le rôle économique, politique et culturel croissant des villes et des régions. On peut se demander si l'État-nation, en tant que forme politique achevée, n'aura duré que deux siècles, et moins d'un siècle dans certains pays. L'Europe des nations triomphe au moment même où elle se trouve remise en question par la réconciliation franco-allemande, puis le Marché commun et enfin l'Union européenne. Par une curieuse ruse de l'histoire, l'Europe occidentale devient-elle une sorte d'empire au moment même où le dernier empire se fractionne en nations ? Et en même temps voit-on renaître sous une forme moderne l'Europe des villes et des principautés ? (chapitre VI).

Enfin si le capitalisme triomphe sans partage, il est peut-être en train de se détruire lui-même en se désindustrialisant et sous l'influence délétère des loisirs et de la culture. Le capitalisme et l'industrie étaient jusqu'à présent les deux faces d'un même système, l'un peut-il survivre si l'autre s'efface devant d'autres formes de production ? Les industries de l'immatériel n'obéissent pas aux mêmes impératifs que les autres. L'équilibre dans les activités humaines entre travail salarié, loisirs, économie domestique et vie civique est bouleversé. Le consommateur devient le maître du jeu à la place de l'entrepreneur qu'il soumet à son bon plaisir. Les rapports entre le politique, l'économique et le socioculturel sont sans doute en train de s'inverser. L'oisiveté est beaucoup plus complexe à gérer que le travail. La logique rationnelle, bureaucratique et hiérarchique d'une société wébérienne est-elle en train de s'estomper ? (chapitre VII).

Le développement majestueux des États incarnant et gouvernant les nations, et le développement du capitalisme ont oblitéré les identités régionales. Ce qui rend insuffisante une analyse à l'échelle nationale. Dans tous les pays des mouvements régionalistes, qui se sont appelés parfois « nationalitaires », ont revendiqué l'autonomie culturelle. Une Europe des régions demeure très vivante dans les structures sociales, les mœurs et les mentalités : elle est à redécouvrir derrière de fausses moyennes nationales. En même temps, des divergences nouvelles s'accusent qui, souvent, épousent des frontières historiques anciennes et, parfois, en créent de neuves. Toute une géographie sociale de l'Europe doit se faire à l'échelle régionale en tenant compte des dynamismes actuels. Eurostat commence à en fournir les matériaux.

Dans l'Angleterre proprement dite le contraste entre Londres et le Sud-Est d'une part, le Centre et le Nord d'autre part, s'aggrave depuis que la vieille Angleterre industrielle du XIXe siècle poursuit sa désindustrialisation. Certaines villes industrielles sont en passe de devenir des friches sinistrées avec des centre-villes où se sont établis des ghettos d'immigrés. Contraste complet avec le Sud où les industries de pointe et les activités tertiaires ont prospéré depuis la guerre, autour de Londres

et de la City. Au Sud le vote conservateur est majoritaire tandis que le Nord-Est est travailliste. À côté
de l'Angleterre, le pays de Galles conserve ses
traits culturels particuliers et l'Écosse cultive son
identité et cherche à accentuer son indépendance
religieuse et politique, sans mentionner l'Irlande
du Nord.

En Belgique, Flamands et Wallons divergent
de plus en plus au point qu'ils se disputent les
zones de bilinguisme. La prospérité économique
étant passée de Wallonie en Flandres, les pouvoirs
se sont rééquilibrés et deux gouvernements
« communautaires » maintiennent un équilibre
précaire. En Hollande on note de nombreuses différences entre Nord et Sud.

En France, pays centralisé depuis quatre siècles,
l'opposition entre la moitié nord et la moitié sud,
langue d'oïl et langue d'oc, droit écrit et droit coutumier, demeure visible sur les cartes religieuses,
électorales et démographiques, j'y ai insisté ailleurs (Mendras, 1994).

En Allemagne, la Rhénanie et les deux anciens
royaumes du Sud (Bade-Wurtemberg et Bavière)
ont résisté à l'influence prussienne jusqu'à la tourmente hitlérienne. De nombreux indicateurs montrent que ce clivage est toujours actuel. De leur
côté, les villes hanséatiques ont retrouvé leur prospérité ancienne. La réunification et le transfert de
la capitale de Bonn à Berlin vont-ils inverser l'équilibre à nouveau ?

Chacun sait aujourd'hui qu'il y a trois Italie
depuis qu'entre le Mezzogiorno et le triangle

industriel Turin, Milan, Gênes, la troisième Italie s'est réveillée de son assoupissement et a fait le second miracle italien (Bagnasco et Trigilia, 1993). Chacune des trois Italie a un système social et un système de pouvoir particulier.

Au sortir d'une guerre civile sanguinaire et d'une dictature forte, l'Espagne demeure une nation impériale. On parle des Espagne : le Nord (Pays basque, Navarre et Catalogne) est industrialisé, les villes méditerranéennes ont connu la prospérité, les provinces méridionales sont demeurées sous-développées. Chaque Espagne suit ses traditions.

Le Portugal est coupé en deux par le Tage. Au nord, une petite paysannerie propriétaire, au sud, les latifundias de l'Alentejo avec leurs foules de salariés, qu'une pseudo-réforme agraire n'a pas réellement modernisés.

Derrière leurs caractéristiques communes les trois pays scandinaves sont très différenciés et en Suède même les différences entre la Scanie et le reste du pays sont notables. L'Autriche est formée de régions aux traditions historiques très variées.

Les statistiques sont construites selon les habitudes de pensée nationales et chaque nation veut se voir dans les chiffres conforme à l'image qu'elle entretient d'elle-même. D'un pays à l'autre les mêmes chiffres traduisent des réalités différentes et les moyennes nationales sont trompeuses quand les contrastes régionaux donnent des écarts à la moyenne supérieurs aux différences nationales. Les données nationales sont pertinentes pour ce qui relève de l'État, les données régionales le sont pour ce qui relève de la société.

La densité de population varie considérablement de 330 au km^2 en Belgique à 78 en Espagne. Sur la carte, l'ensemble de l'Europe occidentale est fortement urbanisé et densément peuplé à l'exception de la France et de l'Espagne : une grande zone de faible densité part de la Belgique et se prolonge jusqu'en Andalousie. L'Écosse et l'Irlande présentent aussi des taux très faibles. L'Europe urbanisée correspond à l'ancienne Lotharingie prolongée en Angleterre par la grande région londonienne et vers le sud par l'écharpe méditerranéenne qui va de Venise à Barcelone et se prolonge jusqu'à Valence (**ill. 1**).

L'importance relative de l'agriculture dans le système productif permet d'opposer une Europe agricole à une Europe industrielle. L'Irlande est la plus agricole avec le sud du Portugal, le nord de la Hollande et la Champagne (plus de 20 % de la valeur ajoutée). En Italie (sauf la Lombardie), au Portugal, en Espagne (sauf la Catalogne et Madrid) et en France de l'Ouest, l'agriculture a un rôle supérieur à la moyenne. Les moyennes sont trompeuses ; par exemple les trois régions françaises où l'agriculture représente plus de 12 % de la valeur ajoutée sont la Bretagne, le Sud-Ouest et la Champagne. Mais ce sont trois structures différentes de production : respectivement production intensive légumière et hors-sol (poulet et porc), vignobles et grandes exploitations céréalières.

Illustration 1. *Densités de population*
dans les régions européennes en 1990

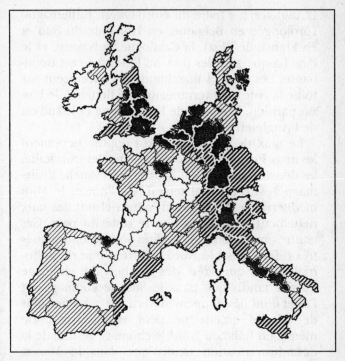

Habitants par km²

Source : Hervé Le Bras, *La planète au village*, Éditions de l'Aube, 1993, p. 76.

> 250

150-250

75-150

< 75

L'Angleterre, l'Italie du Nord-Ouest, l'Allemagne (prolongée en Belgique, en Hollande du Sud et en France de l'Est), la Catalogne, la Navarre et le Pays basque sont les pays ou l'industrie est dominante. Les services marchands se concentrent sur toute la côte méditerranéenne, le Benelux, le Bassin parisien, le centre de l'Allemagne et le sud-est de l'Angleterre **(ill. 2)**.

Le taux de chômage global oppose nettement les deux Portugal, les deux Espagne, les trois Italie, les deux Angleterre et l'Écosse. En revanche l'Allemagne est d'un seul tenant. En France, le Midi méditerranéen et le Nord industriel ont des taux nettement plus élevés que le reste du pays. Ces chiffres marquent des réalités socio-économiques très différentes : le Nord souffre d'une désindustrialisation qui crée des poches de chômage ouvrier tandis que dans le Sud, le chômage est l'effet d'un développement tertiaire qui attire plus de salariés qu'elle ne peut en absorber. De même, en Italie du Nord le chômage résulte de la désindustrialisation tandis que dans le Mezzogiorno, le chômage est un effet du sous-développement **(ill. 3)**. Trois formes de chômage radicalement différentes sont révélées par des taux statistiques voisins : chômage de sous-développement, chômage de désindustrialisation, chômage de modernisation. Les mêmes contrastes se retrouvent sur les cartes du chômage des femmes et du chômage des jeunes, variables selon les pays. Notamment les taux de chômage des jeunes en France sont très élevés par rapport à la moyenne

Illustration 2. *Pourcentage d'agriculteurs dans la population active*

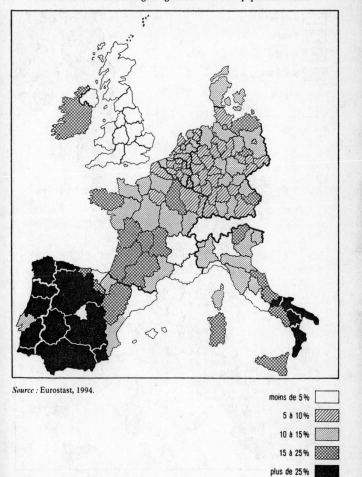

Source : Eurostast, 1994.

moins de 5 %	
5 à 10 %	
10 à 15 %	
15 à 25 %	
plus de 25 %	
égal	

0   500 km

Illustration 3. *Taux de chômage par région (1993)*

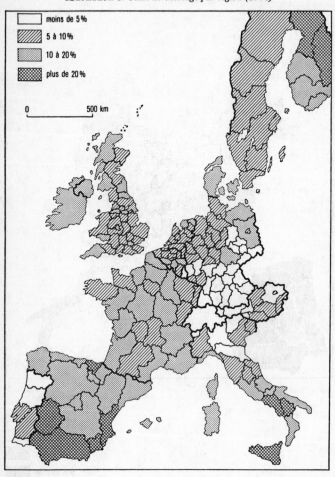

Source : Eurostat, 1994.

européenne. En Allemagne un taux très bas s'explique par un système d'apprentissage qui n'a pas d'équivalent dans le reste de l'Europe. Ce qui montre que les politiques et les institutions nationales expliquent bien des contrastes, comme nous le verrons fréquemment par la suite.

*

À l'aide des quatre composantes du modèle, les grandes structures et les grandes institutions sont scrutées dans les pages qui suivent : religion et systèmes de valeurs, hiérarchies et catégories sociales, famille et parenté, État et capitalisme. Ensuite il appartiendra au lecteur de tirer la morale de cette histoire et de conjecturer les voies qui conduisent vers une société européenne et les écueils auxquels elle se heurtera.

Du modèle que je propose et du contraste entre les deux Europe, il ne faut pas tirer des conclusions hâtives. La chute du mur de Berlin ne doit pas inciter à penser qu'un contraste aussi profond entre deux modèles de civilisation va s'estomper rapidement malgré la proximité historique, géographique, religieuse et linguistique. Un tel voisinage historique souligne au contraire la force des traditions et des institutions. Tout emprunt culturel doit être réinterprété par le système qui l'accueille, s'y acclimater pour le faire évoluer. Sinon le rejet ne se fait pas attendre, suivi par un retour aux fondamentalismes religieux et ethniques, comme on le voit aujourd'hui, en pays d'Islam et, à un moindre degré, dans les pays de l'Autre Europe. Chaque modèle évoluera selon sa logique et son génie propres, en empruntant des traits à l'autre, mais sans pour autant remettre en question le modèle archétypique. De plus l'inertie culturelle est aujourd'hui combattue par l'ouverture aux échanges économiques et culturels. Les mass media ne connaissent pas de frontière autre que linguistique. Aujourd'hui on voit renaître avec force partout les identités culturelles. Ce qui induirait à penser que les structures sociales les plus permanentes, et donc les plus fortes, sont de nature idéologique et non de nature matérielle et économique. Chacun sent qu'un bouleversement nouveau est en cours sous le coup de deux événements majeurs : la fin du marxisme comme idéologie eschatologique et doctrine de gestion étatique de la société, et la mondialisation des communications et des marchés. Face à ces deux chocs, comment se comportera mon modèle ?

Hartmut Kaelble (1988), a posé le problème dans son livre pionnier : « L'intégration de l'Europe a-t-elle réellement marqué la fin de la "voie à part" de l'Allemagne, de sa démocratisation tardive et réduite à néant par le régime national-socialiste ? La société de l'Allemagne fédérale est-elle effectivement plus proche des autres sociétés européennes que ne l'était la société allemande, non seulement de l'ère nazie, mais aussi de la république de Weimar et de l'époque impériale ? » À cette question les Français répondent par une interrogation sans fin sur

« l'exceptionnalité française », les Anglais ne doutent pas d'être un peuple unique, ainsi d'ailleurs que les Hollandais, les Suédois, et les autres.

Si l'on regarde de loin, l'Europe occidentale a des traits de caractère très particuliers, uniques, que j'essaierai de préciser et d'agencer en une figure cohérente. Plus on se rapproche, plus les traits distinctifs de chaque nation deviennent saillants. Si l'on se rapproche encore, chaque région est originale. À quelle échelle faut-il prendre la carte, à quelle distance régler l'objectif ? De ce choix dépend la réponse à la question qui soustend tout ce livre : l'Europe marche-t-elle vers l'homogénéité ? Au contraire, les ressources nouvelles que recèlent nos sociétés permettront-elles à la variété de s'épanouir ? Je préviens mon lecteur que, quant à moi, je choisis le second point de vue. En effet, mon hypothèse générale est, qu'en s'enrichissant, la société occidentale s'est assouplie, que les différents éléments de la société ont acquis un degré de liberté plus grand les uns par rapport aux autres. La complexité croissante des systèmes de relations entre secteurs, entre acteurs, entre institutions redonne de la souplesse à la société tout entière : la société civile s'intercale entre la société politique et la société économique. Cette complexité nouvelle donne de la liberté à chacun. Reste à comprendre quel usage sera fait de cette liberté.

Tableau 1. *Statistiques sur l'Union européenne*
et ses quinze États membres :
comparaison entre l'Union européenne (EUR 15),
les États-Unis et le Japon (chiffres 1993)

Pays	Superficie en milliers de km²	Population en millions d'habitants	Densité de la population (hab./km²)	PIB aux prix du marché* en milliards SPA²	PIB par habitant* (SPA²)
Belgique	31	10,1	330	172,3	17 110
Danemark	43	5,2	120	88,5	17 060
Allemagne	357	81,2	226	1 357,1	16 710
Grèce	132	10,4	78	81,7	7 890
Espagne	505	39,1	78	475,9	12 180
France	544	57,6	106	1 015,3	17 610
Irlande	70	3,6	51	44,6	12 530
Italie	301	57,1	189	960,6	16 840
Luxembourg	3	0,4	153	8,4	21 260
Pays-Bas	41	15,3	370	248,1	16 220
Autriche	84	7,9	94	136,2	17 140
Portugal	92	9,9	107	91,1	9 740
Finlande	337	5,1	15	68,4	13 520
Suède	450	8,7	19	134,9	15 440
Grande-Bretagne[1]	244	58,0	237	922,0	15 890
EUR 15	3 337	368,7	89	5 805,0	15 733
États-Unis	9 373	258,3	27	6 052,3	23 430
Japon	378	124,7	329	2 430,8	19 500

1. Irlande du Nord comprise.
2. SPA = standard de pouvoir d'achat - unité commune représentant pour chaque pays un volume identique de biens et de services.
1 SPA = 41,97 BFR - 2,28 DM - 9,66 DKR - 124,90 PTA - 6,93 FF - 0,68 UKL - 203,12 DRA - 1618,0 LIT - 6,89 FMK - 1,03 USD - 193,79 YEN.

* estimations

Source : Services de la Commission européenne.

CHAPITRE PREMIER

L'HÉRITAGE RELIGIEUX[1]

Le mot et l'idée d'Europe ont lentement supplanté ceux de chrétienté, nous l'avons vu. À partir du moment où les grandes découvertes faisaient connaître aux chrétiens de nouveaux païens et où le schisme entre chrétientés d'Orient et d'Occident s'est doublé des hérésies protestantes et de l'Empire ottoman, le rapport entre le temporel et le spirituel se posait dans des termes neufs. Tant que le catholicisme romain régnait sans partage dans le domaine religieux, il devait trouver des accommodements avec les pouvoirs publics en vertu du principe évangélique de rendre à César ce qui est à César et à Dieu ce qui est à Dieu. Tant que princes et rois se faisaient sacrer, aucun problème de légitimité ne se posait. Mais du jour où les princes se partageaient entre catholiques et protestants, ils ne pouvaient tolérer que leurs sujets fussent d'une autre obédience religieuse

1. Dans ce chapitre, je m'appuie sur le livre collectif dirigé par D. Hervieu-Léger et G. Davie (1996).

que la leur. Le principe *cujus regio, ejus religio* s'imposait et l'édit de Nantes n'était qu'un compromis bâtard aux yeux des rigoristes, sa révocation s'imposait, suivie des dragonnades pour ramener les parpaillots dans le giron de l'Église et au respect du monarque couronné à Reims. En cela l'Europe occidentale se distingue clairement de l'Autre Europe où l'Église est soumise à l'État : comme il a été déjà dit, dans les années récentes, chaque nouveau gouvernement grec a remplacé l'archevêque d'Athènes, comme un directeur de ministère, ce qui serait inconcevable dans les pays de tradition occidentale. Elle se distingue aussi des États-Unis où la diversité des confessions est un fondement de la constitution et de la vie des collectivités locales. En Europe occidentale, seuls les Pays-Bas sont fondés sur une diversité religieuse qui fait toute l'originalité de leur vie politique et sociale.

Depuis le XVIᵉ siècle l'opposition entre l'Europe catholique et l'Europe protestante est un objet de méditation pour historiens et sociologues ; et la thèse de Max Weber sur la correspondance entre éthique protestante et esprit du capitalisme a été l'objet d'un débat qui n'est toujours pas clos. Que le protestantisme n'ait pas mordu au-delà du *limes* romain se voit au premier coup d'œil sur la carte : les régions romanisées ont résisté à la Réforme ; quelques-unes se sont converties, puis elles se sont reconverties, spontanément ou de force ; c'est donc à juste titre que le catholicisme peut être qualifié de « romain », au sens historique et non

seulement parce que le pape siège à Rome. Le protestantisme a pu être traité d'ethnocentrisme germanique opposé à l'universalisme catholique.
Dans la seconde moitié du XXᵉ siècle, l'idée d'une
communauté européenne naissait d'une utopie
des catholiques sociaux et il est frappant de voir
qu'en France les régions de forte tradition catholique ont voté plus massivement en faveur du traité
de Maastricht que les autres, si bien que l'ancienne carte de la pratique religieuse des années
cinquante est réapparue dans la carte des résultats
du référendum. Le catholicisme demeure antinomique de l'idée de Nation, même chez ceux qui
ont rejeté toute allégeance à l'Église romaine.

Depuis le concile de Trente, l'Église catholique
cherche à reconquérir les populations gagnées par
la « modernité ». Elle s'est battue contre le principe même du capitalisme et contre celui de la
démocratie, le libre arbitre de tout homme. Il a
fallu attendre Vatican II pour qu'elle concède à
chaque créature la liberté de choix religieux, mais
elle demeure critique à l'égard du fonctionnement libéral de l'économie. Ayant fait siens les
principes de la démocratie et du capitalisme, le
protestantisme paraissait avoir fait sa paix avec le
monde moderne. Pourtant le désenchantement
du monde l'a atteint comme l'Église romaine :
en Europe la baisse de la pratique religieuse a suivi
la même courbe pour les deux branches du christianisme. Or le contraste avec les États-Unis,
demeurés massivement religieux, montre que le

mouvement de désaffection des Européens ne peut s'analyser simplement comme le résultat d'un conflit entre « modernité » et religion. D'ailleurs la notion même de modernité est si globale et vague qu'elle se prête mal à l'analyse du rapport de causalité.

LES ÉGLISES ET L'ÉTAT

Au Moyen Âge la christianisation était affaire « politique », si l'on me permet cet anachronisme. Le baptême de Clovis était réputé le baptême de son peuple. L'Église ne cherchait pas à inculquer sa foi à chacun des païens mais à convertir les puissants et les foules, collectivement. Les ouailles n'étaient pas réellement prises en compte comme des individus, il était entendu que si la collectivité était chrétienne, ses membres l'étaient du même coup. Seuls les puissants parlaient au nom de leurs peuples.

La Réforme protestante et la Contre-Réforme catholique renoncèrent à cette doctrine « sociétale » de la religion et retrouvèrent le principe individualiste de l'Évangile : chaque créature devait se convertir personnellement et trouver individuellement le chemin du royaume de Dieu, son créateur. Par une curieuse ruse de l'histoire, la désaffection que les croyants marquent aujourd'hui à l'égard de leurs institutions ecclésiales semble coïncider avec le triomphe ultime de cet individualisme remis à l'honneur par ces églises elles-mêmes au XVIe siècle.

Cependant à cette époque le prince ne pouvait accepter que ses sujets ne partageassent pas sa religion, sinon une légitimité religieuse pouvait s'opposer à sa légitimité temporelle. Du conflit entre confessions naquit le principe *cujus regio, ejus religio*, la religion du prince est celle de ses sujets. Au XVIe siècle cette règle ne s'imposait pas absolument, elle s'est accentuée au XVIIe avec le renforcement du pouvoir monarchique en France et à la suite de la guerre de Trente ans en Allemagne. Louis XIV, ne pouvant accepter que certains de ses sujets ne partageassent pas sa foi, révoqua l'édit de Nantes et l'Empire allemand devint un véritable patchwork de principautés, chacune avec sa confession. L'Angleterre avait son Église nationale depuis Henri VIII. Seules les Provinces-Unies faisaient de la tolérance le principe fondateur de leur existence.

Les institutions ecclésiales modernes se sont donc mises en place en même temps que l'État-nation. En France, la querelle entre gallicans et ultramontains s'est développée au XVIIe siècle avec l'instauration de la monarchie absolue. Le renforcement des nations au XVIIIe et au XIXe a entraîné celui des Églises nationales, qu'elles soient « romaine » ou « protestante » : l'Église du Portugal était aussi nationale que celle de Suède, par exemple. Au XXe siècle, lorsque le complexe État/religion éclate, la religion en est réduite à

une position défensive, soit pour défendre le
centre même de la religion nationale comme en
Suède, soit pour défendre une position périphérique comme en Bretagne. La teinte religieuse des
partis politiques a presque complètement disparu
dans tous les pays en même temps que le cléri-
calisme et l'anticléricalisme. Aujourd'hui que l'État-
nation est remis en question en Europe occidentale, et que les institutions politiques souffrent
d'une désaffection des citoyens, aucune Église ne
veut plus être associée à un pouvoir politique.

Peut-être faut-il voir là l'origine du contraste
entre les deux rives de l'Atlantique, comme le suggérait Tocqueville. L'État américain s'est constitué
à partir de collectivités locales pluri-confession-
nelles, et par conséquent la séparation de la religion et de la politique n'entraîne pas la laïcité de
l'État ni aucune forme d'antireligion ou d'anticléricalisme. Le Président des États-Unis jure sur la
Bible de respecter la Constitution et invoque Dieu
chaque fois qu'il le juge utile, quelles que soient ses
convictions personnelles. L'ex-Yougoslavie est une
contre-épreuve dramatique où l'on voit des identités religieuses en guerre pour obtenir chacune
leur identité nationale. En tout cela l'Europe
occidentale est évidemment très exceptionnelle,
comparée à l'Autre Europe, aux États-unis, et aussi
à l'Amérique latine et aux pays musulmans.

Mais cette évolution d'ensemble ne doit pas
cacher les profondes diversités nationales qui
demeurent toujours aussi fortes. La séparation
complète de l'Église et de l'État est une particu-

larité française qui tient à l'histoire politique
depuis la Révolution. L'anticléricalisme laïc et
républicain combat pour un idéal de raison,
d'humanité et de liberté. Dans aucun autre pays
il n'a conquis l'État ; partout la religion est
reconnue et même intégrée au fonctionnement
politique et étatique. La laïcité républicaine française fait contraste avec les quatre autres nations
catholiques, le Portugal, l'Irlande, l'Espagne et
l'Italie ; et chacune de ces dernières a des particularités fortes. L'Église d'Angleterre paraît nationale alors qu'elle cohabite avec plusieurs dénomi-
nations et deux Églises « nationales » en Écosse et
en pays de Galles, sans parler de l'Irlande du Nord.
L'Allemagne connaît une pluralité confessionnelle
ancrée sur le territoire. En Belgique et aux Pays-
Bas la pluralité religieuse est une des structures
majeures de la vie sociale et politique du pays.
Enfin le Danemark a l'Église la plus nationale de
toutes, mais la plus faible participation religieuse.
En Suisse, coexistent 26 systèmes différents d'agencement entre l'Église et l'État, montrant que diversité est compatible avec unité politique.

En Grande-Bretagne, l'Église d'Angleterre tient
à la couronne, mais non l'Église d'Écosse, l'Église
du pays de Galles, l'Église catholique et les diverses
confessions protestantes, sans oublier l'Irlande du
Nord et maintenant l'Islam. Derrière la majesté
d'une Église nationale, le Royaume-Uni est un
pays de diversité confessionnelle comme les
États-Unis. En Écosse, l'Église est la principale
institution qui incarne l'identité écossaise pour

tous les Écossais, même ceux qui en sont complètement détachés. Si l'Écosse obtenait son autonomie politique et son parlement, on peut se demander si l'Église n'en perdrait pas beaucoup de son
rôle « national » et de sa fonction identitaire. En
masse, les Anglicans représentent 27 millions de
Britanniques, pour 5,5 millions de catholiques et
1,5 million de presbytériens. Ces chiffres sont
approximatifs. Globalement, on passe de 72 % de
la population totale en 1975 à 71 % en 1995. Mais
cette stabilité est contredite par la répartition des
membres déclarés des différentes confessions, qui
fait apparaître une baisse générale : le total passe
de 8 millions en 1975 à 6,7 millions en 1992, soit
de 18,5 % à 14,4 % de la population adulte.
Toutes les Églises voient le nombre de leurs membres diminuer ou stagner sauf les *free churches*, les
indépendants et les pentecôtistes.

Le nombre total des prêtres reste aux alentours
de 39 000. La baisse des prêtres anglicans, catholiques et presbytériens est compensée par l'augmentation des prêtres des quatre *free churches* (sans les
méthodistes) de 7 482 en 1975 à 11 622 en 1992.

En Allemagne le pluralisme confessionnel a pris
ses racines dans la diversité de structures politiques du XVIe siècle. Le Saint Empire romain
germanique mêlait la nation allemande, héritage
romain et religion. La confession d'Augsbourg a
été rédigée à l'occasion de la diète tenue dans
cette ville en 1530. En 1555, la diète d'Augsbourg
entérine le principe *cujus regio, ejus religio*, c'est-à-
dire l'éclatement confessionnel de l'empire. Le

Tableau 2. *Membres des Églises en Grande-Bretagne*

En milliers		
	1975	*1992*
Anglicans	2 300	1 800
Baptistes	236	231
Catholiques	2 500	2 000
Indépendants	252	357
Méthodistes	596	459
Orthodoxes	197	276
Autres Églises	156	131
Pentecôtistes	145	170
Presbytériens	1 640	1 242
	8 000	6 700
% de la population adulte	18,5	14,4

Source : Hervieu-Léger et Davie (1995).

pouvoir épiscopal est remis au prince et les églises deviennent territoriales, même dans les territoires d'obédience catholique. Les traités de Westphalie reconnaîtront les trois grandes confessions chrétienne, catholique, luthérienne, réformée — sans compter les innombrables sectes et les communautés juives. Ils assouplissent le principe *cujus regio* en admettant que si un prince change de confession, il n'entraîne pas automatiquement le changement chez ses sujets ; ceux-ci d'ailleurs acquièrent un droit à l'émigration s'ils ne partagent pas la confession de leur prince. Les villes libres tolèrent des communautés d'autres confessions : Cologne catholique accepte des réformés, des protestants et des juifs, de même Francfort, luthérienne, les catholiques, les réformés et les juifs.

Face à cette diversité, les deux dictatures, l'Empire prussien et le régime nazi, fondées sur une idéologie nationaliste, s'opposèrent à l'influence religieuse. Aujourd'hui, les Églises sont puissantes et gèrent divers services sociaux et culturels. En effet en grande majorité les Allemands paient avec leurs impôts une taxe religieuse, de 10 % du total, qui est versée à la confession à laquelle ils déclarent appartenir. Les enfants doivent dire à l'école quelle est leur religion ; il est très difficile aux parents qui n'en ont pas de le faire comprendre à leurs jeunes enfants, pour lesquels c'est un attribut essentiel d'identité à l'égard de leurs camarades. Cependant, depuis plusieurs années des contribuables de plus en plus nombreux déclarent n'appartenir à aucune Église et demandent de ne plus payer l'impôt religieux. En Bavière, la récente querelle sur les crucifix dans les salles de classes paraît anachronique à un Français et témoigne de la force de l'Église. Malgré l'arbitrage de la Cour fédérale, le conflit se solde à l'avantage de l'Église et au désavantage des « laïcs ». Riche et puissante, l'Église catholique allemande pèse de tout son poids sur l'Église romaine.

Le contraste avec l'Italie est frappant. L'État monarchique italien s'est constitué contre le Vatican ; le pape italien a vécu comme un étranger dans son propre pays jusqu'aux accords de Latran (1929), alors que la religion demeurait dominante dans la majorité des régions du pays, plus au nord qu'au centre et au sud. Depuis la guerre, le parti catholique a gouverné le pays sans discontinuer, grâce à un compromis historique avec les communistes. Après l'Irlande et avant l'Espagne, l'Italie demeure le pays le plus profondément catholique d'Europe occidentale : 60 % des Italiens affirment avoir confiance dans l'Église et 40 % lui payent une quote-part de leurs impôts chaque année. La vitalité des associations para-religieuses, le rôle que les laïcs assurent dans l'enseignement religieux, beaucoup de signes témoignent de la vitalité de l'institution, mais des attitudes d'« appartenance sans croyance » paraissent se diffuser et renverser les attitudes traditionnelles de « croyance avec faible appartenance ». Une pluralité de cultures politiques se développe en même temps que des mouvements néo-pentecôtistes, charismatiques et néo-fondamentalistes.

Cette diversité croissante au sein du peuple catholique pose un problème majeur à la hiérarchie. Près de la moitié des Italiens (48 %) affirment « qu'il n'existe pas une seule vraie religion » contre 37 % qui croient à une seule vraie religion (par comparaison, en France le pourcentage est de 16 %). L'Église reste cependant une institution forte avec ses 26 000 paroisses (2 200 habitants en moyenne par paroisse) et ses 37 300 prêtres et 27 800 religieux, soit près d'un homme d'Église pour 1 000 habitants, sans oublier les 134 000 religieuses. Majestueuse et puissante en apparence, l'Église a perdu son unité interne et son unité politique, il lui faudra donc trouver un nouvel équilibre entre institution, fidèles et rôle politique. Après l'écroulement du Parti communiste comme contre-pouvoir idéologique, l'Église risque de devenir la « religion civile » des Italiens qui assure la mémoire collective et témoigne d'un consensus éthique minimum. La disparition du communisme lui laisse le champ libre pour fonder à neuf l'unité de valeurs démocratiques dont le système politique italien a grand besoin.

En Belgique et en Hollande toute la vie de la nation, comme des collectivités locales, est structurée en trois « piliers ». En Hollande, protestants, catholiques et libéraux (devenus socialistes) ont chacun leur parti politique, leurs écoles, leurs journaux et dans chaque ville et même village on trouve trois églises, trois écoles, trois bibliothèques, trois hôpitaux, trois équipes sportives. En Belgique, pilier catholique, pilier socialiste et pilier libéral remplissent le même rôle. Dans les deux pays on naît, on vit et on meurt au sein de son pilier, les transfuges sont rares. En Belgique les ouvriers socialistes se retrouvaient à la maison du peuple et les bourgeois, petits et grands, à l'église. Bien sûr, tout n'était pas aussi simple, la JOC encadrait les jeunes ouvriers catholiques et la bourgeoisie libérale créait l'université « libre » de Bruxelles pour ne pas envoyer ses enfants à l'université de Louvain. Depuis vingt-cinq ans cette belle organisation se désagrège rapidement en Belgique, plus lentement en Hollande.

Ce tour d'Europe se terminera au Danemark

dont l'Église offre une structure très particulière. Les citoyens paraissent les plus détachés de toute pratique religieuse : ils ont les plus bas scores sur tous les indicateurs avec les Suédois, sauf pour la croyance en Dieu. Une très faible minorité fréquente les temples et 29 % seulement disent qu'ils trouvent quelque recours dans la religion. Et pourtant 88 % des Danois sont des membres enregistrés de l'Église luthérienne et évangélique. D'après ces déclarations, le Danemark paraît aussi unanimement religieux que l'Irlande, plus que l'Italie et l'Espagne. À l'opposé de l'« intransigeantisme » romain, l'Église danoise a pris un parti clair d'adaptation à la modernité et de coller au plus près des évolutions des mœurs et de la société. Les Danois ont été christianisés tardivement et leurs rois ont toujours résisté à l'emprise de Rome, si bien que le protestantisme fut le bienvenu pour assurer l'indépendance religieuse du Danemark sous l'autorité de la couronne. L'Église luthérienne devint un élément de l'administration monarchique, évêques et pasteurs étaient nommés par le roi. Des pasteurs se firent « douaniers » religieux pour surveiller la frontière et empêcher à la fois les jésuites et les crypto-calvinistes de s'infiltrer dans le royaume. Écoles, hôpitaux et œuvres de charité étaient du ressort de l'Église. Aujourd'hui encore, l'Église du peuple danois est sous le contrôle direct du gouvernement et du Parlement, il n'y a pas de synode épiscopal et les neuf évêques sont rarement d'accord entre eux.

Dans les paroisses, l'assemblée des fidèles choisit

ses pasteurs, généralement deux par paroisse pour qu'il ne risque pas d'y avoir d'influence dominante sur les ouailles. Cette structure de type congrégationiste est évidemment à mettre en rapport avec le développement à la fin du siècle dernier du mouvement coopératif danois, unique en son genre. La liberté des minorités est assurée au sein des paroisses par la possibilité qu'ont les fidèles de s'affilier à une autre paroisse que celle de leur résidence si le pasteur les séduit. De même, si cinquante chefs de famille veulent faire venir un pasteur de leur choix pour assurer le service, ils le peuvent et obtiennent une contribution financière de l'État. L'Église danoise est donc une institution nationale étroitement liée à l'État et un instrument majeur d'identification nationale pour les citoyens, en même temps qu'elle est une structure très souple et démocratique. Partie intégrante de la nation et institution intégratrice des collectivités locales, elle respecte scrupuleusement la liberté individuelle de chaque croyant. À la limite, on pourrait dire que tout citoyen danois est membre de son Église nationale et y trouve son identité, mais sans pour autant nécessairement croire aux fondements du christianisme ni participer aux rites : une autorité faible alliée à une loyauté forte.

LES PRATIQUES

Curieusement, alors que les institutions sont nationales, les pratiques ecclésiales et les coutumes religieuses sont régionales. Dans les pays pluri-confessionnels, la diversité s'impose. L'Allemagne est le cas exemplaire d'un contraste entre le Sud à majorité catholique et le Nord à majorité protes-tante, sur lequel se broche une diversité micro-régionale héritée du XVIe siècle et du principe *cujus regio, ejus religio*. La diversité de la Suisse prolonge celle de l'Allemagne, tandis que la catholique Autriche prolonge la Bavière. Aux Pays-Bas également, le Sud est plus catholique que le Centre, et le Nord d'un protestantisme plus strict que le Centre.

Parmi les nations catholiques, la France présen-tait des contrastes régionaux surprenants. D'une région à l'autre les pourcentages de pratique dominicale variaient de 80 % à 10 % et des frontiè-res brutales séparaient les régions de traditions religieuses différentes. L'Ouest était unanime-ment pratiquant à côté du Bassin parisien déchris-tianisé depuis la Révolution ; le Massif central, lui, était coupé entre le Sud-Est fidèle et le Nord-Ouest détaché. Un contraste presque aussi fort opposait l'Italie du Nord, notamment le Nord-Ouest et le Mezzogiorno, puisque « le Christ s'est arrêté à Eboli », à l'entrée de la Lucanie et de la Calabre. De même en Espagne, le Nord s'oppose au Sud : l'Estramadure et la Catalogne étant les extrêmes.

Depuis deux siècles toutes ces régions, catho-liques ou protestantes, pratiquantes ou non, ont

progressivement déserté leurs temples ; les protestants plus tôt que les catholiques ; les régions de
forte pratique plus tardivement mais plus brutalement, tant et si bien que la carte religieuse de
l'Europe perd ses contrastes et n'offre plus que
des nuances, sauf en Irlande. Les grandes régions
de pratique religieuse catholique relativement
forte sont le nord de l'Espagne (moins la Catalogne) prolongé par le nord du Portugal et
l'extrême sud-ouest de la France ; le nord de l'Italie prolongé en France par les Alpes du Nord
contourne la Suisse pour rejoindre l'Autriche, la
Bavière, et le Bade-Wurtemberg ; l'Alsace forme
un trait d'union entre la Lorraine, la Rhénanie, la
Belgique, le sud de la Hollande et le nord de la
France. Ajoutons les deux régions françaises du
grand Ouest (Bretagne, Vendée et ouest de la Nor-
mandie) et le sud-est du Massif central. Voilà une
carte d'Europe qui ne connaît pas de nations. Le
catholicisme s'est implanté et a résisté au mouvement de sécularisation dans des régions bien déli-
mitées par des frontières très franches. Et cette
carte ne coïncide pas avec celle de la démocratie
chrétienne qui est forte en Italie du Sud pourtant
peu pratiquante, absente du nord de l'Espagne,
faible en Wallonie et présente dans l'ensemble des
Pays-Bas. Pour les protestantismes, les indicateurs
sont trop incertains pour tenter une géographie.

Si l'on s'en tient aux moyennes nationales, nous
disposons de chiffres pour la pratique religieuse
dominicale et aux grandes fêtes. Ces chiffres
résultant de réponses à un questionnaire sont

L'héritage religieux 87

surévalués, mais ce qui importe ici ce sont les variations entre nations plus que les chiffres en eux-mêmes. Dans cinq pays, plus de la moitié de la population n'assiste jamais à un service religieux (moins d'une fois par an : Danemark, France, Grande-Bretagne, Belgique et Pays-Bas). Dans ces pays et dans toutes les confessions la pratique dominicale régulière a baissé fortement et s'établit aux environs de 5 % : 3 % dans l'Église anglicane High Church et l'Église luthérienne en Suède, 7 % à 8 % en France et en Belgique. À l'autre extrême, 80 % des Irlandais déclarent aller à l'église une fois par semaine au moins. En Italie et en Espagne, la pratique dominicale s'établit aux environs de 40 %. En Allemagne, la moitié de la population se rend à l'église ou au temple chaque semaine ou pour les grandes fêtes. Il semble que les protestants soient plus fidèles aux fêtes que les catholiques (**ill. 4**).

L'enquête sur les valeurs des Européens (*European Values Survey*, désormais appelée EVS) de 1987 et sa réplique de 1990 permettent de montrer que le mouvement se poursuit, à tel point qu'on peut se demander si l'on ne s'approche pas d'une période de déchristianisation totale et que temples et églises seront bientôt complètement déserts. Cependant, nous allons le voir, d'autres indicateurs sont moins alarmants pour les autorités religieuses et les croyants. En effet, ces enquêtes mesurent des indicateurs de croyance et d'importance que les individus attribuent à la religion dans leur vie (**tabl. 3**).

Tableau 3. *Caractéristiques religieuses*

	EUR	IRL	I	P
Appartenance à une religion	75	96	82	72
Répartition :				
— Catholiques	50	93	80	70
— Protestants	22	2	1	0
— Autre religion	3	1	1	2
Sans religion	25	4	18	28
— Religieux	59	72	79	68
— Non religieux	29	27	12	25
— Athées convaincus	5	1	3	5
Importance religion (très + assez)	47	84	66	56
Religion source de force, réconfort	44	82	65	62
Pratique mensuelle (≥ 1 f/mois)	32	88	53	41
Pratiquement jamais ; jamais	33	4	15	22
Pratique hebdomadaire (≥ 1 f/sem.)	21	65	40	33
Noyau actif (paroisse, mouvement)	9	14	8	9
Attachés au baptême	68	93	83	73
Au mariage religieux	71	94	79	77
À l'enterrement religieux	77	96	81	76
Croient en Dieu	69	96	81	80
Importance de Dieu (6 à 10/10)	49	84	71	66
Croient en un Dieu personnel	36	67	64	60
... une sorte d'esprit, force vitale	34	24	23	18
Croient en une vie après la mort	42	78	54	31
Croient en la résurr. des corps	33	70	43	31
Croient en la réincarnation	21	19	20	23
Grande + cert. confiance/Églises	47	72	60	56

EUR : ensemble, IRL : Irlande, I : Italie, P : Portugal, E : Espagne, A : Autriche, B : Belgique
N : Norvège, S : Suède. (Lire par exemple : en Irlande, 96 % appartiennent à une religion.)

Source : Futuribles, juillet-août 1995, n° 200, p. 87.

des différents pays (enquête 1990)

E	A	B	F	D	NL	GB	DK	N	S
86	85	68	62	89	51	58	92	90	81
85	76	65	58	45	30	9	1	1	1
0	6	1	1	43	17	47	89	87	80
1	1	3	3	1	4	2	2	2	1
14	15	32	38	11	49	42	8	10	11
65	71	61	48	54	60	54	68	45	28
26	15	22	36	26	34	38	22	47	56
4	2	7	11	2	4	4	4	3	6
52	58	45	42	36	42	45	31	40	27
53	49	42	33	37	43	44	26	30	23
43	44	30	17	34	30	23	11	13	10
29	16	44	52	20	43	46	44	40	48
33	25	23	10	19	21	13	2	5	4
5	5	9	5	12	23	13	3	5	4
73	82	71	63	64	46	65	68	65	54
72	80	72	66	67	51	79	63	68	57
73	82	74	70	75	60	84	78	79	77
80	77	63	57	64	61	71	59	58	38
59	54	47	34	47	43	44	25	32	26
48	48	29	20	24	26	32	19	29	15
27	48	20	32	43	46	41	32	35	44
42	45	37	38	38	40	44	29	36	31
32	40	27	27	31	27	32	20	27	19
21	23	13	24	19	15	24	15	13	17
49	50	49	48	40	31	42	47	44	35

F : France, D : Allemagne de l'Ouest, NL : Pays-Bas, GB : Grande-Bretagne, DK : Danemark,

Illustration 4. *La pratique religieuse en 1990*

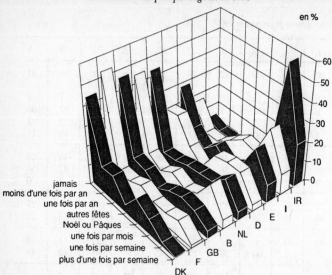

Note : Diagramme par pays de la pratique religieuse ; 20 % des Irlandais assistent aux rituels plus d'une fois par semaine, et plus de 50 % des Français n'y assistent « jamais ou pratiquement jamais ».

Source : Enquête EVS 1990 ; calculs OFCE. L. Chauvel, *Revue de l'OFCE*, n° 43, janvier 1993, p. 106.

Illustration 5. *Relation entre le niveau de croyance en un Dieu personnel et le niveau de croyance en Dieu*

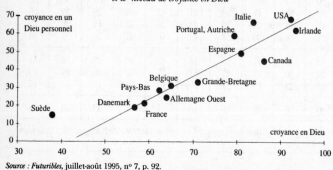

Source : Futuribles, juillet-août 1995, n° 7, p. 92.

Dans ce tableau, les chiffres de la pratique religieuse sont très sujets à caution parce que le choix d'une fois par mois entraîne une forte incertitude. Les questions de fait : « Êtes-vous allés à un service dimanche dernier ? » donnent des pourcentages qui sont très inférieurs. Ces résultats établissent une hiérarchie entre les pays européens, entre l'Irlande et l'Italie jusqu'à la France et la Scandinavie (suivie par la Hollande). En jouant sur deux questions, croyance en un dieu personnel et croyance en Dieu sans autre précision, Yves Lambert construit une hiérarchie assez proche qui montre qu'aux États-Unis, Dieu demeure aussi important qu'en Irlande **(ill. 5)**.

Une comparaison entre les deux enquêtes montre que l'importance de Dieu dans la vie est l'un des indicateurs qui a le moins baissé entre 1981 et 1990, tandis que l'allégeance religieuse a nettement fléchi (de plus de 10 %) et la pratique religieuse mensuelle, déjà basse, a continué à baisser. Ce graphique montre en outre que les effets d'âge et de génération se renforcent, ce qui est nouveau. Autrefois, la pratique était affaire de jeunes et de gens âgés : en vieillissant l'approche de la mort faisait retrouver, disait-on, les croyances et les pratiques de son enfance, or ce n'est plus clairement le cas. À soixante-dix ans et au-delà, pour une même cohorte, l'allégeance déclarée baisse, l'importance de Dieu et la pratique remontent, mais faiblement, sans doute à cause du surnombre des femmes. D'un autre côté la baisse des indicateurs de pratique et de croyance entre 18 et

30 ans, qui était encore notable dans les générations antérieures, tend à disparaître. Enfin, sur ces courbes on voit nettement l'effet de 1968 : la génération du baby boom a décroché.

Yves Lambert (1995) conclut ainsi son étude : « La tendance dominante actuelle est un effritement de l'identité et de l'implication religieuses, effritement plus prononcé parmi les jeunes, surtout depuis la génération du baby boom ainsi que dans les pays suivants : France, Belgique et surtout Pays-Bas et Grande-Bretagne. En ce sens, on peut parler d'un glissement vers une Europe post-chrétienne. Cette tendance est la résultante de mouvements dans les deux sens : il existe aussi des conversions chrétiennes que l'on peut évaluer d'après le pourcentage d'Européens se déclarant chrétiens sans avoir eu d'éducation chrétienne ; simplement, ce chiffre est inférieur au pourcentage de ceux qui, à l'inverse, ayant reçu une telle éducation, se disent sans religion : 5 % contre 27 % » (p. 102).

L'INDIVIDUALISME À LA RECHERCHE D'UNE COMMUNAUTÉ

Selon cette conclusion, la sécularisation de la société européenne serait inéluctable et la « modernité » triompherait de la religion, comme saint Georges du Dragon, et les laïcards du

XIXᵉ siècle verrait enfin leur combat couronné de succès. Dans les années soixante-dix, après le grand examen de conscience de 1968, quelques signes permettaient d'augurer un « retour du religieux ». Or, nous l'avons vu, le détachement à l'égard des Églises s'est poursuivi sans relâche, en même temps que des sectes et des nouveaux mouvements religieux recrutaient des adeptes au sein de l'Église catholique et des Églises protestantes, comme parmi les détachés de toute Église[1]. L'histoire du christianisme est jalonnée de périodes d'effervescence religieuse où prolifèrent des mouvements hétérodoxes et sectaires. Depuis le XVIIIᵉ siècle, le combat des Églises pour « reconquérir » la société a laissé peu de place à la naissance de nouvelles sectes en Europe, tandis qu'en Amérique du Nord, les *revivals* et les sectes nouvelles foisonnaient. Sans doute l'ébranlement des Églises et la profonde mutation qui traverse l'Occident sont favorables à une nouvelle période d'effervescences religieuses minoritaires.

Selon Danièle Hervieu-Léger (1993), les religions établies avaient agencé quatre dimensions du religieux : l'expression de l'identité individuelle, la continuité d'une culture dans une doctrine et un savoir, les principes éthiques et

---

1. J'emploie ici les mots Église et secte au sens précis et neutre de la sociologie des religions. Une secte est un groupe religieux qui se constitue en rébellion contre le monde à l'appel d'un prophète, en faisant sa paix avec le monde, elle s'institue et s'organise en une Église. Le mot secte est ici dépourvu de toute connotation péjorative.

l'expérience émotionnelle. Les tensions entre ces dimensions faisaient la force et la dynamique des institutions religieuses. Les conflits religieux étaient basés sur l'équilibre réalisé entre ces dimensions par les individus au sein de leurs communautés religieuses. Aujourd'hui, cet agencement s'est désemboîté. On peut croire sans se référer à une tradition doctrinale ; on peut être fidèle à une éthique sans croire. L'expérience émotionnelle devient primordiale et la ressource identitaire se fragmente ; chacun peut donc se construire une mémoire religieuse personnelle. Et la religion elle-même devient mémoire plus que croyance (Hervieu-Léger, 1993). Cette transformation est commune à toutes les nations et à toutes les confessions, y compris les agnostiques. Croire sans appartenir à une Église, *believing without belonging* (Davie, 1996) est l'aboutissement de l'individualisation de la religion, instaurée par la Réforme protestante, qui a progressé depuis le XVIe siècle, même dans l'Église catholique, et qui s'épanouit aujourd'hui en rejetant toute contrainte institutionnelle.

Si chacun peut et veut se construire sa religion personnelle en puisant ici et là des éléments pour les agencer à sa guise sans référence aux Églises établies, on voit que l'ambition universaliste de ces dernières est en grand danger et que l'on reviendra à des cultes et des croyances particularistes comparables à ceux qui existaient avant la christianisation.

En effet, ce serait une erreur de croire que ce

mouvement d'individualisation conduit à isoler chaque croyant dans ses rites personnels particuliers comme un ermite au fond de sa grotte ou un stylite perché sur sa colonne. Bien au contraire, pour vivre sa foi et son émotion religieuse, l'individu a besoin de les partager avec d'autres au sein d'une communauté. La nouveauté est que l'appartenance est un choix, qu'elle n'est plus donnée par la naissance. Il n'est plus question de se conformer aux prescriptions d'une Église mais au contraire de trouver des frères avec lesquels on se sent en communauté, à l'aise en partageant les mêmes expériences, les mêmes sentiments. Les données sur l'Angleterre montrent bien le contraste entre la désaffection à l'égard des Églises et l'attirance qu'exercent les *Free churches* et les diverses sectes. De même au sein du catholicisme le développement du pentecôtisme et des charismatiques : le Lion de Judas, le Chemin neuf ou l'Emmanuel en France, Communione et Liberazione en Italie... Ces nouveaux mouvements religieux, intra ou hors Église, attirent en grande majorité des jeunes adultes de 25 à 40 ans, qui ont prolongé leurs études au-delà du secondaire. Ils sont issus de familles aisées, jouissant de la sécurité économique et de tous les conforts de notre société. Ils ont voyagé à travers le monde et leurs perspectives professionnelles sont généralement bonnes, dans des métiers souvent techniques. En quelque sorte, ils sont au centre de la société et de ses problèmes. Plus récemment, certains mouve-

ments recrutent au contraire dans des populations
marginalisées et des personnes défavorisées.

Parmi ces mouvements, Danièle Hervieu-Léger
distingue trois types d'obédiences qui, chacune,
établissent un rapport particulier entre le besoin
d'identité, l'expression émotionnelle, la croyance
et l'éthique :

— un courant « spiritualisant », caractérisé par
sa multiplicité et son syncrétisme. Il répond à la
recherche d'identité et d'émotion, religieuse ou
non, qui puise dans les spiritualités orientale,
païenne, chrétienne ou psychologisante, et rassemble une grande variété de groupes, généralement petits ;

— un courant « conversionniste » qui requiert
chez l'adepte un changement radical, une réorganisation complète de son mode de vie. Une exigence éthique et esthétique réclame de se séparer
du monde ou d'y vivre « comme n'en étant pas » ;

— un courant « restitutionniste » réunit des
millénaristes qui attendent l'avènement d'un
monde nouveau et s'y préparent, ainsi que des
« intégristes » qui veulent ramener les Églises
compromises avec la modernité à leur intégrité
fondamentale.

Ces sectes et groupuscules témoignent également d'une « formidable protestation contre le
non-sens », selon le mot de Claude Lévi-Strauss.
Tous veulent « restaurer une unité perdue : celle
du corps et de l'esprit, celle de l'homme et de la
nature ». Leurs aspirations témoignent des désirs
inscrits dans l'idéal de nos sociétés démocratiques

et opulentes qu'elles sont incapables de satisfaire : la santé, le bien-être, la jeunesse, la sécurité, le développement personnel, la communication généralisée. Selon D. Hervieu-Léger, ce sont des « analyseurs de la modernité occidentale ». Dans la perspective de ce livre, ils mettent au jour deux mécanismes essentiels. *Primo*, le triomphe de l'individualisme ne conduit pas l'homme à la solitude et à l'anomie mais, au contraire, exige le développement de liens sociaux multiples et intenses, sans être stables pour autant : on se détache et on se rattache en fonction de ses besoins personnels et de ses états émotionnels. Les grandes institutions perdent leur valeur symbolique et leur fonction d'encadrement au profit de petits groupes.

À l'opposé de cette tendance vers l'intimité de la communion entre élus, et parallèlement, on voit se multiplier les grandes manifestations de foule soit à l'appel du pape ou d'un leader charismatique, soit comme une résurgence de formes traditionnelles de festivités locales, mi-religieuses mi-profanes. L'Espagne est le lieu privilégié de cette renaissance. La semaine sainte à Séville, mais également le million de pèlerins qui s'assemblent le lundi de Pentecôte à Almonte pour fêter la Vierge del Rocio. La Vierge del Desemparate à Valence, celle del Pilar à Saragosse, et beaucoup d'autres, sont fêtées chaque année avec un grand concours de peuple, population locale mais aussi émigrés qui reviennent au pays et ne voudraient pas manquer cette célébration qui les replonge dans la vie familiale et le voisinage. Chaque localité a sa Vierge qui est plus bienveillante que celle de la localité voisine ; et ces vierges locales sont bien vivantes et indépendantes de La Vierge. Au xviiie siècle, seules quatre villes du diocèse de Valence avaient leurs Vierges, aujourd'hui il y en a plus de soixante qui, presque toutes, ont été couronnées depuis le début de ce siècle : la Vierge-patronne est la reine de sa ville, sa couronne est faite des bijoux offerts par les fidèles. Loin d'être des survivances, ces fêtes religieuses et « patronales » sont en pleine expansion, elles se multiplient et gagnent en splendeur et en nombre de participants. Trente-quatre des soixante confréries de la Vierge del Rocio ont été créées depuis la Guerre civile. La moitié des confréries de Motrie ont été fondées depuis 1980. Dans la province d'Alicante, les fêtes des « maures et des chrétiens » se sont multipliées. Certes, cette renaissance s'explique en partie par l'expansion économique des années soixante : ces fêtes coûtent cher et demandent beaucoup de temps de préparation. Mais les citoyens-dévots de chaque Vierge locale auraient pu consacrer leur argent et leurs loisirs à d'autres activités. Leur choix collectif et massif témoigne d'une volonté, il a une signification.

Le contraste entre l'extraordinaire vitalité de ces fêtes et de ces rassemblements et la baisse de la pratique religieuse dominicale incite à penser qu'elles sont de purs produits festifs et touristiques, commerciaux, à coloration religieuse, mais non des expressions de religiosité profonde. À

l'inverse, seraient-elles les témoins d'une renaissance d'une religion locale qui a été oblitérée
par la toute-puissance universaliste de l'Église
romaine ? Au XVIᵉ siècle, la pratique dominicale
n'était sans doute pas plus élevée qu'aujourd'hui
tandis que les pratiques votives (jeûne, pèlerinage,
procession) étaient multiples et très populaires.

Ces exemples sont archétypiques, non seulement de l'Espagne mais de beaucoup d'autres
régions, et l'on pourrait les collectionner dans
tous les pays, par exemple les ostensions du
Limousin ont repris une vie nouvelle depuis vingt
ans. Si la religion a toujours eu une fonction identitaire, plus ou moins forte et plus ou moins enracinée dans la localité selon les régions, il n'est pas
surprenant qu'elle trouve une nouvelle forme
d'expression et que ce soit un témoignage de
modernité et non d'archaïsme. La querelle de la
religion populaire a opposé dans les années
soixante les « puristes » de la religion universaliste
aux « sociologues » qui ne savent comment distinguer dans les croyances et les pratiques le religieux
du festif, ni la manifestation d'identité locale ou
nationale de l'expression d'une identité religieuse. La conformité au dogme, aux disciplines
et aux rites peut n'être qu'une opposition entre
clercs et laïcs. Si l'on suit la théorie ethnographique qui veut que la fête soit le moment d'une
inversion des normes de la vie quotidienne, on
peut mieux comprendre que le besoin de festivité
locale, qui s'est manifesté depuis vingt ans, se serve
de la religion, seul réservoir disponible de rites.

L'Église était autrefois l'organisateur de loisirs de la chrétienté, selon Gabriel Le Bras, aujourd'hui le rapport s'est inversé : la fête fleurit grâce à l'enrichissement moyen et sous la pression du commerce, il lui faut donc recourir à des mythes et des symboles qu'elle trouve dans une religion par ailleurs désertée par la plupart des ouailles.

PRIVÉ, PUBLIC, POLITIQUE

Il y a un curieux paradoxe dans le retournement de l'attitude générale en Europe à l'égard de la religion. Depuis la Réforme et le concile de Trente on assistait à un renforcement de la vie religieuse individuelle au détriment des formes sociales d'intégration de la religion. L'affirmation de l'État-nation et son autonomisation à l'égard des institutions ecclésiales renforçait, semblait-il, ce mouvement. La religion se retirait du domaine public pour se réfugier de plus en plus dans le domaine privé. Les citoyens ont leurs convictions religieuses qui influent sur leurs choix politiques mais l'Église, quelle qu'elle soit, ne cherche plus à peser sur la politique, sauf dans les domaines éthiques qui sont précisément du domaine privé. Or aujourd'hui le magistère religieux est mieux entendu lorsqu'il parle des problèmes publics que des problèmes de morale individuelle. Jean-Paul II et l'Église de Pologne ont joué un rôle décisif dans la fin de la guerre froide, comme les pasteurs luthériens de Leipzig et de Dresde dans la chute du mur de Berlin. Les luttes pour l'environnement ont une coloration éthique et religieuse et sont souvent menées par des militants religieux avec le soutien des Églises. En France, en 1984, le cardinal archevêque de Paris défendait une liberté publique, celle des parents de choisir une École pour leurs enfants. Les droits de l'homme étaient anti-religieux ; ils sont aujourd'hui invoqués par toutes les autorités religieuses, le pape le tout premier.

Dans la mesure où l'idéologie nationale et démocratique se voulait une idéologie globale au même titre que la religion, l'État-nation s'est construit souvent contre la religion, et de manière très différente en Allemagne, en Italie et en France, plus récemment en Espagne ou au Portugal. La Grande-Bretagne et les pays scandinaves font exception. Cependant les analyses précédentes montrent à quel point les institutions ecclésiales demeurent, dans leur diversité, des structures essentielles de chaque société nationale. Encore aujourd'hui dans la France laïque, si l'Église n'est plus celle de la nation, elle n'en demeure pas moins l'institution la plus forte qui influence le plus grand nombre de citoyens. Dans le Danemark largement déchristianisé, tous les citoyens sont membres de l'Église luthérienne du Danemark. Être danois et membre de l'Église est une seule et même identité pour 92 % de la population. L'Église danoise paraît l'antithèse la plus absolue de l'Église romaine qui lutte depuis vingt siècles au nom de l'universalisme, de la catholicité contre tous les particularismes : répétons-le, l'Église romaine est favorable à la construction européenne tandis que le premier rejet du traité de Maastricht par les Danois a été emporté en partie pour des raisons identitaires et religieuses.

Le retour au local qui s'observe dans toute l'Europe s'observe aussi dans la vie religieuse, comme les Vierges espagnoles le montrent de façon exemplaire. Mais ce n'est évidemment pas un retour aux croyances et aux cultes pré-chrétiens. Un nouveau localisme religieux est en train de se développer qui est une forme collective de l'individualisme religieux. Si chaque croyant veut se construire sa propre religion, il n'a évidemment pas les moyens de son ambition et son projet individuel ne peut se réaliser que dans une communauté de croyants qui partagent ses croyances et ses sentiments. L'individualisme, en religion comme ailleurs, se retourne contre lui-même et suscite du collectif, le plus souvent communautaire, fréquemment aussi localiste.

Le retour au local va de pair avec l'ampleur des rassemblements religieux qui surprennent dans une Europe « déchristianisée ». Des foules de jeunes se rassemblent à l'appel du pape à Saint-Jacques-de-Compostelle ou du Frère Roger de Taizé. La dévotion mariale attire des peuples de pèlerins à Lourdes, à Fatima et à Medjugorge, même quand la guerre fait rage en Bosnie. L'utilisation de la télévision par les Églises établies demeure très modeste et l'Europe ne connaît pas l'emploi

religieux de la télévision que font les télé-prê-
cheurs qui emportent un incroyable succès aux
États-Unis.

*

L'assemblée protestante européenne a déclaré
en 1992 à Budapest : « Les Églises sont pour le
moins prêtes à reconnaître expressément que les
"Lumières" ont permis le déploiement de valeurs
essentielles qui ont leur fondement dans l'Évangile. Ces valeurs sont par exemple : la culture de
la libre parole, la critique du simple argument de
la tradition, la libération d'aliénations qu'on a soi-
même provoquées ou que d'autres vous imposent,
l'esprit de dialogue et de tolérance face à ceux qui
pensent différemment, le oui à l'État sécularisé.
L'Évangile de Jésus-Christ libère. Les Églises doivent approuver le processus de sécularisation dans
la mesure où ce dernier libère les femmes et les
hommes des préjugés et des tabous. » Par le fait
même qu'elle les proclame, cette proclamation
œcuménique montre que ces vérités ne sont pas
évidentes pour tout le monde, puisqu'il faut les
rappeler ; en particulier pour l'Église romaine.

Il semble en effet qu'il y ait contradiction entre
les principes des religions instituées et les principes fondateurs de la civilisation d'Europe occidentale. Cette affirmation peut paraître para-
doxale, mais elle peut expliquer que cette Europe
fasse exception aujourd'hui en poursuivant son
chemin vers la sécularisation alors que partout

ailleurs dans le monde on assiste à un renouveau du religieux. En effet, l'Église romaine n'a accepté qu'à Vatican II les conséquences de l'individualisme évangélique, en reconnaissant aux hommes la liberté religieuse, qui est pourtant la conséquence obligée de l'Alliance biblique. Par là même elle refusait la légitimité de la règle majoritaire puisque seule l'Église disposait du magistère pour interpréter la révélation divine.

Enfin le principe de rationalisation du monde, que comporte le capitalisme, était traité par elle comme une menace et non comme un événement historique à christianiser. Les Églises protestantes, de leur côté, avaient bien, dès l'origine, rétabli le principe du rapport direct de la créature avec son Créateur. Mais seules certaines sectes en tiraient la conséquence de l'égalité de tous les croyants et donc de la démocratie ; ces sectes furent en majorité amenées à traverser l'Atlantique. Le Danemark montre cependant qu'individualisme et démocratie sont compatibles avec une Église instituée, à condition, il est vrai, qu'elle s'appuie sur une nation et un sentiment national fort et unanime, qui s'est encore manifesté récemment par le premier refus du traité de Maastricht.

Si mon hypothèse est juste, on voit que le conflit n'est pas entre la religion en général et la modernité en général, comme le montrent les États-Unis, ni entre science et croyance comme les nombreux savants croyants en témoignent. Le conflit est interne à l'Europe occidentale, entre son modèle de civilisation et les formes instituées de religion qui se sont développées en son sein, et qui pourtant étaient porteuses de ses principes idéologiques mêmes. Pour pousser cette thèse à l'extrême, on pourrait dire que l'Église romaine, en s'appuyant sur les structures sociales paysanne, féodale puis bourgeoise, et sur les pouvoirs publics, a freiné le développement de la civilisation européenne. La Réforme était une révolte religieuse et sociale de l'Europe contre Rome, mais par la suite les Églises protestantes, en faisant leur paix avec les pouvoirs établis, n'ont plus incarné les principes européens.

On ne peut comprendre la diversité des cultures européennes sans référence aux héritages religieux qui demeurent toujours vivants et actuels à l'échelle locale et régionale. On a donc l'impression qu'après une longue période où les croyants se rapprochaient des doctes et des institutions, le mouvement se retourne et la distance s'accroît entre les Églises et leurs ouailles, surtout pour le catholicisme puisqu'une majorité de catholiques pratiquants refuse au pape le droit de s'immiscer dans leur vie personnelle, sexuelle en particulier. Si le pape ne dit plus la morale pour les catholiques, la légitimité de son magistère est en question, tant il est vrai que dans notre société toute autorité n'existe que si elle rencontre le consentement de ceux qui s'y veulent soumis.

Sur le plan de la religion institutionnalisée et de la morale individuelle, les contrastes entre catholiques et protestants paraissent s'estomper : les pratiques sont de plus en plus minoritaires et les croyances majeures se rapprochent. En revanche, on peut se demander si au plan des sensibilités profondes le contraste ne demeure pas aussi vif. Comme le dit l'historien allemand Rudolph von Thaden, le triomphalisme catholique est toujours aussi révoltant pour un protestant. Pour celui-ci, la semaine sainte culmine le vendredi saint dans la douleur de la Passion chantée par Jean-Sébastien Bach : l'échec du Christ en croix touche la sensibilité allemande. Pour le catholique, le vendredi prépare le dimanche et le triomphe de la résurrection, dans la proclamation : « Christ est ressuscité », et la joie des enfants. Si « croyants » et « incroyants » se reconstruisent, chacun pour soi, une eschatologie personnelle, c'est plus sur la base de cette sensibilité profonde que sur l'enseignement des Églises.

Sur le plan institutionnel, la construction de l'Europe ne comporte aucun projet visant à une homogénéisation des relations entre États et religions, or aucun pouvoir politique ne peut passer sous silence ses rapports avec les Églises. En fait, si l'Europe s'aventurait dans ce domaine elle serait amenée à toucher aux principes mêmes de la légitimité politique dans chacun des pays, retour de flamme qui lui est naturellement interdit. La Convention européenne des droits de l'homme comporte un article 9 traitant la liberté religieuse dont tout citoyen peut se prévaloir auprès de la Cour européenne de justice. Le Conseil de l'Europe invoque un « universel » (l'homme, sa dignité, ses droits fondamentaux) supérieur à toutes « identités particulières, religieuses, nationales ou ethniques ». Cette conception « libérale » et relativiste de la religion est évidemment inacceptable pour un croyant intégriste, quelle que soit sa confession. En effet, cette conception libérale entraîne des conséquences pour la morale individuelle : lorsqu'en 1994 le Parlement de Strasbourg a voulu recommander aux États-membres et décriminaliser les rapports sexuels entre partenaires d'un même sexe, le pape a déclaré que « l'approbation juridique de l'homosexualité » était inacceptable. La laïcité à la française n'est évidemment pas une solution adaptable à l'étranger, pas plus que l'Église danoise. Le modèle allemand des rapports Églises-État paraît servir de référence dans les rapports entre les institutions européennes et les Églises. À Bruxelles comme à Strasbourg, les contacts entre politiques et responsables religieux sont légitimes et fréquents, pour ne pas dire intimes, ce qui n'est pas le cas en France. L'Europe a visiblement un problème d'harmonisation à résoudre.

CHAPITRE II

PROGRÈS
DE L'INDIVIDUALISME
ET CONVERGENCE MORALE

De leur commun héritage chrétien, les populations d'Europe occidentale ont conservé les fondements d'une même morale individuelle et individualiste qui peut se résumer dans le Décalogue. Les enquêtes comparatives sur les valeurs des Européens montrent que ce substrat demeure vivant dans toutes les populations, régions et catégories sociales. Substrat essentiel pour mener des enquêtes comparatives. C'est parce que les Européens sont tous d'accord pour réprouver le vol qu'il est possible de comparer quels types de vols apparaissent plus excusables dans certaines régions que dans d'autres, dans certaines catégories sociales que dans d'autres. De plus ces enquêtes répétées (EVS : 1981 et 1990 ; Riffault 1994 ; Eurobaromètre tous les ans) fournissent des instruments fiables pour mesurer les évolutions sur une décennie pour EVS et sur vingt ans pour Eurobaromètre. Pour l'essentiel, les mêmes hiérarchies de valeurs se retrouvent, et les mêmes contrastes nationaux.

Cependant une évolution lente se poursuit. En dix ans, le développement de la permissivité est clairement établi : sur les douze comportements jugés répréhensibles (du vol à l'homosexualité), tous ont été jugés excusables par un pourcentage plus élevé des enquêtés en 1990 qu'en 1981. Aucun cas inverse n'est relevé. Utilisant l'échelle d'Inglehart, les enquêtes d'Eurobaromètre révèlent une évolution du « matérialisme » au « post-matérialisme[1] », autrement dit d'une forme de traditionalisme à une forme de modernisme. Inglehart (1993) en tire un diagnostic optimiste sur les progrès de la morale en Occident et prédit que ce progrès va se poursuivre. Ce bel optimisme suppose une valorisation des valeurs « post-matérialistes » et une dévalorisation des valeurs traditionnelles. Analysons quelques indicateurs et laissons au lecteur le jugement final sur le « progrès » moral.

Dans un article pionnier, Jean-Daniel Reynaud (1973) avait analysé ce mouvement et en suggérait la cause : « Une société moins impitoyable pour les exécutants, ouvriers ou employés, qui leur offre plus de variété d'emplois et les condamne moins définitivement pour un échec, est aussi une société qui récuse une morale traditionnelle fondée sur la pénurie et la stricte contrainte économique. La

---

1. Les valeurs matérialistes correspondent à ce qui est nécessaire, au plan matériel, pour assurer la satisfaction des besoins physiques élémentaires et pour procurer la sécurité physique. Les valeurs post-matérialistes correspondent aux besoins immatériels tels que le prestige, l'épanouissement de la personnalité ou les satisfactions esthétiques.

pression paisible, silencieuse et constante de la faim ne vient plus maintenir les classes inférieures dans la voie du travail, de la frugalité et de l'épargne. (...) Est-il déraisonnable de lier ce desserrement des contraintes économiques et celui des contraintes sociales ? » Inglehart reprend cet argument ; il constate qu'au cours des dix dernières années, parmi les Européens, les matérialistes purs ont chuté de 32 % à 19 %, tandis que les post-matérialistes purs passaient de 13 % à 22 %, et il en tire la conclusion suivante : « Les individus soumis à de fortes pressions ont besoin de règles strictes et sûres. Ils ont besoin d'être rassurés quant à l'avenir parce qu'ils sont en danger, leur marge d'erreur est très faible, ils ont besoin d'un maximum de prédictabilité. » À l'inverse, « dans des conditions de sécurité relative, les post-matérialistes sont à même de tolérer plus de diversité, ils n'ont pas besoin de la sécurité que procure l'absolue rigidité des règles » (p. 220). Autrement dit, la chaîne de causalité se résumerait ainsi : l'enrichissement entraîne un sentiment de sécurité, qui entraîne le desserrement des règles et donc une plus grande tolérance.

Cette évolution pourrait être qualifiée d'un progrès du libéralisme, de la permissivité morale et de la tolérance à l'égard des différences. Elle est étroitement dépendante de la religion : les modernistes sont moins liés à une tradition religieuse que les traditionalistes. En fait, elle est le résultat d'un faisceau d'indicateurs dans des domaines variés de la morale, de la vie et de la société qui s'organisent d'une manière particulière dans chacun des pays et chacune des régions. Autrement dit chaque peuple suit son chemin selon son génie traditionnel, et le modernisme n'est pas le même pour tous. Les différences nationales et régionales s'organisent sur la carte européenne pour justifier une interprétation diffusionniste. Ce mouvement venu des pays protestants du Nord se répand vers le Sud ; le Bassin parisien est un autre pôle, déjà ancien, de laïcité qui prend le relais en France de l'influence « nordiste ». Les pays qui comptent le plus fort pourcentage de post-matérialistes en 1990 sont la Hollande, la Scandinavie, l'Allemagne et la France. L'Italie, l'Espagne et l'Irlande, qui étaient les plus « matérialistes » en 1981, se sont rapprochées de la moyenne et ont donc tendance à « rattraper » le peloton. La Grande-Bretagne évolue peu et se rapproche des pays méditerranéens et le Danemark se singularise : les matérialistes augmentent et les post-matérialistes régressent fortement de 24 % à 15 %. À cette exception près, l'échelle des positions relatives des pays n'a pas varié entre les deux enquêtes.

Les attitudes varient en fonction des catégories sociales : les traditionalistes sont plus nombreux en bas de l'échelle sociale et les modernistes plus nombreux en haut. La hiérarchie est la même dans chacun des pays et elle n'a pas varié entre les deux enquêtes, mais les écarts entre les catégories se sont accentués, notamment en fonction du revenu. Moins qu'un élargissement de l'éventail, il

semble que l'élite accroisse ses distances par rapport à la masse de la population.

L'augmentation du « post-matérialisme » est
essentiellement un effet de génération. Les cohortes d'âge les plus jeunes sont les plus post-matérialistes : la hiérarchie est parfaite et se perpétue de
1970 à 1988. Par conséquent, l'effet d'âge ne se
manifeste pas : les vieux ne deviennent pas plus
matérialistes, contrairement à l'idée admise qu'en
vieillissant on revient à ses attitudes de jeunesse et
à des conceptions plus traditionnelles. Sur certains
indicateurs, les jeunes de 1995 apparaissent plus
conservateurs et traditionalistes que leurs aînés :
est-ce la fin d'un cycle et le début d'un retournement ? Il est trop tôt pour le dire.

Post-matérialisme et modernisme se traduisent
dans une moindre rigidité des impératifs moraux,
une plus grande indulgence à l'égard des « inci-
vilités » et des manquements aux interdits principaux de nos sociétés. L'enquête EVS a demandé
si douze comportements répréhensibles pouvaient
se justifier. En neuf ans, dans tous les pays, pour
les douze comportements les répondants se sont
montrés plus tolérants (**tabl. 4**).

Toutes les données accumulées confirment
l'extraordinaire rapidité des transformations des
valeurs. Essayons de préciser les composantes de
ces transformations, ce qui demeure inchangé et
ce qui change.

Tableau 4. *Évolution des jugements sur les comportements de 1981 à 1990 :*
pourcentage d'enquêtés jugeant le comportement justifiable
(note 2 à 10) (enquête EVS 1981 et 1990)

	1981	1990
Acheter un objet volé	25	27
Toucher un pot-de-vin	27	27
Percevoir des allocations indues	30	38
Voyager sans ticket	38	41
Suicide	42	48
Aventure extraconjugale	46	47
Prostitution	47	53
Fraude fiscale	49	53
Homosexualité	53	61
Euthanasie	60	71
Avortement	66	77
Divorce	80	85

Population concernée : Islande, Norvège, Danemark, Grande-Bretagne, Irlande, Pays-Bas, Allemagne, Belgique, France, Italie, Espagne.

Source : Futuribles, juillet-août 1995, n° 200, p. 136.

FAMILLE ET TRAVAIL

Déjà en rendant compte de la première enquête EVS, Jean Stoetzel (1983) constatait que les dix commandements demeuraient le fondement commun de la morale des Européens derrière des variations notables d'appréciation. La famille et le travail sont les valeurs premières, avant toute autre. Comme on le sait, les Européens se déclarent presque unanimement heureux et ce bonheur leur vient essentiellement de la vie de famille.

Être heureux en famille est l'aspiration première des Européens et plus des trois quarts disent qu'ils la réalisent. Et cela même dans les pays où le concubinage, les naissances hors mariage et les familles monoparentales sont devenus des normes concurrentes du mariage : quelle que soit la forme matrimoniale du couple, on en attend également les mêmes satisfactions.

Les opinions concernant la sexualité, le divorce et les naissances varient beaucoup d'un pays à l'autre et les comportements et opinions entretiennent des liens inattendus. Les Espagnols qui conservent une structure familiale traditionnelle sont les plus favorables à une liberté sexuelle complète, à l'inverse, les Scandinaves sont avec les Irlandais les moins favorables à la liberté sexuelle et les plus favorables à l'avortement si le nombre d'enfants dans la famille est jugé suffisant, avec les Français et dans une moindre mesure les Italiens, les Britanniques et les Portugais. On trouve encore une autre distribution dans les réponses concernant les mères célibataires : les Espagnols et les Danois sont les plus nombreux (60 et 65 %) à accepter qu'une femme ait un enfant sans vivre avec le père. Généralement très proches les uns des autres, les Scandinaves se divisent sur cette question : les Suédois et les Norvégiens ne sont pas favorables aux mères célibataires (25 % d'opinions favorables) et pourtant ces trois pays ont des taux voisins de naissances hors mariage. En revanche, les Hollandais et les Anglais pensent en grande majorité qu'avoir un enfant n'est pas nécessaire à l'épanouissement d'une femme. Enfin les Hollandais et les Danois sont en majorité favorables au mariage des homosexuels et les Espagnols le sont à 35 % alors que dans tous les autres pays le taux est proche de 25 %.

Dans tous les pays les opinions favorables à la liberté sexuelle totale ont fortement augmenté (+ 22 % en Espagne), tandis qu'elles restent relativement stables en Irlande où elles sont rares et en France et au Danemark où elles se situent à un taux élevé dès 1987. Les réponses favorables aux mères célibataires ont augmenté fortement en Espagne (+ 25 %) et diminué en France de 24 %. Louis Roussel (1995) conclut son étude en se demandant si ces différences peuvent s'analyser comme des retards et si tous les pays vont s'aligner autour d'une moyenne. Les pays méditerranéens s'alignent rapidement sur la moyenne européenne, alors que les Scandinaves demeurent nettement différents. Cela dit, les « incohérences » entre comportements et opinions sont difficiles à interpréter : dans tous les pays le divorce est approuvé à plus de 80 % mais les Italiens divorcent très rarement et le divorce n'est devenu que récemment légal en Espagne et en Irlande. Toutes ces évolutions vont se poursuivre si l'on en croit les différences d'opinion en fonction des âges : les jeunes sont nettement « en avance » sur ces tendances par rapport aux âges moyens et surtout aux gens âgés et ces différences ne sont pas imputables à l'âge, l'effet de génération y est clairement visible.

Après la famille, le travail est immédiatement second dans la majorité des pays, en particulier en France. Les Français sont ceux qui attachent le plus d'importance à leur travail, tant les hommes que les femmes. Si celles-ci sont les plus nombreuses à avoir un emploi à plein temps, c'est qu'elles en attendent une autonomie et une position sociale. On peut dire qu'elles font passer leur profession avant leur rôle maternel, ou tout au moins qu'elles font tout pour concilier les deux. Au contraire, les Allemands et les Allemandes pensent le travail et la famille comme deux univers séparés, le premier étant masculin et moderniste, et le second féminin et traditionnel. Les Allemands sont moins favorables à l'idée qu'une femme puisse avoir un enfant sans père. Ils pensent qu'une femme qui travaille est moins sécurisante pour ses enfants ; ils sont plus défavorables au divorce et sont moins nombreux à juger que les deux conjoints doivent contribuer aux ressources du ménage et aux tâches ménagères : l'homme apporte les ressources et la femme s'occupe du domestique. Les hommes paraissent encore teintés de l'idéologie des trois K : *Kinder, Küche, Kirche.*

Pour les Anglais, les femmes travaillent par nécessité financière, pour assurer au ménage un niveau de vie convenable et non pour répondre à leurs besoins personnels. D'ailleurs, on l'a vu, les Anglaises ont plus souvent un emploi à temps partiel, souvent très partiel, pour pouvoir s'occuper de leurs enfants. L'idée que la femme ait besoin d'enfants pour s'épanouir est approuvée par 20 %

des Britanniques et 60 % des Français. Une mère française pense qu'il est bon que ses enfants aillent très jeunes à la crèche et au jardin d'enfants pour se frotter aux autres, tandis que la mère allemande ne se sépare de son jeune enfant que si elle y est contrainte ; confier son enfant à des mercenaires, à l'État n'est pas bien. Toutes les autres Européennes partagent cette attitude.

Contrairement à une opinion répandue, les valeurs liées au travail ne sont pas en régression. Certains éléments liés au travail sont devenus plus importants, on note un renforcement des composantes non salariales du travail comme le montre le tableau suivant :

Tableau 5. *Attitudes à l'égard du travail*

	Europe		Écart
	1981 %	1990 %	
— Un travail donnant le sentiment de réussir quelque chose	46	53	+ 7
— Un travail bien considéré	29	35	+ 6
— On a des responsabilités	38	43	+ 5
— Ce que l'on fait est intéressant	57	61	+ 4
— Un travail où l'on peut bien employer ses capacités	49	53	+ 4
— Cela permet de rencontrer des gens	41	45	+ 4
— On a de l'initiative	43	46	+ 3

Source : Futuribles, juillet-août 1995, n° 200, p. 33.

Certes, tout le monde attend avant tout de son travail une bonne rémunération mais les éléments d'intérêt, d'ambiance, de réussite deviennent de plus en plus valorisés. Anglais et Français font passer l'intérêt du travail avant le salaire. Une ambiance satisfaisante est première pour les Allemands, les Danois, les Hollandais et les Espagnols. Les Italiens sont les plus traditionnels, pour eux un bon travail se juge dans l'ordre : bon salaire, sécurité de l'emploi, intérêt du travail, emploi optimal des capacités. À l'autre extrême, les Danois font passer en premier : bonne ambiance, intérêt du travail et sentiment de bien employer ses capacités et de réussir, le salaire venant en quatrième position. Les Hollandais et les Belges aiment bien que leur emploi soit une occasion de rencontrer des gens. Les différences entre les professions ne sont pas très fortes, et en dix ans les attitudes des ouvriers et des employés se sont rapprochées de celles des cadres et des professions libérales. Les cadres attachent plus d'importance à la responsabilité dans le travail.

Si l'on offre le choix entre deux propositions : « L'on doit suivre les instructions données par les supérieurs même si l'on n'est pas complètement d'accord » 36 % des Européens sont d'accord, à l'inverse 40 % approuvent que l'on soit « tenu de suivre les instructions de son supérieur seulement si l'on est convaincu que ses instructions sont justifiées » et 20 % pensent que « cela dépend ». Entre les deux enquêtes, les changements sont très faibles, de l'ordre de 4 %, plutôt au détriment de la seconde formulation. Le besoin d'être convaincu varie peu d'un pays à l'autre (entre 40 et 45 %) sauf pour les Allemands (22 %) qui sont les plus nombreux à répondre que cela dépend (38 %). Ces pourcentages varient peu en fonction des professions mais beaucoup plus nettement en fonction du niveau scolaire : plus on est instruit, plus on veut être convaincu. L'allongement de la scolarité va donc réclamer un effort supplémentaire de communication de la part des supérieurs, quel que soit leur niveau dans la hiérarchie.

Enfin si l'on demande aux salariés s'ils devraient avoir voix au chapitre dans la gestion de leur entreprise et notamment participer au choix des dirigeants, 36 % des Européens répondent « non », ce choix doit appartenir aux propriétaires. Les différences sont fortes entre les Français favorables à la participation (68 % contre 22 % aux seuls propriétaires) et les Allemands (47 % contre 43 %). Les Hollandais et les Espagnols sont proches des Français, les Belges des Allemands, les autres sont plus partagés. Ces réponses sont très remarquables puisque la cogestion est une particularité allemande. Est-ce parce qu'ils ont le sentiment de se faire entendre par la cogestion que les Allemands ne pensent pas souhaitable de choisir leurs dirigeants ? Chacun doit avoir sa position dans un dialogue bien réglé. Tandis que les Français ont le sentiment de ne pas pouvoir se faire entendre malgré les progrès dus aux lois Auroux.

Une comparaison systématique entre les Français, les Anglais et les Allemands met en relief des contrastes très nets. Un Allemand et un Britannique sur cinq jugent que le travail n'est pas très important. Si l'on en croit ces résultats, les Allemands seraient les mieux préparés à entrer dans un monde où le travail n'occuperait plus toute la vie d'un individu, où les temps de travail se moduleraient de façon différente en fonction de l'âge du travailleur et de la conjoncture économique, où la tertiarisation des tâches nécessiterait des périodes répétées de formation et des possibilités de gérer soi-même ses tâches, en particulier grâce au télétravail. Si les prospectivistes ont raison (Boissonnat, 1995) et que ces tendances se réalisent, les Français et les Espagnols y semblent les plus mal préparés, d'après leurs réponses à ces questions.

LA POLITIQUE

Puisque la démocratie majoritaire est une invention de l'Europe occidentale, et qu'elle y est implantée aujourd'hui fermement dans tous les pays, il n'est pas surprenant que tous les Européens puissent se situer sur un éventail d'opinions politiques allant de droite à gauche. Dimension qui est recoupée par une autre entre « mous » et « durs ». Identiques dans tous les pays, ces dimensions ont des significations différentes dans chacun d'entre eux. Partout les gens de gauche préfèrent l'égalité à la liberté et ceux de droite la liberté à l'égalité. Les gens de gauche sont plus insatisfaits en toutes choses, y compris de leur santé.

L'intérêt pour la politique mesurée par différents indicateurs est stable. Les Belges sont les moins nombreux (45 %) à discuter politique alors que 85 % des Allemands répondent oui, suivis de près par les Pays-Bas, la Suisse, le Danemark et l'Angleterre ; la France, l'Italie, le Portugal et l'Espagne sont loin derrière. Cet ordre est relativement stable depuis 1973. Dans tous les pays les femmes se déclarent moins intéressées par la politique que les hommes. Autrefois elles étaient plus traditionalistes mais aujourd'hui les femmes qui ont un emploi ne se distinguent plus des hommes dans leurs opinions, elles sont même plus à gauche en France. L'écart est très fort dans certains pays comme l'Italie (74 % et 47 %) et faible en France. De ce fait, la politisation a tendance à monter dans l'ensemble des pays sauf en Espagne et en Belgique **(ill. 6)**.

Si l'on demande aux enquêtés de se situer sur une échelle de gauche à droite, un Européen sur cinq refuse le choix. Les Irlandais se sont renforcés dans leur conviction de droite (47 à 52 %) ainsi que les Portugais, les Danois et les Hollandais (40 à 43 %, 41 à 47 %), tandis que les Allemands, les Français et les Espagnols ont évolué vers le centre et la gauche. Ces positionnements sont largement liés à des attitudes religieuses et morales : une forte identité religieuse, des principes religieux et moraux vont de pair avec la droite. Les gens qui se déclarent de droite sont plus nom-

Illustration 6. *Taux de discussion politique,*
par niveaux de développement économique

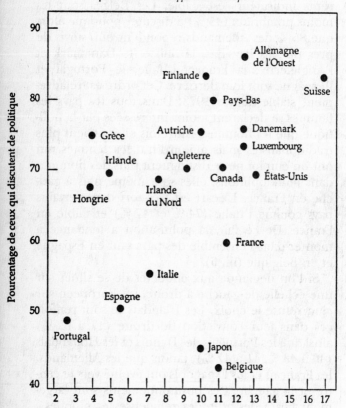

Produit national brut par tête, en milliers de dollars US, 1982

Source : R. Inglehart, *La transition culturelle*, Economica, 1990, p. 420.

breux à ne pas vouloir tolérer des étrangers dans leur voisinage et plus favorables à l'effort individuel et donc aux entreprises privées et aux privatisations, alors que la gauche favorise l'égalisation des revenus.

Le militantisme politique varie en fonction du climat politique. Partout les militants sont peu nombreux dans les partis (environ 5 %, sauf la Hollande 10 %). En revanche, partout la participation politique non institutionnelle est en net progrès. À l'aide de cinq indicateurs (signer une pétition, participer à un boycott, une manifestation, une grève sauvage, une occupation de locaux) on peut construire un indice de participation politique « directe » qui est passé de 16 % à 23 % en Europe. Les actions étant fortement corrélées entre elles, les « activistes » ont participé à plusieurs « manifs », l'indice est révélateur d'une institutionnalisation de cette activité politique, ou para-politique, directe. Les Français sont de plus en plus nombreux à être activistes : 24 à 32 %, les Espagnols sont les seuls à avoir régressé de 15 % à 12 %. Les mouvements pacifistes, écologistes, antinucléaires sont très minoritaires en Belgique (6 %) et en France (1 %), alors qu'ils sont majoritaires en Allemagne (59 %) ; les autres pays s'étagent de 17 % à 35 %.

Si l'on demande aux citoyens quels doivent être les objectifs prioritaires du gouvernement de leur pays et qu'on leur propose le choix entre trois objectifs : maintenir l'ordre, accroître la participation des citoyens, et assurer la liberté d'expression, l'ordre baisse et les deux autres progressent. Seuls les Danois sont plus nombreux à se soucier de l'ordre, les Espagnols qui en étaient les plus préoccupés en 1981 (74 %) sont tombés au-dessous de la moyenne européenne (43 %). Les Belges sont stables, les Français, les Hollandais et les Anglais ont peu baissé, parce qu'ils étaient les plus bas. On voit que sur cet indicateur le peloton européen a tendance à se resserrer. La liberté d'expression préoccupe surtout les Allemands et les Français (60 % et 53 %) et encore plus les Hollandais (78 %) fidèles en cela à leur tradition. Le rapport avec la situation objective paraît difficile à établir : on aurait tendance à conclure que plus les citoyens bénéficient d'une totale liberté d'expression, plus ils en sont jalousement protecteurs.

La confiance des Européens à l'égard de leurs grandes institutions ne marque pas de baisse spectaculaire. Seules l'armée et les lois subissent une perte de confiance. Il est remarquable que la police jouisse toujours du maximum de confiance malgré une baisse de 71 % à 67 %. Les syndicats et la presse sont en queue et en baisse, un tiers seulement des enquêtés leur font confiance ; au plus bas en Grande-Bretagne et au plus haut en Hollande. Les grandes entreprises voient leur cote remonter, spécialement en France et en Italie où elle est très élevée ; les Danois et les Allemands leur accordent la cote la plus basse (mais en hausse). Les Danois ont une grande confiance dans leurs lois et leur système d'enseignement. En moyenne, les Irlandais sont ceux qui sont les plus

nombreux à avoir confiance dans leurs institutions, les Français reprennent confiance dans leur
presse et leur système d'enseignement, mais la
retirent à leurs syndicats. Les Anglais perdent
confiance dans leur enseignement. Ces résultats
ne révèlent pas un mouvement d'ensemble ni un
rapport direct avec des données objectives.

À l'aide d'une analyse portant sur 45 variables
des deux enquêtes EVS, Louis Chauvel (1993) a pu
mesurer l'évolution du « moral » des douze pays en
dix ans. Le premier axe est celui du « modernisme » ou de la « permissivité » dans les attitudes
politiques, civiques, religieuses et morales. Le
second oppose les attitudes de violence et de rupture aux attitudes de modération : ceux qui sont
favorables soit à la révolution soit à la lutte contre
la subversion d'un côté, ceux qui pensent que la
société doit évoluer par de lentes réformes. Ce
deuxième axe est lié à la hiérarchie sociale, les
ouvriers sont à l'extrême dur et les cadres à
l'extrême doux. L'Europe méditerranéenne et
catholique est douce et réformiste (Espagne, Italie
et Irlande), la Belgique et surtout l'Allemagne sont
les plus « dures ». Les Pays-Bas et le Danemark sont
les plus modernes et l'Irlande nettement la plus
traditionaliste. La France et la Grande-Bretagne se
situent au centre sur les deux axes. La distribution
de l'ensemble des pays n'a guère varié sur le premier axe : les pays n'ont guère modifié leur score
de modernisme, sauf l'Italie, l'Espagne, et la
France et surtout le Danemark qui a fait un léger
retour à la tradition. Sur le second axe la transla-

tion de l'ensemble des pays vers plus de réformisme est spectaculaire. Louis Chauvel conclut : « Le glissement général de l'Europe n'est ni vers une gauche permissive, ni vers une droite dure, mais vers un centre modéré, social-démocrate, dont le principe est le consensus » (p. 111) (**ill. 7**).

Comparée aux autres pays, la France a très peu bougé, elle reste elle-même. Les Pays-Bas se sont renforcés dans leur libéralisme plus nettement que les autres pays. L'Irlande n'a pas modifié son attachement à la tradition mais a évolué très nettement vers plus de modération et de tolérance. Comme on le voit, cette analyse montre à la fois une évolution de l'ensemble des pays, mais en même temps le maintien de leurs différences marquées par leurs distances les uns à l'égard des autres sur le graphique. La polygone de 1981 s'est déplacé vers le bas et s'est nettement aplati : les pays se rapprochent quant à leur modération et les plus rigides ont fait le plus de chemin pour rattraper les autres, sauf l'Allemagne qui reste loin, hors du polygone, ce qui s'explique facilement parce que la chute du mur de Berlin et la réunification ont créé une anxiété et une réaction de rigidité. En revanche, le polygone s'est plutôt élargi le long de l'axe du traditionalisme : l'Irlande n'a pas bougé et la Hollande s'est légèrement éloignée. L'ordre reste le même : Pays-Bas, Danemark, Allemagne, France, Belgique, Grande-Bretagne, Espagne, Italie, Irlande. Il n'y a donc pas de convergence sur ce faisceau de valeurs. L'Europe politique est sans doute en progrès, en

essante. L'apport culturel, on prg asso nat
fournis à l'Etat bombe de celle, voit cons qui
pouvant que la réflexion. T'Euro généré chez ra
diverses culturelle

Illustration 7. *L'évolution des nations dans le plan principal*

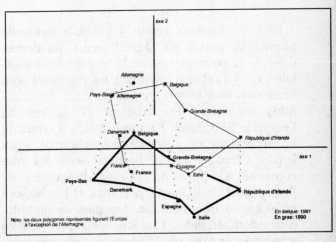

Source : Enquête EVS 1981 et 1990 ; calculs OFCE ; L. Chauvel, *Revue de l'OFCE*, nº 43, janvier 1993, p. 121.

revanche l'Europe culturelle ne progresse pas d'un iota, c'est une bonne nouvelle pour ceux qui pensent que la richesse de l'Europe réside dans sa diversité culturelle.

Jusqu'ici l'analyse restait à l'échelle nationale puisqu'elle portait sur des éléments qui dépendent de la politique ou de la morale fondamentale ; or à l'échelle régionale les diversités sont beaucoup plus fortes, enracinées dans des traditions anciennes. En étudiant 77 indices de l'enquête EVS, Louis Chauvel (1995) a construit un indicateur de diversité inter-régional selon lequel l'Espagne et le Portugal sont les plus contrastés à l'opposé de la Grande-Bretagne et de l'Allemagne de l'Ouest. La France et l'Italie sont en situation intermédiaire. Les pays de moindre dimension, Irlande, Pays-Bas, Belgique et pays scandinaves ne peuvent évidemment pas être jugés à la même aune, cependant l'Irlande ressort plus diverse qu'on ne s'y attendait. Ces résultats montrent que la culture allemande et la culture anglaise sont relativement homogènes alors que les deux pays comptent des catholiques et des protestants et que l'un est un État fédéral, l'autre un royaume uni. Par contre, la France centralisée et jacobine paraît relativement diverse, presque autant que l'Italie ; l'on n'est pas surpris par la diversité espagnole et portugaise. La diversité politique et religieuse, les revendications d'autonomie ne sont qu'un aspect de la réalité ; la culture en est un autre. Le jeu de leurs rapports réciproques n'est pas aisé à démêler. Il serait trop facile et mécaniste de dire que l'unité de la culture favorise la diversité des institutions.

Une autre approche de l'unité nationale et de la variété régionale est donnée par une « classification ascendante hiérarchique » qui regroupe les régions par proximité de leurs valeurs. Il en ressort que « la plupart des régions s'intègrent à leur nation : malgré les diversités infranationales, les régions s'assemblent le plus souvent, d'emblée, en un tout, qui est la nation. En l'espèce, l'Irlande, l'Allemagne, le Royaume-Uni, les Pays-Bas forment un tout : les régions y expriment des valeurs qui sont celles de leur nation. Schleswig-Holstein ou Bavière, Londres ou Écosse, Frises ou Amsterdam, malgré leurs spécificités, se regroupent autour de la nation ainsi révélée (...). Écosse et Galles sont des nations sans État. Pourtant, malgré les variations linguistiques et les identités locales fortes, les valeurs écossaises et galloises ne sont pas substantiellement différentes de celles des Anglais. Le même constat se retrouve en Allemagne (...). Cette spécificité de l'État-nation ne se retrouve pas dans les autres régions des États européens. D'abord les Français et les Belges wallons et bruxellois s'assemblent (...). Les pays méditerranéens sont tous éclatés, ou plus exactement trans-

versalement regroupés en régions en transition et
régions ancrées dans la tradition catholique — ce
qui ne veut pas dire pratiquante » (Chauvel in
Futuribles, 1995).

L'unité nationale n'est pas seulement culturelle,
elle s'exprime aussi par la volonté patriotique. À
la question : « En cas de guerre, seriez-vous prêt à
vous battre pour votre pays ? », les Scandinaves
sont les plus nombreux à répondre positivement ;
les Italiens et les Allemands les moins nombreux
et sans grandes différences selon les régions. Sur
cet indicateur l'Allemagne et l'Italie sont les plus
homogènes. En revanche la petite Belgique, qui se
situe en moyenne au niveau de l'Allemagne, est
écartelée entre Flamands peu enclins à se battre et
Wallons moyennement combatifs, presque autant
que l'Espagne entre le Nord (Galice et Catalogne)
et le Sud (Estramadure), et moins cependant que
l'Irlande dont on explique mal le déchirement.
Après les Scandinaves, les sujets du Royaume-Uni
sont les plus prêts à se battre, suivis par les Hollandais, les Portugais et les Français. En Écosse et
dans les Midlands on est combatif, on l'est nettement moins à Londres. En France, dans l'est du
Bassin parisien on est combatif, mais on l'est
moins dans l'Est, la région Rhône-Alpes et le
grand Ouest **(ill. 8)**.

Troisième indicateur, le sentiment d'appartenance plutôt à son pays ou plutôt à sa région,
révèle des contrastes d'un autre ordre. On n'est
pas étonné de voir que plus de 70 % des Écossais
se disent écossais plutôt que britanniques, les

Illustration 8. L'intention, en cas de guerre, de se battre pour son pays

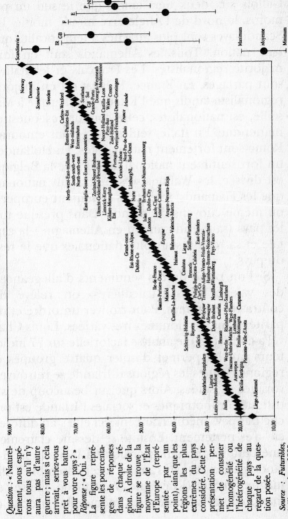

Question : « Naturellement, nous espérons tous qu'il n'y aura pas d'autre guerre ; mais si cela arrivait, seriez-vous prêt à vous battre pour votre pays ? »
Réponse : « Oui. »
La figure représente les pourcentages de réponses dans chaque région. À droite de la figure se trouve la moyenne de l'État d'Europe (représentée par un point), ainsi que les régions les plus extrêmes du pays considéré. Cette représentation permet de constater l'homogénéité ou l'hétérogénéité de chaque pays au regard de la question posée.

Source : *Futuribles*, juillet-août 1995, n° 200, p. 179.

Gallois aux deux tiers tandis que le sud un peu moins, le nord de l'Angleterre moitié moitié. Les Scandinaves sont plus attachés à leur localité qu'à leur nation. Tous les Allemands sont en forte majorité régionalistes. Les Français et les Italiens sont partagés. En France, l'Ouest est en majorité régionaliste tandis que l'Est, de Dunkerque à Marseille, est nationaliste ; cette coupure est-ouest est inattendue. En Italie, seules les régions entourant Rome sont fortement nationalistes. La Hollande a un fort sentiment national tandis que la Belgique est divisée, les Wallons se sentent plus nationaux que les Flamands, mais tous se sentent européens ou même citoyens du monde. Dans presque tous les pays (sauf évidemment en Allemagne) la capitale et sa région sont plus nationales que le reste du pays.

Si l'on passe de ces sentiments d'allégeance à des valeurs plus particulières, on relève des contrastes extrêmes. Pour trouver un ordre et des parités dans ces données très variées, Louis Chauvel a construit une analyse factorielle sur 77 indicateurs qui lui permet d'isoler quatre groupes de régions. Toutes les régions d'Irlande se retrouvent voisines et isolées. Alors que sur beaucoup de statistiques économiques et sociales l'Irlande est proche des pays méditerranéens, ici elle s'en différencie très nettement. Ensuite se dessine clairement une culture germano-nordique à laquelle la Hollande participe ; par rapport à cet ensemble l'Allemagne du Sud (Rhénanie, Westphalie, Hesse) est marginale et la Bavière est même plus proche de la France. Autour de celle-ci sont réunies la Belgique, les régions du nord de l'Espagne, du nord de l'Italie et de Porto, tandis que le sud, en Italie, en Espagne et au Portugal se distingue nettement.

Si l'on prend comme indicateur de xénophobie le refus d'avoir des voisins de « races » différentes, on voit que les régions catholiques sont xénophobes en Espagne (sauf la côte) et au Portugal. Le nord de l'Italie est peu xénophobe surtout en Vénétie très pratiquante, mais à partir de l'Émilie-Romagne rouge toute la botte est xénophobe. Une grande région xénophobe couvre la Belgique, le nord de la France et l'est du Bassin parisien. En Allemagne, le Bade-Wurtemberg et le Schleswig-Holstein ont les plus hauts pourcentages tandis que la région voisine (Hambourg-Brême-Niedersachsen) a les plus faibles taux. En Angleterre, les West Midlands ont les taux les plus élevés.

Un indicateur de tolérance a été construit par Carole Rivière[1] à partir du nombre de rejets exprimés dans une liste de seize groupes ethniques, sociaux et religieux : juifs, musulmans, drogués, noirs, etc. Sur cette carte une longue écharpe de régions tolérantes va du Danemark aux Pays-Bas, traverse la France et l'Espagne à quoi s'ajoute le nord de l'Italie. L'Allemagne, la botte italienne et le Portugal sont intolérants, la Grande-Bretagne, l'Irlande et la Belgique sont plus contrastées. Ces

---

1. Carole Rivière, Cécile Marin, *Quelle Europe ?*, Mémoire de DESS, université de Marne-la-Vallée, septembre 1994.

deux cartes ne coïncident pas complètement et sont à interpréter avec précaution. On ne peut pas dire que la Navarre soit dix fois plus « raciste » que l'Estramadure, ni Anvers comparé à Amsterdam ! La signification de ces chiffres est très discutable et leur interprétation très sujette à caution, mais les contrastes sont trop tranchés pour rester sans explication. La présence d'immigrés non européens peut expliquer les taux de certaines régions françaises ou anglaises, mais certainement pas les contrastes espagnols et italiens où l'immigration étrangère est très faible. Le niveau de développement n'est pas une cause plausible puisque l'Espagne du Sud est tolérante tandis que l'Italie du Sud est intolérante : 77 % des Andalous formulent moins de 4 rejets tandis que dans les Pouilles et en Basilicate 50 % des gens formulent 8 à 16 rejets. Si l'on en croit la théorie psychologique, la peur de l'autre est la manifestation chez les individus d'une insécurité personnelle, et un moyen de renforcer son identité. Selon cette interprétation, dans les régions à forts taux, les individus manqueraient de sécurité personnelle : beau sujet d'analyse comparative culturelle.

L'attitude à l'égard des femmes qui choisissent d'avoir un enfant sans père est un indicateur très discriminant. En réponse à cette question la fourchette des approbations va de 11 % (Bade-Wurtemberg) à 72 % (Galice) : l'Espagne approuve majoritairement, comme le Danemark et l'Italie (moins le Mezzogiorno). La Grande-Bretagne se coupe en deux : le Sud est favorable jusqu'au pays

Illustration 9

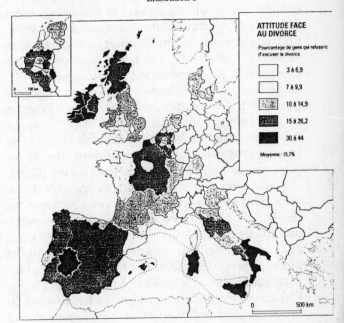

ATTITUDE FACE
AU DIVORCE

Pourcentage de gens qui refusent
d'excuser le divorce

3 à 6,9

7 à 9,9

10 à 14,9

15 à 26,2

30 à 44

Moyenne : 15,7%

Source : C. Rivière et C. Marin, *Quelle Europe ?*, Mémoire de DESS, université de Marne-la-Vallée, septembre 1994.

de Galles et aux West Midlands, tout le reste jusqu'en Écosse est défavorable. Les Pays-Bas et le
Portugal sont contrastés. En France le Nord est
favorable (mais cette attitude ne se prolonge pas
en Belgique) comme l'Est (Alsace, Lorraine, Vos-
ges, Jura) et le Sud, tandis que le grand Ouest est
défavorable. L'Allemagne est très majoritairement
défavorable, surtout dans les nouveaux *Länder*.
En Irlande, enfin, moins du quart de la population
se déclare favorable. Comment interpréter ces
contrastes ? En considérant la Bretagne et l'Irlande (deux pays « celtiques ») on pourrait penser
que la religion est déterminante. Mais l'Espagne
et la Vénétie contredisent cette hypothèse. La
carte des attitudes face au divorce ne coïncide ni
avec les structures familiales traditionnelles, ni les
orientations politiques, ni le niveau de vie **(ill. 9)**.

Pour tenter une synthèse de ces données disparates, Louis Chauvel a reporté sur une carte les
résultats de son analyse en opposant valeurs « traditionnelles » et valeurs « modernes ». Cette carte
résume en effet une bonne partie des données
picorées précédemment. Les trois régions les plus
« traditionnelles » sont l'extrême sud de l'Italie,
l'Irlande, l'Estramadure prolongée par le nord du
Portugal. Toute l'Italie et toute l'Espagne sont
« traditionnelles » à l'exception de l'Émilie-Romagne, de la Catalogne et du Pays basque. L'Angleterre (sauf Londres) et surtout l'Écosse sont plutôt
« traditionnelles ». L'Allemagne et les Pays-Bas
sont « modernes » sauf la Bavière. La Norvège est
plus « traditionnelle » que le Danemark et surtout

Illustration 10. *La modernisation des valeurs*

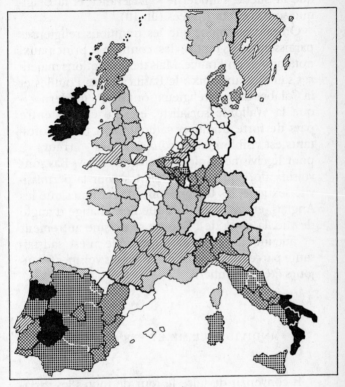

Du plus foncé («traditionnel») au plus clair («moderne»).

Source : EVS, Chauvel, 1995.

que la Suède « moderne ». La France et la Belgique sont très contrastées (**ill. 10**).

On voit aisément que les traditions religieuses paraissent sous-tendre les contrastes principaux, notamment en France. Mais des exceptions majeures sautent aux yeux : le Basilicate, les Pouilles et la Calabre assez irréligieux sont plus « modernes » que la Wallonie socialiste, etc. Le clivage entre pays de forte tradition catholique et pays protestants est visible mais il comporte des « erreurs » : pour le civisme, Grande-Bretagne et Pays-Bas sont voisins alors qu'ils sont éloignés pour la permissivité sexuelle, les Italiens sont plus civiques que les Anglais, etc. Chaque fois que l'on change d'angle de vue, la carte de l'Europe se dessine autrement et aucune interprétation générale n'est satisfaisante parce que l'histoire de régions voisines a toujours été particulière.

INDIVIDUALISME ET PERMISSIVITÉ

Il convenait de faire le tour de toutes les variations nationales et régionales avant de revenir à la tendance globale, le passage du traditionalisme au modernisme, ou du matérialisme au post-matérialisme, dans le langage d'Inglehart. En effet tout le monde s'accorde à penser que post-matérialisme ou modernisme veulent dire permissivité et individualisme, pour s'en féliciter en jugeant que l'homme gagne en liberté, en autonomie et en conscience personnelle dans notre Occident ; d'autres pour déplorer que les grandes valeurs fondamentales de l'Occident s'affadissent, que les grandes disciplines essentielles à nos sociétés se relâchent et qu'en conséquence notre civilisation court à sa perte. Peut-on échapper à cette contradiction et réconcilier des jugements aussi opposés ?

Dans une société relativement stable, la collectivité locale était la petite patrie, la terre des pères. À l'échelle nationale, la construction de l'État-nation entraînait le culte de la patrie et l'exaltation du sentiment patriotique. Danton avait proclamé : « On n'emmène pas la patrie à la semelle de ses souliers », vouant ainsi tous les émigrés, quels qu'ils soient, à la condition d'apatride. Comme le proclame le chant patriotique, mourir pour la patrie était le sort le plus noble, le plus enviable, puisque l'on assurait par cette mort le triomphe de la collectivité nationale contre ses ennemis, et sa continuité pour que les générations à venir restent fières de leur patrie. Aujourd'hui, le citoyen attend de son gouvernement qu'il lui assure la sécurité et le bien-être, en un mot le bonheur, comme l'annonçaient la philosophie politique du XVIIIᵉ siècle et la déclaration américaine. Dans tous les domaines il fait le compte de ses contributions diverses à la collectivité et des rétributions qu'il en reçoit ; et, plus ou moins consciemment, il comptabilise la balance. Attitude scandaleuse pour l'homme forgé par la tradition,

mais qui n'est pas contradictoire avec l'individualisme évangélique.

L'absence de corrélation claire entre développement économique et individualisme est surprenante puisque nous avons posé en hypothèse que
l'enrichissement était une cause de l'individualisme. Sans doute est-ce vrai sur le long terme,
mais entre-temps l'enchevêtrement des causes
complique l'analyse et notamment l'effet de génération observé sur la tendance au post-matérialisme. Le niveau d'instruction paraît, en revanche,
très étroitement lié à l'individualisme à la fois dans
sa dimension permissivité/libéralisme et sa dimension civisme/valeurs traditionnelles. L'allongement de la scolarité dans tous les pays est donc
sans nul doute une cause déterminante de l'évolution. Ce qui explique aussi l'augmentation des
indices d'individualisme en fonction de la génération. Certes l'on devient moins libéral en vieillissant, mais l'effet génération l'emporte sur l'effet
d'âge.

Mais l'individualisme revêt des formes variées,
qui ne peuvent se comprendre que dans un rapport entre l'individu et sa société. Pour son analyse, Étienne Schweisguth propose la distinction
suivante : « L'individualisme peut être compris de
deux manières, l'une pessimiste, l'autre optimiste.
La version pessimiste, se représentant l'individualisme essentiellement sous sa forme *particulariste*,
impute l'affaiblissement du lien social et du sens
de la solidarité au déclin de l'adhésion aux valeurs
transcendantes. La montée de l'individualisme

évoque alors la diffusion d'une conception de la liberté assimilée au principe du chacun pour soi, entraînant la perte du respect des règles sociales et un déclin des préoccupations altruistes. La version optimiste, qui correspond à la variante *universaliste* de l'individualisme, voit au contraire dans le déclin de la transcendance un progrès de la liberté de choix des individus et un progrès de la reconnaissance de leur égalité en valeur et en dignité, dans le cadre de règles de vie en commun s'appliquant à tous » (*Futuribles*, 1995, p. 135). Ainsi l'individualisme peut-il s'opposer à tout lien social, ou au contraire ne se concevoir qu'intégré dans le social. À l'aide de deux dimensions principales, civisme-incivisme et permissivité sexuelle plus ou moins acceptée, il construit un plan sur lequel se répartissent les pays en fonction de ces deux formes d'individualisme. Sur l'indice d'incivisme, l'écart entre les extrêmes est de 20 à 45 % : les Scandinaves sont les plus civiques, Irlandais et Italiens sont proches d'eux ; tandis que les plus inciviques sont les Français, les Belges et les Allemands, intermédiaires sont les Britanniques, les Hollandais et les Espagnols. L'indice de permissivité sexuelle varie de 55 % à 90 %. L'Irlande, le Portugal et l'Espagne sont les moins permissifs ; les plus permissifs sont les Hollandais devant les Scandinaves, les Allemands, les Français ; Britanniques, Belges et Italiens sont dans la moyenne. L'indice de libéralisme à l'égard des enfants donne une hiérarchie très différente puisque les parents portugais et français sont les moins libé-

raux (30 %), les Norvégiens, les Danois et les Allemands les plus libéraux (entre 60 et 65 %) suivis
par les Suédois ; les Espagnols et les Hollandais
sont au même niveau (45 %) et les autres pays
(Grande-Bretagne, Belgique, Italie et Irlande) à
moins de 40 %. Certes, la signification de chacun
de ces indices est-elle discutable. Sans doute n'ont-
ils pas exactement le même sens dans chaque pays,
mais ce qui importe ce sont les écarts entre pays
et la variété des ordres dans lesquels ils se rangent.

L'Espagne et la Grande-Bretagne se situent au
centre. L'Irlande seule dans le quadrant de faible
permissivité sexuelle et de fort civisme. Le Portugal dans le quadrant de faible permissivité sexuelle
et d'incivisme. France et Belgique sont nettement
marquées d'individualisme particulariste. La Hollande et trois pays scandinaves sont au maximum
de la liberté sexuelle mais la première est moyennement civique et les seconds très civiques. « La
culture scandinave est manifestement de type universaliste : la valorisation de la liberté individuelle
s'y accompagne d'une valorisation de la responsabilité morale individuelle et d'une condamnation
des comportements irrespectueux des règles de la
vie en commun » (*Futuribles*, p. 158). À l'opposé
les Français, les Belges, les Portugais et les Espagnols sont des individualistes inciviques, ainsi que
les Allemands contre toute attente. Le fait majeur
est qu'ici encore la culture scandinave se différencie nettement des autres cultures nationales.

La progression des deux formes d'individualisme dans l'ensemble de l'Europe ne semble pas

montrer qu'une convergence se fasse jour, bien que le mouvement soit plus rapide dans les pays les moins individualistes, qui paraissent rejoindre le peloton. Étienne Schweisguth conclut : « L'individualisme est loin d'être un bloc monolithique (...) une certaine désacralisation des normes et des règles apparaît certes dans certains domaines. La tendance à ne plus obéir à la règle parce qu'elle est la règle gagne du terrain, surtout lorsqu'il s'agit des rapports avec la puissance publique. Cela ne suffit cependant pas à confirmer l'hypothèse d'un déclin général des repères moraux et en particulier de l'altruisme » (*Futuribles*, 1995, p. 160).

L'individualiste moderne n'est pas plus égoïste que l'homme « traditionnel ». Paradoxalement il semble l'être moins puisqu'il ne fait plus une confiance soumise et aveugle aux autorités pour régler les problèmes collectifs, locaux, nationaux et planétaires. En outre, devenant plus attentif aux autres, qu'il reconnaît comme des autruis, individus comme lui-même, il est plus sensible aux drames et aux malheurs que les médias lui présentent quotidiennement. Et si les médias y font une telle part, c'est bien évidemment parce qu'ils constatent que cela plaît à leur audience. Les deux enquêtes EVS permettent de mesurer la participation aux diverses formes d'associations, charitables, culturelles, syndicales et politiques. Sur l'ensemble de l'Europe les évolutions sont faibles sauf le syndicalisme qui baisse de 13 % à 10 % et les associations culturelles qui montent de 6 à 10 %. Ce qui incite à conclure que les Européens se désintéressent des associations institutionnalisées d'encadrement pour se tourner vers les associations où ils ont l'impression de répondre à leurs besoins individuels de culture. Nous retrouvons ici la constatation faite à propos des Églises et des sectes. Les différences entre les pays sont très remarquables. Français, Belges et Hollandais participent de plus en plus aux actions charitables. Partout les associations religieuses sont en baisse, surtout dans les pays où elles étaient les plus florissantes : Irlande, Espagne et Grande-Bretagne ; en revanche elles sont fortes et stables en Hollande (35 % des répondants) et en augmentation en Allemagne. Les associations culturelles sont en progrès partout sauf en Espagne et en Italie, elles enregistrent leurs progrès les plus spectaculaires en Belgique, en Irlande, au Danemark et surtout en Hollande.

CONCLUSION

On ne peut conclure sur des généralités un chapitre qui a montré successivement le fondement commun à l'Europe occidentale, l'originalité de chaque nation et la permanence des traditions régionales. Chaque niveau d'analyse fait appel à des registres différents de valeurs. Les nations les plus homogènes sont aussi celles dont les régions sont les plus contrastées. Enfin le monde occidental est traversé par une tendance forte d'assouplissement des normes et de tolérance à la différence, qui accompagne nécessairement le triomphe de l'individualisme annoncé par l'Évangile et proclamé dans la Déclaration des droits de l'homme. De même sur le plan politique une convergence vers le centre et la « social-démocratie » est notable dans tous les pays. Pierre Bréchon (in *Futuribles*, 1995) conclut ainsi son étude : « Dans tous les pays on pourrait montrer que les référents idéologiques des individus forment des systèmes moins homogènes que par le passé ; il n'y a plus de « prêt-à-porter » idéologiques (...) chacun se compose son système de référence, à partir des valeurs politiques ambiantes, en puisant de manière libre dans les repères disponibles » (p. 84). Ce qui reprend ici encore la constatation faite au chapitre précédent à propos de la religion. Mais ces évolutions d'ensemble de l'Europe n'entraînent pas un affaiblissement des variétés nationales et régionales, dans certains cas bien au contraire, on note un renforcement. Reste à comprendre comment s'agencent les diversités régionales dans les unités nationales.

Chaque civilisation a sa forme d'individualisme. Les valeurs n'ont de sens que confrontées aux institutions, et cette confrontation n'est pas aisée à esquisser. La culture scandinave se caractérise par une association particulière de la permissivité et du civisme, qui évoque la communauté des bûcherons dans leur clairière, si fortement liés entre eux qu'ils devaient respecter le domaine privé de

chacun. En Angleterre l'individualisme a été institutionnalisé depuis l'*habeas corpus* et le plus
complètement puisque le père n'est pas lié par le
lignage pour répartir son héritage (cf. chapitre suivant). Le contrat écrit et minutieusement stipulé
(ou le *gentleman agreement*) est le complément
nécessaire, l'antidote pourrait-on dire, de cet individualisme extrême. Dans l'univers germanique
l'individu ne se sent complètement soi-même
qu'au sein d'un groupe où sa participation lui
donne collectivement son existence. Quitter un
groupe est toujours pénible et doit se faire discrètement, généralement pour en rejoindre un autre.
En Italie, l'individu et sa famille s'inscrivent dans
une clientèle qui doit leur apporter le plus de protection et de bienfaits possibles, seule justification
pour la continuité d'une allégeance. Le familialisme amoral (cf. *infra*) ne connaît que son intérêt
et fait cyniquement le compte des avantages que
lui procure son allégeance, et pourtant les Italiens
se révèlent plus civiques qu'on ne l'attendait. En
France enfin, la parentèle s'impose à ses membres,
la sociabilité demeure essentiellement familiale et
le lien de parenté entraîne des obligations qui
vont de soi. En dehors de la famille les rapports
entre individus et les institutions doivent reconnaître et protéger l'honneur de chacun dans une
stricte égalité. Les pays méditerranéens ne révèlent dans aucun domaine l'unité que l'on attendait. L'Italie, le Portugal et l'Espagne trahissent les
contrastes régionaux les plus forts de tous les pays,

et pourtant la personnalité espagnole est aussi fermement affirmée que la portugaise ou l'italienne.

Ces différentes formes d'insertion de l'individu dans la société remontent au Moyen Âge. Ce sont des structures sociales discrètes mais fortes, puisqu'elles ont traversé les siècles. Des structures d'aussi longue durée ne vont pas s'affaiblir rapidement ; bien au contraire, elles vont continuer à structurer les mœurs, les institutions et les organisations nouvelles qui sont en passe de se mettre en place. Et par elles les différences nationales vont se perpétuer. Après avoir donné la prééminence aux structures économiques et sociales pendant les Trente glorieuses, on peut se demander aujourd'hui si les structures idéologiques ne sont pas les plus déterminantes sur le long terme, puisqu'elles évoluent lentement dans leurs fondements, tout en se modifiant avec une surprenante rapidité quand les structures sociales changent, comme l'analyse de la famille et des hiérarchies sociales le montre. C'est sans doute dans ce domaine que les sciences sociales ont de grands progrès à faire pour construire un cadre théorique capable de rendre compte de cette extrême complexité.

CHAPITRE III

FAMILLE ET PARENTÉ

Dans les sociétés traditionnelles, avoir le plus grand nombre possible d'enfants vous assure la prospérité et une vieillesse choyée. En revanche, dans les sociétés paysannes individualistes avoir deux enfants est l'idéal : une fille vous quitte pour se marier ailleurs munie de sa dot et un fils conserve l'héritage et amène une bru et sa dot. Cet échange de femmes assure stabilité et continuité. Stables sur leur tenure dans les finages entièrement défrichés depuis le XIIe siècle, les paysans européens ont en effet à résoudre un problème fondamental d'équilibre entre terre et population. Tant que la technique agricole ne change pas, la quantité de nourriture produite par une surface ne varie pas, et par conséquent toute croissance démographique est interdite : la famine, l'épidémie, la guerre font nécessairement baisser la pression démographique pour la maintenir en deçà du seuil. Ainsi s'explique sans doute que l'âge au mariage soit plus élevé en Europe occidentale que dans presque toutes les autres civilisations. En effet cet indicateur dénote un effort de restriction des naissances et donc une conception particulière de la cellule familiale et de sa continuité. Ce qui était vrai des paysans l'était aussi des bourgeois. On ne peut partager l'échoppe du boulanger ni l'étude du notaire ; et si l'on partage le patrimoine bientôt il sera trop réduit pour faire vivre « bourgeoisement » une famille. Grâce à l'expansion industrielle les familles bourgeoises du nord de la France se feront une règle d'avoir une « cheminée » par enfant. Ce qui était inconcevable avant l'éclosion de l'industrie.

Dans les sociétés féodales, le lignage et la parentèle s'imposaient comme fondement des rapports familiaux. Des seigneurs pouvaient être grands ou petits, riches ou pauvres, l'important était la pureté de leur sang, l'ancienneté de leur lignée et la gloire de leur parentage. Comme pour les paysans du Sud-Ouest, « maison » était synonyme de lignage. La « maison de France » s'incarnait dans la maison du Roi. De nombreux enfants mâles assuraient la continuité du lignage et les filles des alliances utiles avec d'autres grands lignages.

Le mot famille dans les langues d'Europe occidentale veut dire à la fois la cellule domestique et la parentèle. Presque toutes les autres langues ont deux racines, l'une pour le groupe domestique, l'autre pour la parentèle, liée à l'idée de clan, de réseau. Dans les langues slaves la racine « sem » donne la cellule domestique (*semia*) et la racine « rod » le lignage et la parentèle (*rodstvo*). Pour exprimer le réseau familial, le Français dut aller

chercher le mot « clan » en Écosse, seule société
lignagère d'Europe occidentale. Encore ce mot a-
t-il acquis une connotation péjorative. Dans une
société paysanne et bourgeoise, le mot famille veut
dire avant tout la cellule domestique, où consan-
guins et domestiques vivent au même pot et au
même feu. Lignage et parentèle, le réseau de ceux
qui sont liés par le sang ou par l'alliance, ne sont
que des réalités secondes, discrètes face à l'importance de la « maisonnée » bourgeoise ou paysanne. Certes, le mariage est une alliance entre
deux lignages mais c'est avant tout une fille qui
quitte sa maison pour aller donner des enfants à
celle de son époux, et ensuite la gérer quand sa
belle-mère mourra. La bru doit donc être féconde,
courageuse à la besogne, économe, bonne gestionnaire du domestique et, d'un parentage qui
honore la famille qui la reçoit.

DIVERSITÉS ANCIENNES

Cette façon de concevoir la famille est caractéristique des sociétés paysannes d'Europe occidentale, tandis que les sociétés lignagères privilégient
le lignage au détriment de la cellule domestique,
par essence instable et de courte durée. Il y a
donc bien des caractéristiques anthropologiques
communes qui donnent leur fondement aux diverses structures familiales héritées des traditions
diverses, paysanne et bourgeoise.

Ethnologues et démographes ont décrit l'extraordinaire diversité des solutions que les sociétés paysannes ont inventées pour agencer terres et lignages. Après un dépouillement minutieux d'une centaine de monographies ethnographiques réparties sur l'ensemble de l'Europe, Georges Augustins (1989) nous propose un périple fascinant à travers l'Europe de la fin du XIXe siècle. Toutes les solutions sont décrites, avec leurs avantages et leurs inconvénients, leurs contraintes et les marges de liberté qu'elles donnent aux stratégies matrimoniales. Il ne faut pas voir là de simples reliques, survivances destinées à s'estomper, mais au contraire des structures idéologiques qui continuent de modeler la vie familiale des Européens. À l'aide des mêmes sources ethnographiques, Emmanuel Todd (1994) a construit quatre types principaux de « familles » :

— *la famille indivise* (que Todd appelle patriarcale) dans laquelle tous les frères restent ensemble dans la même « grande maison » et vivent en communauté sous l'autorité du patriarche ; cette famille d'origine immémoriale se continue à perpétuité ;

— dans *la famille souche*, un seul enfant (mâle si possible pour assurer la perpétuation du nom) reçoit la totalité de l'héritage, les filles sont dotées et mariées à l'extérieur. Les cadets ont le choix entre rester célibataire à la maison, ou faire comme les filles, recevoir une dot et vivre ailleurs. En quittant la maison, les enfants dotés renoncent à hériter. La maison, le nom, l'héritage et la lignée sont une seule institution (*l'oustal* en langue d'oc), d'essence perpétuelle comme la précédente ;

— *la famille nucléaire égalitaire* se crée par le mariage des conjoints et disparaît à leur mort. Dans sa forme la plus archétypique, au moment du mariage les conjoints reçoivent chacun des terres avec lesquelles ils constituent une nouvelle exploitation, et ils vont habiter dans une maison séparée de celle de leurs parents. Égalité des héritiers et néolocalité s'inscrivent dans des variations coutumières innombrables ;

— *la famille nucléaire absolue* sépare très tôt les enfants de leurs parents et donne à ceux-ci une liberté totale d'offrir leurs richesses à qui bon leur semble, leurs descendants ou des étrangers non membres de la parentèle. Conception de négociant, où chaque homme constitue par lui-même ses richesses et par conséquent est libre d'en faire ce qu'il veut. Le mot patrimoine n'existe pas en anglais ; et les Anglais ont quelque peine à comprendre que les parents français se sentent rigoureusement tenus de transmettre à leurs enfants le patrimoine, si possible augmenté, qu'ils ont eux-mêmes reçu de leurs parents (**ill. 11**).

Sur la carte établie par E. Todd la famille nucléaire absolue ne déborde guère au-delà de la Manche, à peine en Bretagne, au Danemark, en Hollande et au sud de la Norvège. La famille souche connaît sa forme la plus parfaite des deux côtés des Pyrénées, dans le sud-ouest de la France et en Catalogne. Sous une forme atténuée elle se

Illustration 11. *Les types familiaux*

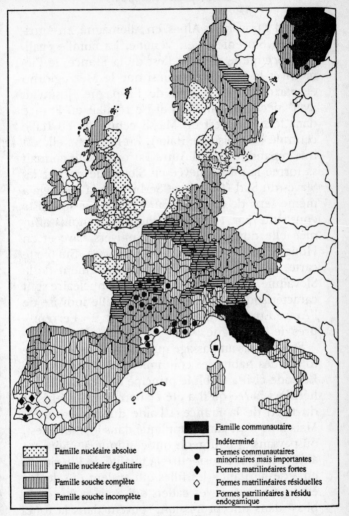

Famille nucléaire absolue

Famille nucléaire égalitaire

Famille souche complète

Famille souche incomplète

Famille communautaire

Indéterminé

● Formes communautaires minoritaires mais importantes

◆ Formes matrilinéaires fortes

◇ Formes matrilinéaires résiduelles

■ Formes patrilinéaires à résidu endogamique

Source : E. Todd, *L'invention de l'Europe,* Seuil, 1990, p. 62.

répand à travers les Alpes, en Allemagne, en Autriche, en Slovénie et en Vénétie. La famille égalitaire occupe le nord et l'est de la France, le Piémont et la Lombardie, ainsi que le Mezzogiorno et partiellement le sud de l'Espagne. Jusqu'au XVIIIe siècle, la famille indivise régnait en France dans le nord-ouest du Massif central et en Italie centrale (la troisième Italie). En revanche elle est très répandue dans l'Autre Europe : elle connaît sa forme la plus achevée en Slovaquie et chez les Slaves du Sud (Croatie et Serbie) où la Zadruga a même servi de modèle pour l'économie socialiste construite par Tito. Sous une forme moins affirmée elle domine dans tout l'univers slave et en Hongrie, à l'exception de la Pologne. Sur cette carte, la Bohême se différencie clairement de la Slovaquie. Famille souche et famille nucléaire sont caractéristiques de l'Occident, famille indivise de l'Autre Europe : le contraste est net, à « l'erreur » près de la Pologne.

Soulignons au passage que le principe juridique tolère des habitudes coutumières contradictoires. Le code civil a établi le principe de l'égalité entre héritiers parce qu'il a été élaboré par des juristes du nord de la France à l'aide du droit romain. Mais il ne s'est jamais appliqué dans le Sud-Ouest, où paysans et bourgeois ont continué à « faire un aîné » et à lui transmettre la totalité de l'héritage, en « déshéritant » les filles qui avaient été dotées en se mariant, et les cadets qui avaient été « établis » dans une profession, souvent dans la fonction publique à la suite d'études onéreuses. De même, en Angleterre l'aristocratie ne suit pas la règle commune et respecte le principe de primogéniture. La permanence de ces coutumes successorales montre que l'idéologie familiale est assez forte pour survivre aux changements de l'économie et de la société, et même se moquer du droit. D'origine immémoriale, ces structures familiales se sont maintenues à travers les siècles, et les frontières qui les délimitent sont restées stables, jusqu'à ce jour.

En revanche, si l'atmosphère dans laquelle est élevé un enfant forme ses attitudes profondes, on doit attendre que des enfants élevés dans des familles aussi contrastées conservent toute leur vie des conceptions différentes des rapports entre homme et femme, égalité et hiérarchie, soumission et rébellion à l'égard des autorités, et les transmettent à leurs propres enfants. Le rapport égalitaire entre frères soumis au patriarche dans la famille indivise transmet nécessairement une conception égalitaire des hommes et une soumission à l'autorité contre laquelle il ne sert à rien de se rebeller, il faut la quitter si on la trouve insupportable ; *exit* est la seule possibilité, *voice* est impossible, dans la terminologie d'Hirschman. Dans la famille souche l'inégalité est le principe fondateur : les hommes sont supérieurs aux femmes, les aînés aux cadets, les pères à leurs fils, les familles riches aux familles pauvres. L'inégalité paraît donc naturelle au petit Rouergat et il s'attend à ce que les femmes et les jeunes soient soumis ; que les aînés et les pères soient autoritaires. L'autorité lui apparaît naturelle et il la respecte. Dans les familles égalitaires, hommes et femmes sont perçus comme égaux, mais non interchangeables ; chacun a son rôle et sa fonction : l'homme est aux champs ou à l'usine et ne se mêle pas du domestique où la femme règne en maîtresse. À partir de ce contraste, E. Todd (1996) a établi sa dichotomie entre l'idéologie différentialiste qui considère que les autres sont différents, et l'idéologie universaliste qui voit tous les hommes comme égaux. La France ayant été dominée par le Nord égalitaire est à dominante universaliste, tandis que l'Allemagne, où règne la famille souche, est différentialiste. L'universalisme de l'Église romaine renforce les premiers et l'ethnocentrisme protestant les seconds.

Il faut bien comprendre que cette transmission de modèles fondamentaux ne suppose pas que l'éducation soit plus « autoritaire » dans un cas que dans l'autre. Le patriarche peut être débonnaire parce que son autorité est si indiscutable qu'il n'a pas besoin d'y avoir recours explicitement. Le père « égalitaire » peut au contraire être amené à faire acte d'autorité pour se faire obéir.

Dans le sud de l'Italie, la famille égalitaire se trouve insérée dans une société encore « féodale » et dans une civilisation agonistique méditerranéenne. Le « familialisme amoral », décrit par Banfield (1958), induit chaque famille à voir dans les autres familles autant d'ennemis contre lesquels il faut se défendre. Chacun se conduit pour améliorer la situation de sa famille nucléaire ou pour la protéger, sans se préoccuper des autres familles ni des institutions. La famille seule et la famille avant tout. Selon Banfield, « un homme, une fois marié, considère père, mère, frères, sœurs et l'ensemble de ses proches comme des ennemis ». On suppose que les autres se conduisent selon le même principe et par conséquent on ne peut espérer aucune aide désintéressée, ni aucune alliance stable. Les rapports de clientèle avec l'Église et les notables sont vus comme un rapport d'échange : on attend du prêtre et du notable qu'ils vous protègent et vous aident, en retour vous leur accordez votre allégeance et votre vote.

Si l'on admet que les structures familiales sont les matrices de différentes visions du monde et de la société, les profondes transformations que subissent aujourd'hui les structures familiales vont-elles brouiller les transmissions héréditaires des attitudes les plus ancrées ? Ou, au contraire, les idéologies sont-elles maintenant suffisamment autonomes, pour survivre aux structures familiales ? La disparition de la famille indivise a laissé des traces indélébiles dans le nord-ouest du Massif central et dans l'Italie centrale, où les votes de gauche se sont perpétués. La question est d'importance pour l'avenir de l'Europe. Certains pays sont relativement homogènes sur ce plan comme nous l'avons vu au chapitre précédent, telle l'Allemagne, tandis que d'autres sont partagés en régions contrastées **(ill. 12)** : l'Angleterre et l'Écosse, Nord et Sud en France et en Espagne, les

Illustration 12. *Proportion des ménages complexes
dans l'ensemble des ménages (1981)*

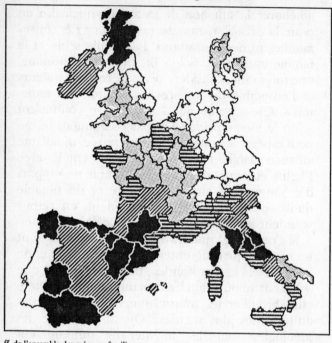

% de l'ensemble des ménages familiaux

Source : Hervé Le Bras, *La planète au village*, Éditions de l'Aube, 1993, p. 84.

Plus de 14 %

11 à 14 %

8 à 11 %

6 à 8 %

Moins de 6 %

trois Italie, l'Autriche Est et Ouest. Y a-t-il une conception du monde de la famille souche qui va perdurer sur les deux pentes des Pyrénées ? L'urbanisation et les mariages entre conjoints d'origines régionales différentes vont-ils dissoudre ces liens historiques ? Il faut se méfier des conclusions de bon sens et nous n'en savons pas assez pour prédire.

FRAGILISATION
DE LA CELLULE DOMESTIQUE

La famille, sous ses deux formes, parenté et groupe domestique, a subi dans les années récentes des transformations profondes et en apparence de même sens, dans tous les pays. Mais des évolutions analogues peuvent aboutir à de nouvelles différences.

Le nombre de personnes par ménage est un premier indicateur. Dans tous les pays la tendance est à la diminution de la taille des ménages du fait de la diminution du nombre d'enfants ; et simultanément la décohabitation fait que les gens âgés ne résident plus avec leurs enfants et les jeunes quittent leurs parents de plus en plus tôt, malgré le chômage qui contraint à rester chez les parents. Toutefois cette évolution ne se fait pas au même rythme dans tous les pays et des différences demeurent fortes, parfois elles sont mêmes ren-

forcées (**ill. 13**). L'Irlande a toujours le plus grand
pourcentage de ménages de cinq personnes et
plus ; dans les pays méditerranéens, ce pourcentage est en baisse rapide, autour de 30 %. La
Suède a vu augmenter très rapidement les ménages d'une personne qui en 1991 représentent
40 % des ménages ; en Allemagne de l'Ouest
33 %, en France 27 % et en Espagne 14 %. Les
ménages de deux et trois personnes sont les plus
nombreux dans presque tous les pays (entre 45 et
50 %) sauf en Espagne, en Irlande et au Danemark. La propriété du logement varie du sud au
nord : les Méditerranéens sont plus souvent propriétaires (70 % en Espagne, 65 % en Italie) que
les Nordiques (Suède 41 %, Allemagne 40 %, Pays-
Bas 44 %) ; la Grande-Bretagne est à 65 % et la
France à 58 %. La proportion des maisons individuelles par rapport aux appartements varie entre
80 % aux Pays-Bas et 37 % en Espagne. On voit
que la dimension du groupe familial paraît peu
liée aux conditions de logement et qu'il s'agit de
trois traits culturels différents.

Sur les indicateurs démographiques, la chrono-
logie est à peu près la même pour tous les pays.
La guerre a été suivie du baby-boom qui s'est
arrêté en 1965, date où la natalité s'est mise à
décroître simultanément dans tous les pays, même
en Irlande avec un léger décalage. Cette synchro-
nie impressionnante demeure inexpliquée, tant
est faible notre compréhension des évolutions
macrohistoriques. Cependant derrière cette syn-
chronie des différences profondes s'affirment.

Illustration 13. *% ménages d'une personne*

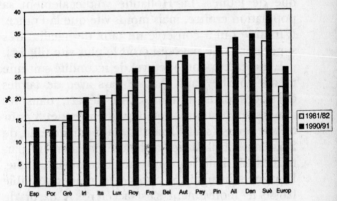

Note : pour Allemagne, année 1981/82 = RFA.

Source : Council of Europe 1990 et Eurostat 1995.

La France est le pays qui a connu le baby-boom le plus important, démarré le plus tôt il s'est poursuivi plus longtemps. Les naissances ont été plus nombreuses, la pyramide des âges est plus ventrue que dans les pays voisins, et aujourd'hui encore la population française croît alors qu'elle est stable en Grande-Bretagne et en Italie et qu'elle commençait à baisser en Allemagne fédérale, depuis 1989 l'immigration y a compensé le manque de jeunes. La Hollande voit également sa population croître, mais moins vite que la France. L'Irlande qui a conservé un taux de natalité très supérieur est le pays qui croît le plus vite (**ill. 14**).

L'indicateur conjoncturel de fécondité suit une même courbe dans chaque pays avec de faibles décalages dans le temps. Au départ, dans les années cinquante, il s'établissait entre 2 et 3 pour tous les pays (sauf l'Irlande), la médiane était de 2,5. En 1965 la baisse a débuté brutalement partout, sauf dans les pays méditerranéens (Italie, Espagne, Portugal) où après cinq années de faible baisse le mouvement s'est accéléré. À partir de 1975 la chute s'est arrêtée dans tous les pays. Dans certains, l'indice s'est stabilisé au-dessous de 2, principalement la France et la Grande-Bretagne, dans d'autres il s'est stabilisé à 1,5. Mais les moyennes nationales sont trompeuses : en Italie et en Espagne, le sud est nettement plus prolifique que le nord, où l'indice est tombé au-dessous de 1 ; même contraste, bien que moins marqué, entre Allemagne du Nord et du Sud. La Suède qui était

Illustration 14. *Population par âge. 1992*

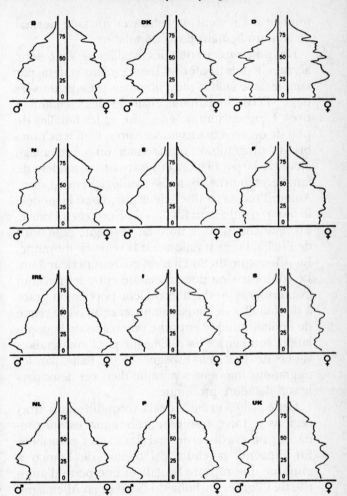

Axe vertical : âge ; axe horizontal : % ; gauche : hommes ; droite : femmes.

Source : Statistiques démographiques, 1995. Eurostat.

tombée à 1,8 vient de retrouver un taux normal de renouvellement de sa population.

Les différences entre les familles se sont donc accrues depuis trente ans. Deux enfants et demi par famille, telle était la moyenne dans presque tous les pays : l'écart maximum allait de deux enfants à trois. L'enfant unique était rare et les familles de plus de quatre enfants minoritaires, mais leur nombreuse progéniture représentait un pourcentage élevé de la population et incarnait un modèle de famille, minoritaire mais idéologiquement fort. Aujourd'hui, la famille à deux enfants est le modèle le plus répandu dans les pays du Nord et en France. En revanche, dans le nord de l'Espagne et le nord de l'Italie, l'enfant unique est la règle en moyenne. En Allemagne du Sud il n'est guère supérieur à un. Le contraste s'est donc accentué entre les pays qui assurent la reproduction de leur population grâce à des familles de deux enfants et ceux où le règne de l'enfant unique entraîne une baisse de la population, compensée en Allemagne par l'immigration venue de l'Est, en Espagne et en Italie par les migrations intérieures puisque dans ces deux pays le sud demeure prolifique.

Cette chute brutale de la fécondité dans trois régions à forte tradition catholique est surprenante ; on en discerne mal des causes plausibles. En Espagne, la chute du régime de Franco a entraîné une rupture brutale et une perte d'autorité de l'Église. En Italie du Nord et en Allemagne du Sud, la pratique religieuse a baissé lentement comme partout ailleurs, mais l'Église demeure relativement forte. L'explication religieuse n'est donc pas recevable. Pour les deux pays méditerranéens, on pourrait avancer un retard de la modernisation : la modernité arrivant plus tard et plus brutalement aurait entraîné une volonté de « rattraper » le mouvement social des pays voisins. La femme ligure pose un problème au sociologue. La Ligurie est la région d'Europe qui a le plus bas taux de fécondité et en même temps avait le plus bas taux d'activité des femmes. Récemment, elle s'est désindustrialisée, les services se sont développés grâce au tourisme, et les jeunes femmes se sont portées sur le marché du travail, si bien qu'aujourd'hui 75 % de celles qui ont de 25 à 34 ans ont un emploi. Ce n'était donc pas pour avoir un emploi que les femmes ligures se limitaient à l'enfant unique. Cette explication n'est pas valable non plus pour la Bavière et le Bade-Wurtemberg. Question fondamentale, les sentiments qui conduisent les parents à limiter ou à multiplier les naissances demeurent mystérieux pour les sciences sociales.

L'augmentation du concubinage et du célibat s'explique en partie par le retard de l'âge au mariage. Comme il a été dit plus haut, l'âge au mariage a toujours été très élevé dans la plupart des pays d'Europe occidentale : 27 ans pour les hommes, 25 ans pour les femmes. Brusquement, après la seconde guerre mondiale, cet âge s'est abaissé jusqu'à 22 ans et 20 ans. Puis à partir de 1965 il a recommencé à s'élever pour retrouver les étiages anciens, avec une dispersion forte. En

1992, l'âge moyen des femmes au premier mariage est supérieur à 26 ans dans tous les pays (sauf en Irlande et au Portugal), tandis qu'il n'est nulle part supérieur à 24 ans dans l'Autre Europe. Le contraste ancien entre les deux Europe se trouve rétabli après l'oscillation forte due dans un premier temps à la disparition des sociétés paysanne et bourgeoise, et dans un second temps à la contraception et au changement de la condition féminine, qui expliquent ce retour du mariage à un âge élevé — qui n'est pas un retour aux mœurs anciennes.

Depuis 1970, la croissance rapide du taux des naissances hors mariage est le meilleur indicateur de la transformation de la vie conjugale. À l'époque on parlait encore de naissances « illégitimes » qui ne représentaient en moyenne pas plus de 5 % des naissances, un peu moins dans les pays catholiques et au Benelux, où le pourcentage était inférieur à 3 % ; un peu plus dans les pays protestants : entre 5 et 10 %. La France était exemplaire de ce contraste puisque dans les deux régions de forte pratique religieuse, l'Ouest breton et vendéen et le sud-est du Massif central, le taux était inférieur à la moyenne nationale. En Alentejo le fort pourcentage traditionnel s'expliquait par une structure sociale de grands domaines, avec un prolétariat agricole nombreux et un fort pourcentage des célibataires. Aujourd'hui la Suède et le Danemark, qui ont été les pionniers, ont toujours un taux d'environ 50 % de naissances hors mariage. En France le taux est à 35 % (42 % des premières naissances) comme aux Pays-Bas, au Royaume-Uni, tandis qu'en Allemagne, en Italie et en Espagne il ne dépasse pas 15 %. En Suède l'explication d'un taux élevé se trouve sans doute dans les mœurs traditionnelles qui attribuent plus d'importance aux fiançailles qu'au mariage : il était coutumier que le mariage intervînt après la première naissance et que l'enfant assistât à la noce de ses parents. En Autriche les naissances illégitimes ont toujours été nombreuses : supérieures à 15 % dans les *Länder* alpins au début du XIXe siècle. La cause semble être le « permis de mariage » que le travailleur devait obtenir de son maître pour pouvoir se marier. Ce permis n'a été supprimé qu'en 1921. L'illégitimité a baissé rapidement au XXe siècle ; puis les naissances hors mariage se sont multipliées dans les années récentes, précisément dans la région où l'illégitimité était traditionnelle : en Styrie, en Carinthie et dans la région de Salzbourg où elles atteignent 40 %, alors que dans les régions de l'Est et de l'Ouest elles sont à 6 %. Il semble qu'une législation favorable aux mères célibataires datant de 1976 ait favorisé le retour aux mœurs coutumières dans les régions centrales, et soit restée sans effet dans les autres régions. Ces curiosités ethnographiques montrent que les statistiques donnent une apparence analogue à des situations sociales complètement hétérogènes, et surtout on se rend compte que des mœurs en voie de disparition, à la suite de la suppression de leurs « causes » sociales ou juridiques, peuvent reprendre vie avec des conditions nouvelles, totalement différentes.

Tableau 6. *Proportion des naissances hors mariage 1970 et 1993 (pour 100 naissances)*

	1970	1993
Allemagne	7,2	14,8
(ouest)	5,5	11,9
(est)	13,3	41,1
Autriche	12,8	26,3
Belgique	2,8	12,6 (92)
Danemark	11,0	46,8
Finlande	5,8	30,3
France	6,8	34,9
Irlande	2,7	19,5
Luxembourg	4,0	12,9
Norvège	6,9	44,4
Pays-Bas	2,1	13,1
Royaume-Uni	8,0	31,7
Suède	18,4	50,4
Espagne	1,3	10,5 (92)
Grèce	1,1	2,8
Italie	2,2	7,2
Portugal	7,2	16,9

Source : INED, *Population et société*, n° 316, septembre 1996.

Le pourcentage des divorces a augmenté dans tous les pays mais avec des différences majeures : 3 pour mille habitants en Grande-Bretagne, 2,5 en Scandinavie, 0,5 en Italie et 0,7 en Espagne ; entre ces extrêmes, l'Allemagne est à 1,7, la France et la Hollande à 2. Autrefois, les divorcés avaient une forte propension à se remarier, aujourd'hui ils sont nombreux à rester célibataires ou à s'établir en concubinage. Par ailleurs, l'allongement de la vie et l'augmentation de l'écart entre hommes et femmes accroît le nombre des veuves qui, comme les divorcés, vivent seules dans leur loge-

ment. Il est remarquable que dans le sud-ouest de
la France et dans le nord de l'Espagne la famille
souche continue à imposer son modèle, de même
que la famille indivise en Italie centrale : les grand-
mères vivent souvent au foyer d'un de leurs
enfants.

Au bout du compte on voit qu'aux deux extrêmes de l'Europe les groupes domestiques sont de
compositions très différentes. Au nord, le taux
élevé de divorces, d'enfants nés hors mariage et
le nombre de ménages d'une personne forment
une image d'instabilité du couple, et de quasi-dis-
parition de la famille au sens traditionnel du
terme. Mais paradoxalement cette situation a
conduit en Suède à une remontée de la natalité.
Au sud, la cellule familiale résiste mieux ; elle
conserve sa structure et son ampleur traditionnelles, les enfants demeurent avec leurs parents jusqu'à leur mariage, même si celui-ci est tardif
(nous y reviendrons à propos de la jeunesse), la
grand-mère est souvent présente et la « mama »
règne sur la famille, pourtant l'enfant unique
devient la règle dans certaines régions. Entre ces
deux extrêmes, l'Europe continentale et la
Grande-Bretagne paraissent en transition vers le
modèle scandinave si l'on se fie à l'évolution des
indicateurs. Trois modèles contrastés de famille
paraissent en concurrence : celui du nord, celui
du continent (y compris la Grande-Bretagne) et
celui de la Méditerranée. Les modèles continental
et méridional sont-ils des modèles de transition,

correspondant à une phase de « modernisation »
de la société, c'est-à-dire de conquête par la
femme d'un nouveau statut social, différent mais
égal à celui de l'homme ? (Stoclet, 1992). Le nombre des divorces, l'emploi féminin, les naissances
hors mariage, la répartition des tâches domestiques et les valeurs morales et sociales attachées
aux deux sexes sont les éléments d'un système. Le
système ancien avait sa cohérence en établissant
une complémentarité entre homme et femme,
entre domaines domestique et professionnel. Il a
été déséquilibré par l'emploi des femmes hors du
foyer, qui créait un conflit pour les femmes entre
rôle domestique et maternel et rôle professionnel.
Hommes et femmes ont pris conscience de ce
conflit et ont modifié leurs valeurs avec une étonnante rapidité, mais ils n'ont pas modifié aussi
rapidement leurs pratiques ; et les institutions ont
mis un temps à s'adapter, plus ou moins long
selon les pays grâce aux crèches et à l'emploi à
temps partiel. Toute la sociabilité se transforme à
son tour.

Hervé Le Bras (*in* Gullestad et Segalen, 1995) a
eu l'idée de comparer le pourcentage de jeunes
de 15 à 24 ans qui n'appartiennent à aucune association et la proportion de jeunes qui ont trouvé
leur emploi grâce à leur famille, avec les indices
démographiques : « D'un côté (au nord) les individus dépendent étroitement de leur famille, de
l'autre (au sud) ils sont insérés très vite dans un
tissu social plus large. À part l'Irlande, encore en
fin de transition démographique, la fécondité

remonte là où les jeunes pratiquent la vie associative, et décline là où la pression familiale est forte. »

Tableau 7. *Indicateurs démographiques et familiaux dans les pays de l'Union européenne*

	% naissances hors mariage 1991	Différence de fécondité 1985-1991	% jeunes n'appartenant à aucune association	% jeunes qui ont un emploi grâce à leur famille
Belgique	7	0,08	41	28
Danemark	46	0,22	15	19
Allemagne fédérale	10	0,20	41	21
Grèce	2	− 0,61	74	69
Espagne	10	− 0,35	67	61
France	30	− 0,04	59	35
Irlande	17	−0,32	41	33
Italie	6	− 0,15	54	65
Luxembourg	12	0,22	24	27
Pays-Bas	12	0,10	26	18
Portugal	15	− 0,19	76	58
Royaume-Uni	30	0,04	41	28

Source : M. Segalen, M. Gullestad, *La famille en Europe*, La Découverte, 1995, p. 37.

Ainsi, lorsque la société aurait accompli sa mutation de modernisation globale, les femmes ayant conquis leur nouveau statut, le taux de fécondité remonterait pour correspondre à deux enfants par couple, taux souhaité par la grande majorité des hommes et des femmes et par les responsables politiques soucieux de l'équilibre démographique de leur nation, et cela quelles que soient les formes matrimoniales.

RENFORCEMENT DE LA PARENTÈLE

La fragilisation de la cellule conjugale va de pair avec un renforcement de la parentèle et nos sociétés retrouvent cette structure fondamentale des sociétés lignagères décrites par les ethnologues (Gullestad et Segalen, 1995). En effet, l'allongement de la vie fait que l'on a ajouté une génération à tous les lignages, or tant que l'ancêtre est en vie, il entretient les relations entre tous les membres du lignage et transmet la mémoire familiale à tous ses descendants. Les retraités disposent de tout leur temps et en consacrent une grande part à rendre service à leurs enfants et petits-enfants et à entretenir la sociabilité de tous. Dans les pays où les retraités disposent de retraites confortables, ils en utilisent une bonne partie à aider financièrement leurs descendants. Ceux qui disposent d'un patrimoine le gèrent avec le souci de le transmettre. Tant et si bien que le réseau de parenté joue un rôle capital de redistribution des services, des revenus et du patrimoine entre les générations.

Malheureusement nous disposons de peu de recherches comparatives sur ce sujet, pourtant essentiel pour l'économiste comme pour le sociologue. Dans chaque pays les enquêtes qui s'intéressent à ce domaine le font de manière marginale ; les données statistiques sont éparses. En revanche cette évolution a attiré l'attention des ethnologues, mais elle est étudiée dans des monographies difficiles à interpréter. Dès les années cinquante une enquête dans les quartiers ouvriers de Londres a montré que 75 % des enfants adultes voyaient leurs parents au moins une fois par semaine ; dans les quartiers bourgeois la proportion était un peu plus faible : 60 % ; dans une petite ville du pays de Galles, 70 %. Contre toute attente, un pourcentage guère plus faible était trouvé aux États-Unis : 48 % à Middletown, 40 à 45 % à Boston. Sur le continent, l'Italie offre le maximum : 80 % de rencontres hebdomadaires. En France, le taux est moyen : 50 %. Ces résultats s'expliquent aisément quand on sait que les enfants mariés vivent en majorité à proximité de leurs parents : environ les trois quarts à moins de 20 km. Ce pourcentage varie d'un pays à l'autre en fonction de la structure urbaine et de l'ancienneté de l'industrialisation, mais il descend rarement au-dessous de 50 %.

Prenons un exemple français. Dans la famille bigoudenne étudiée par Martine Segalen (1985), les grands-parents paternels au début du siècle sont de très petits fermiers ; les grands-parents maternels étaient des paysans plus aisés. Aujourd'hui le couple central est âgé d'une soixantaine d'années. L'aîné de leurs trois enfants est devenu, après de brillantes études, ingénieur à l'Aérospatiale ; cette promotion sociale ne l'a pas empêché de se marier « au pays » avec une jeune Bigoudenne, et de conserver une maison de famille vers laquelle ils reviennent chaque fois que possible. La cadette est employée à la Sécurité sociale à Quimper et habite près de ses parents ; le troisième, kinésithérapeute, vit avec une jeune Nantaise rencontrée dans son école et exerce dans un cabinet situé en Dordogne, eux aussi retournent au pays fréquemment dans une résidence secondaire neuve qu'ils ont construite à côté des parents. La ferme ancestrale s'est développée en un petit hameau de quatre maisons, résidences principales et secondaires, où toute la parentèle se retrouve en été.

Des sources très disparates font ressortir clairement qu'une volonté se répand de faire vivre la parentèle, à la fois comme mémoire et source d'identité, comme réseau de sociabilité et comme soutien économique et moral dans les difficultés et les adversités de la vie. La Grande-Bretagne et l'Allemagne font exception, semble-t-il. La première, par tradition, attache peu d'importance à la parenté, sauf dans l'aristocratie. En Allemagne le nazisme a créé une véritable rupture entre générations (Schultheis *in* Gullestad et Segalen, 1995) ; le travail de deuil n'y est pas achevé, si bien que les enfants mettent toujours en question, sinon en jugement, les générations qui les ont précédées. Si un enfant déclare qu'il ne supporte plus l'autorité de ses parents, l'assistante sociale peut lui organiser une vie indépendante. À la question : faut-il respecter et aimer ses parents ?, les Allemands répondent « oui » à 50 %, les Français à 75 %.

Dans tous les pays, les différences entre classes sociales s'estompent. Les relations de voisinage décrites dans le prolétariat de l'est de Londres n'existent plus. En France toutes les enquêtes montrent, entre grandes catégories sociales, des nuances, non plus des contrastes comme autrefois. Par ailleurs les rapports tendent à se verticaliser : les relations entre ascendants et descendants se renforcent tandis que les rapports entre collatéraux se distendent et sont souvent médiatisés par un ascendant commun. Autrefois les rapports étaient définis par des normes claires reconnues par tous, qu'elles fussent acceptées ou rejetées. Aujourd'hui les rapports sont électifs, chacun peut choisir dans la parentèle ceux avec qui il désire entretenir des relations, et choisir quel type de relation il veut avoir. Il se crée une tension entre l'attachement électif et l'indépendance qu'il faut protéger pour soi et respecter chez les autres. On se reconnaît lié à ses père et mère, fils et filles et à différents membres de la parentèle, mais ces liens n'entraînent pas d'obligation, chacun garde sa liberté de choix. Services et visites que l'on se rend doivent être proposés même s'ils sont attendus ; rien n'est dû, tout doit être offert pour être accepté.

Ces évolutions sont liées à la décohabitation des générations. Ménages et individus vivent chacun chez soi mais à proximité les uns des autres dans une intimité qui peut être plus étroite que lorsque l'on cohabitait : cette « intimité à distance » préserve l'autonomie de chacun. La parentèle est localisée et peut s'inscrire dans un territoire restreint, se prolonger par les parents éloignés grâce aux contacts téléphoniques et aux visites, rendues aisées par la multiplication des jours de congé et la facilité des transports. La garde des enfants et des adolescents pendant les vacances scolaires est souvent confiée aux grands-parents. Si la vie de la parentèle proche est faite de cette intimité quotidienne, la parentèle entendue entretient essentiellement des liens festifs et symboliques. La mémoire familiale prend de plus en plus d'importance dans la construction de l'identité. Un travail de « reconstruction » de l'arbre généalogique se fait souvent pour construire et pour transmettre une mémoire généalogique aussi satisfaisante et brillante que possible.

Dans le système de parenté de l'Europe occidentale, que les ethnologues qualifient de cognatique et bilatéral, les lignages paternel et maternel sont en principe à égalité bien que la filiation patrilinéaire détermine le nom de l'enfant et établit sur ce plan une préférence pour le lignage paternel. Par contre toutes les études disponibles montrent une préférence matrilatérale dans les rapports avec les ascendants. Le lien mère-fille demeure plus fort que le lien mère-fils, selon le proverbe : « mon fils demeure mon fils jusqu'au mariage, ma fille demeure ma fille tout au long de la vie ». Ce lien se renforce lorsque la fille devient mère à son tour, si bien que la lignée de descendance féminine est la plus robuste. Les jeunes ménages habitent en moyenne plus près des parents de la femme. Les aides quotidiennes de service ou de cadeaux se font majoritairement dans la lignée maternelle. Les différences régionales sont fortes dans tous les pays. La préférence patrilatérale est nette dans la troisième Italie bien qu'elle se soit affaiblie. En Vénétie les deux tiers des jeunes ménages s'établissent dans une maison appartenant à la lignée du mari et un tiers à la lignée de la femme. Dans les grandes villes le système bilatéral (équilibre entre les deux lignées) domine, comme c'est le cas dans le nord-ouest. Dans le sud et dans les îles les trois structures coexistent en fonction des coutumes anciennes et des transformations récentes. Par exemple en Sardaigne le principe matrilocal s'imposait : en se mariant l'homme s'établissait dans le village de son épouse.

En Hollande l'introduction du code civil napoléonien en 1838 a produit les mêmes effets qu'en France : un conflit entre le droit écrit et les coutumes successorales différentes selon les régions et les confessions. Dès le milieu du XIXe siècle le principe lignager du droit romain selon lequel le patrimoine d'un lignage doit revenir au lignage à la mort de l'un des conjoints (*paterna paternis, materna maternis*) a été remis en question. On lui a opposé la logique conjugale : le conjoint survivant doit être privilégié aux dépens des membres du lignage du défunt. Le conflit entre le principe lignager et le principe conjugal se retrouve aujourd'hui au centre de toutes les discussions de réforme des régimes matrimoniaux dans les pays continentaux qui ont emprunté le code Napoléon. Chaque pays fait sa cote mal taillée particulière en fonction de ses coutumes et de sa mentalité.

L'Angleterre met à mal la thèse répandue selon laquelle la famille conjugale moderne serait un produit du capitalisme : l'idéologie individualiste a précédé le développement de l'industrie et l'a sans doute favorisé. Dès le XIVᵉ siècle la parenté anglaise est très faible parce que l'individu est très libre à son égard. L'indépendance des enfants à l'égard de leurs parents se marque par la coutume d'envoyer les jeunes adolescents terminer leur éducation dans d'autres maisons que la maison familiale. Comme il a été dit plus haut, aucune règle ne s'imposant au testateur, la notion de patrimoine lignager, essentielle sur le continent, n'existe pas en Angleterre, le mot même est absent du vocabulaire. N'ayant pas de base économique, les liens de parenté sont très faibles. Seule l'aristocratie terrienne respecte le principe de primogéniture : l'aîné reçoit le domaine, le cadet entre dans l'armée et le puîné dans l'Église. À l'opposé d'une mentalité de paysan qui voit dans son « héritage » l'institution même de son lignage, l'Anglais a une mentalité de négociant qui, ayant fait fortune dans son négoce, est libre de donner cette fortune à qui bon lui semble. Cela ne veut pas dire pour autant que les Anglais ne se sentent pas liés à des parents et des alliés. En fait ils entretiennent avec leurs parents des rapports tout aussi étroits et fréquents que les continentaux. Au XIXᵉ siècle l'enrichissement de la bourgeoisie multiplia le nombre des familles qui avaient des biens et des entreprises à transmettre d'une génération à l'autre, elles suivirent le modèle aristocratique de primogéniture tandis que les classes moyennes restaient fidèles au principe de partage égal. La liberté testamentaire totale demeure cependant le principe angulaire du droit anglais des successions, mais dans la pratique actuelle le conjoint survivant reçoit la totalité du patrimoine et à sa mort les biens du couple sont partagés à égalité entre les enfants.

La maison est un refuge familial par excellence et le signe tangible de la continuité familiale. En France la résidence secondaire est le plus souvent la forme moderne de la maison de famille. En Catalogne la tradition de la *casa pairal* se perpétue comme *l'oustal* du nord des Pyrénées. À Barcelone des familles qui ont quitté leur village cherchent à reconstituer en ville, et éventuellement dans un appartement, une *casa pairal*. En Norvège la résidence secondaire a fait récemment son apparition sous la forme d'une maison rustique au bord d'un fjord, où la parentèle se retrouve en été. La maison familiale est le lieu de la fête, qui joue un rôle essentiel puisqu'elle est occasion de rassemblement donc d'identification renouvelée des parentés éloignées et d'entretien de la mémoire familiale. Les fêtes de Noël remplissent cette fonction tout particulièrement. En Angleterre, Noël est une fête de la famille nucléaire plus que la parentèle, alors que c'est le contraire sur le continent, sauf en Allemagne. La mémoire familiale est plus courte en Angleterre.

Dans l'enquête sur les valeurs des Européens, deux questions ont été posées qui permettent d'approcher les différences entre conceptions familiales dans les douze pays. L'affirmation : « Il faut respecter ses parents » est ratifiée par 80 % des Espagnols et des Italiens, mais seulement 40 % des Hollandais et des Danois, les Allemands à 50 %, les Anglais à 65 % et les Français à 70 %. L'affirmation : « Il faut tout faire pour ses enfants » entraîne moins de différences : l'Italie, l'Espagne et la France sont à environ 75 %, le Danemark et l'Allemagne à 50 %, la Hollande à 65 %. Si l'on compare les réponses à ces deux questions on voit que les enfants sont beaucoup plus importants que les parents pour les Hollandais (27 % d'écart) et à un moindre degré pour les Danois et les Anglais. Français et Allemands attachent autant d'importance à leurs parents et à leurs enfants. Les pays catholiques marquent une légère préférence pour les parents : Irlande, Italie, Espagne, Belgique (**ill. 15**).

LIGNAGE ET FAMILLE RECOMPOSÉE

Les familles recomposées (Théry, 1993) introduisent une innovation majeure dans la diversité des systèmes matrimoniaux européens. Nous ne disposons pas encore de données comparatives fiables pour savoir si leur nombre varie en fonction des traditions familiales coutumières, où si elle se répand également dans tous les pays et toutes les régions. Cependant on voit clairement

Illustration 15. *Importance relative des parents et des enfants*

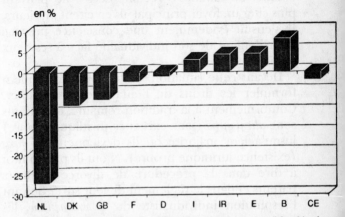

Note : Différence entre le pourcentage « il faut respecter ses parents » et « il faut faire de son mieux pour les enfants ». En positif : les pays où la parenté ascendante est plus valorisée. En négatif, ceux où la parenté descendante est considérée comme plus importante.

Source : L. Chauvel, « Les valeurs dans la communauté européenne », *Revue de l'OFCE*, n° 43, janvier 1993, p. 99.

que cette nouvelle structure remet en question non seulement le modèle chrétien de la monogamie absolue, mais aussi tout le système de parenté et de filiation. Divorce, remariage ou concubinages successifs posent avec acuité le problème des enfants. En effet la famille n'est « recomposée » que pour les conjoints, pour les enfants elle reste « décomposée » : vont-ils vivre chez la mère ou chez le père, ou leur vie sera-t-elle partagée (et comment) entre les deux foyers nouveaux ? Aucune règle juridique n'existe et aucune coutume ne s'est encore établie, surtout pour le jeune adolescent. Dans une enquête française, les enfants de familles « recomposées » ne peuvent plus citer un foyer principal, ils en citent plusieurs. Il s'ensuit évidemment une conscience précoce pour l'enfant de son individualité face à ses deux familles.

Devant cette situation, certains juristes veulent formuler les droits de l'enfant, et les codifier. Conformément à la tradition romaine, les enfants sont *alieni juris* (sans existence juridique propre) jusqu'à leur majorité où ils deviennent *sui juris* (existence juridique propre). N'ont-ils pas un mot à dire dans la procédure de divorce de leurs parents et dans le règlement de leur sort ? Suivant l'inspiration individualiste du *Common Law*, les juristes anglo-saxons développent de longs débats moraux et juridiques pour formuler une doctrine du droit des enfants. Ils veulent que les enfants soient partie à la procédure, ils vont jusqu'à charger le beau-parent d'une obligation alimentaire lorsqu'il se sépare du parent naturel de l'enfant. Les juristes continentaux hésitent à s'engager dans cette voie : le droit allemand ne connaît pas le beau-parent, le droit français cherche une solution entre ces deux extrêmes.

Par ailleurs la fragilisation de la famille conjugale paraît profiter aux femmes : la filiation en ligne féminine va-t-elle l'emporter sur la préférence patrilinéaire ? Toutes les enquêtes montrent que la femme est prééminente dans le concubinage et qu'elle perd cette prééminence en se mariant : aujourd'hui ce sont les hommes qui veulent se marier et les femmes qui hésitent à se lier, ce qui trahit leur position de faiblesse dans le mariage. Notre système juridique d'origine romaine assurait un père, un nom, un lignage à chaque enfant en affirmant que le père est le mari de la mère selon l'adage : *pater is est quem justae nuptiae demonstrant*. Aujourd'hui que le géniteur peut ne pas être le mari de la mère, le « père nourricier » (le beau-père) « remplace » le père géniteur et il s'ensuit un conflit de légitimité. Toute filiation devient plus complexe et peut être l'objet d'un choix et d'une reconstruction généalogique.

La figure du père en subit les premiers effets. Primordiale dans notre idéologie chrétienne, puisque Dieu est le père, fondamentale dans la définition juridique de la famille, essentielle dans l'éducation des enfants, la figure paternelle perd de sa majesté. Une enquête française a montré qu'un tiers des enfants de divorcés ne voient plus leur père régulièrement. Certains s'en réjouissent parce qu'ils veulent délivrer les femmes et les enfants du « machisme » de notre civilisation. D'un côté le biologique est en train de s'imposer dans les normes de notre civilisation, d'un autre, le père n'est plus qu'un géniteur de passage. À côté de la filiation biologique se crée une affiliation entre père nourricier et ses « beaux » enfants qui est d'ordre social. Le droit aura bien du mal à gérer cette contradiction entre lien biologique et lien d'affiliation.

Le divorce et le remariage (ou concubinage) posent de délicats problèmes de succession, comme autrefois la mort et le remariage des veufs (et veuves). Les familles « recomposées » ne peuvent suivre ni le principe lignager puisque des lignages différents s'y entrecroisent, ni le principe conjugal puisque plusieurs couples successifs ont lié des personnes qui n'avaient rien en commun : les droits des conjoints successifs d'un même défunt sont en concurrence, et les enfants des lits successifs (ainsi que les enfants adultérins reconnus) de même. Le droit anglais échappe à cette contradiction par la complète liberté de tester. Malheureusement cette logique se retourne puisqu'un conjoint peut laisser tous ses biens à son second conjoint, mais il ne peut pas imposer à celui-ci de les laisser à sa propre mort à ses enfants de son premier lit. Le remariage permet de déshériter les enfants du premier mariage.

Une contradiction structurelle oppose la famille recomposée, la parentèle et le lignage. D'un côté la famille recomposée peut s'inscrire dans la tendance à l'extension ou au renforcement de la parentèle, puisqu'elle organise des liens nouveaux entre les réseaux créés par les premières unions. En même temps elle modifie le fondement de la parentèle, qui n'est plus donnée par la naissance, mais devient en partie élective : en se complexifiant, le réseau de parenté rend possibles des choix dans les relations avec parents et alliés. D'un autre côté, la continuité du lignage est fondée sur le mariage stable ; le remariage des veufs créait une difficulté qui restait marginale. La famille recomposée crée un danger majeur pour la continuité du lignage qui ne saurait être électif sans perdre son principe. Si la famille recomposée devenait majoritaire, l'Europe continentale connaîtrait une transformation majeure de son système de parenté traditionnel. En toute logique elle devrait se rapprocher du modèle anglais en donnant plus d'importance à l'individu dont les intérêts et les choix se feront plus librement et oblitéreront les liens de parenté. Le mouvement qui à l'heure actuelle paraît conduire à un renforcement de parentèle aurait alors tendance à se retourner et les lignages perdraient leur force en s'enchevêtrant. L'idée même de patrimoine perdra toute signification. Déjà le fait que le patrimoine culturel prenne le pas sur le patrimoine économique va dans ce sens. La vie et la carrière des individus sont commandées par le niveau scolaire atteint plus que par l'entreprise ou la fortune héritée, sauf pour une minorité d'indépendants.

A contrario, l'héritage symbolique prend de plus en plus de valeur dans une société où la construction de l'identité devient une préoccupation majeure pour les individus. La mémoire familiale demeure un moyen de construire cette identité et son rôle se renforce quand les autres moyens d'identification s'affaiblissent. Dans un jeu de reconstruction généalogique, chacun choisit parmi ses ancêtres, ses affins, ses collatéraux et ses alliés, ceux qui lui sont les plus proches, avec lesquels il entretient des rapports plus étroits, et ceux qui lui paraissent les plus présents dans les souvenirs et par des objets-reliques, ou les plus honorables dans la mémoire familiale. L'arbre généalogique n'est qu'une trame de parenté sur laquelle chacun dessine l'arbre familial qui lui plaît. Dans la vie pratique certains parents et certains lieux servent de rassembleurs pour une parentèle. L'arrière-grand-mère est naturellement prête à ce rôle puisque tous ses descendants et ses collatéraux lui rendent visite ou lui téléphonent et qu'elle sert de nœud dans le réseau de parenté. Même ceux des cousins qui ne se rencontrent jamais sont au courant de leurs faits et gestes par le truchement de l'ancêtre commun. À la mort de l'arrière-grand-mère le lignage se segmente, à moins qu'une « tante » ne reprenne la fonction de « rassembleur » à l'aide de la maison de famille (Gullestad et Segalen, 1995).

CONCLUSION

À l'aide des données pointillistes, picorées dans les statistiques démographiques, les monographies ethnologiques et les enquêtes d'opinion, il n'est pas aisé de présenter une fresque d'ensemble de l'évolution de la famille et de la parenté en Europe occidentale. En effet la rupture avec l'ordre ancien est trop récente pour s'offrir aisément à l'analyse. On peut cependant prendre le risque de formuler une interprétation d'ensemble.

Jusqu'aux années soixante-dix les structures familiales paraissaient inébranlables, malgré l'enri-

chissement, le baby-boom suivi de la baisse de la
natalité, le bouleversement des valeurs et des disciplines annoncées par Vatican II, la « révolution »
de 1968. Institution angulaire de l'Occident chrétien, le mariage monogamique pour le meilleur et
pour le pire paraissait même en voie de renforcement. Contrairement à une tradition de mariage
tardif, les jeunes Européens se mariaient de plus
en plus tôt ; le nombre de célibataires et de naissances hors mariage étaient en diminution ; les
unions libres et les diverses formes de concubinage étaient restreintes à des milieux marginaux,
quart monde et artistes ; avoir deux enfants paraissait l'ambition souhaitable des couples dans tous
les pays, sauf quelques retardataires comme
l'Irlande et l'Espagne qui virent leur natalité baisser dix ans plus tard que les autres pays. Seule
l'augmentation du nombre des divorces était un
péril pour l'institution matrimoniale, encore que
les divorcés se remariassent le plus souvent, marquant ainsi leur respect pour le mariage.

Le mouvement pouvait s'analyser comme une
convergence des mœurs dans l'ensemble des pays,
seule exception, les pays scandinaves conservaient
un taux élevé de naissances hors mariage. Pour la
première fois dans son histoire, l'Europe occidentale tout entière, catholique et protestante, sou-
mettait à l'institution chrétienne toutes ses populations, paysanne, bourgeoise, ouvrière et petite-
bourgeoise. Le principe évangélique triomphait
quand, brusquement, quelques jeunes écervelés,
enfants du baby-boom, proclamèrent leur refus de

se marier et s'établirent en communautés ou en concubinage. Rapidement leur révolte contre l'institution fit tache d'huile dans les pays protestants et laïcs d'abord, puis plus lentement dans les pays catholiques. Le nombre des naissances hors mariage se multiplia ainsi que celui des divorces. Ce qui pouvait paraître au début une simple révolte de jeunes qui, grâce à la contraception, pouvaient retarder leur mariage et vivre une période de liberté sexuelle et sentimentale, devenait un bouleversement brutal de l'institution fondamentale de la chrétienté.

De plus, derrière cette unification institutionnelle apparente, les coutumes familiales, parentales, successorales se maintenaient. Tout le monde peut se marier jeune et avoir deux enfants sans pour autant partager la même conception du lignage, de l'héritage, des rapports conjugaux, des attitudes à l'égard des parents et des enfants. La redécouverte de la parentèle mettait en question la vision de la famille comme de la cellule conjugale autonome dans la société, vision renforcée par l'État-providence qui la prenait seule en considération. La parentèle n'était plus une institution vieillie que seuls des paysans attardés pouvaient respecter, les Bretons par exemple avec leur cousinage étendu et quelque peu folklorique.

Tant et si bien qu'après une période d'apparente convergence, une nouvelle variété se faisait jour, tant par perpétuité des coutumes traditionnelles que par les nouveautés introduites par les baby-boomers. La diversité matrimoniale réappa-

raissait avec l'augmentation du célibat et des
mères célibataires, le concubinage des jeunes mais
aussi des divorcés et des familles dites recomposées. Chacun aujourd'hui peut choisir son état
matrimonial selon son goût et en changer en fonction de l'évolution de ses sentiments, de sa position sociale et professionnelle et de sa mobilité
résidentielle. Cette liberté de choix donne une
vitalité neuve aux traditions régionales, familiales
ou sociales que chacun peut décider de respecter
ou d'enfreindre.

Facteur décisif, l'emploi féminin hors du foyer
donnait à la femme une identité sociale, des ambitions et des contraintes, et une autonomie poten-
tielle qui remettait en question le rapport conjugal
traditionnel et donnait effectivement aux femmes
leur liberté de choix à toutes les étapes du cycle
de vie, tout en renforçant la parentèle, recours
nécessaire en période de crise et pour l'éducation
des enfants. Curieusement l'emploi féminin, qui
donne une liberté nouvelle aux femmes, restreint
la mobilité des couples, puisque pour se déplacer
d'une région à une autre, chacun doit trouver un
emploi à sa convenance et, si les deux ont trouvé,
le ménage perd la proximité des parents si utile
pour l'élevage et l'éducation des enfants. Tous
comptes faits, le ménage à deux carrières est
moins mobile que le ménage où la femme est au
foyer. Les sociologues se sont trompés qui voyaient
dans l'autonomie du couple à l'égard de la parentèle une condition de la mobilité géographique et
sociale nécessaire au développement capitaliste.

On voit que toutes ces évolutions vont dans le sens d'un renforcement de l'individualisme puisque les normes qui s'imposaient au ménage sont aujourd'hui révocables et que la femme a acquis les moyens de son indépendance au même titre que l'homme. Le rapport entre l'individu et l'institution a été inversé : l'individu n'est plus soumis à l'institution ; c'est l'institution qui doit le servir et répondre à ses besoins. Jean Stoetzel (1983) avait lucidement analysé ce retournement dans les résultats de la première enquête EVS. « Cette notion d'une personne qui est strictement mienne entraîne avec elle une variété de valeurs qui lui sont rattachées, le bonheur, la sécurité, la liberté d'action et de décision et la liberté tout court, la maîtrise du destin personnel, la réalisation de soi, la considération sociale, ainsi que des activités agréables en tête desquelles il faut placer les loisirs, qui déjà pour les Grecs étaient le sceau de l'homme libre. C'est pourquoi la famille apparaît comme l'institution qui atteint la plus haute valeur. Là, l'individu, quel que soit son statut, est reconnu comme une personne, il s'y détend et s'y repose, il y passe les moments de loisir, il y vit en sécurité, il y trouve le bonheur. Du point de vue de l'individu en tant que personne, ce n'est plus lui qui est un élément de la famille, c'est la famille qui est un élément de sa personnalité. » Contraste complet avec une conception traditionnelle de l'individu qui n'existe que par le groupe auquel il appartient, un maillon dans la chaîne du lignage, un citoyen dans sa cité. La famille donnant à ses membres leur position dans la société, il était donc attendu d'eux qu'ils servent le lignage et la famille, qu'ils transmettent à la génération suivante richesses et prestige, reçus des générations précédentes, intacts et si possible augmentés. Aujourd'hui ce rapport est inversé : l'individu ne se sent plus soumis à sa famille, certes celle-ci lui donne sa position de départ mais par la suite il a le sentiment de construire par soi-même sa personne et sa position sociale. Il attend de sa famille son bonheur individuel, et s'il n'en est pas comblé, il divorce et change sa famille pour obtenir ce dont il ressent le besoin et qu'il considère comme son dû, auquel il a une sorte de droit.

Mais ce triomphe de l'individualisme ne saurait être complet. Il est limité par des contraintes économiques, et surtout il a recours à des ressources diverses commandées par des normes et des valeurs sociales, que les individus ont héritées et apprises de leur propre famille. Il est trop tôt pour dire comment va se perpétuer et se modifier cette hérédité des modèles de comportement. Il faut répéter que la fragilisation du couple conjugal entraîne mécaniquement un renforcement de la parentèle et, par là, une perpétuation des valeurs fondamentales et des modes de vie le long de la lignée. Si l'on a un recours permanent à ses parents pour la vie quotidienne, on est forcément dépendant d'eux, aussi discrets soient-ils ; et les enfants sont directement influencés par leurs grands-parents qui leur expliquent le monde et leur apprennent à vivre. La famille recomposée brouille cette continuité en donnant deux foyers aux enfants et en leur offrant le choix entre plusieurs lignées auxquelles se rattacher.

L'ensemble de ces évolutions paraît conduire à un modèle familial bien connu des ethnologues : la famille matrifocale des Noirs des Caraïbes et des États-Unis. La lignée maternelle est la structure stable de la « famille » : mère, fille et petite-fille assurent la continuité nécessaire et gèrent le domestique. L'homme est instable et ne vit dans le foyer de sa concubine qu'un temps limité ; il peut même être simplement un géniteur de passage que son enfant ne connaît pas. Ce modèle correspond à une économie d'autosubsistance avec des ressources monétaires intermittentes dans les îles ou des transferts sociaux et une assistance continue dans les villes américaines. Contrairement aux prévisions des sociologues américains, les Noirs ne se sont pas rapprochés du modèle familial de la classe moyenne blanche, à l'inverse, leur modèle familial s'est renforcé comme le montre l'augmentation du nombre de naissances hors mariage, qui est passé de 50 % à 75 %. À la suite du desserrement des normes matrimoniales chez les Blancs, les Noirs se sont sentis autorisés à respecter leurs propres normes. On ne voit pas comment ce modèle pourrait se répandre dans les pays européens où la morale chrétienne demeure dominante, où la famille est hautement valorisée, et où la vie professionnelle et la consommation sont les fondements du mode de vie. Cependant il peut devenir un modèle marginal grâce aux

ressources de l'État-providence et au soutien de la
parentèle, notamment pour les mères célibataires
et divorcées. Peut-être même un modèle parmi
d'autres dans la variété des modèles qui paraissent
s'institutionnaliser, à côté de la famille chrétienne
traditionnelle et de la parentèle recomposée.

Cette diversité de structures matrimoniales est
compatible avec des taux de natalité variés. Dans
les familles matrifocales américaines et caraïbes,
les enfants peuvent être nombreux. De même la
famille recomposée devrait être favorable à la natalité si le couple « recomposé » veut avoir ses propres enfants après ceux des premières unions de
chaque conjoint.

L'État-providence joue un rôle décisif dans cette
évolution en assurant à chacun une protection
individuelle contre le chômage et la maladie, en
ouvrant ses écoles à tous les enfants jusqu'à l'âge
adulte, en assurant une pension à tous les retraités.
Il donne aux parents célibataires des allocations et
des aides diverses, un revenu minimum à ceux qui
n'ont pas de travail et multiplie les services sociaux
au profit des plus démunis. Il s'est immiscé dans
la communauté familiale en lui retirant une
grande part de son rôle protecteur traditionnel.

Il ne faut cependant pas exagérer ce retournement des rapports entre parents. Tant que l'économie est florissante, l'État-providence est riche et
remplit ses fonctions sans difficulté ; lorsque l'économie marque le pas, la famille reprend ses fonctions traditionnelles. Victor Pérez-Díaz (1996) le
décrit pour l'Espagne : la famille « a pris soin des

adultes et des jeunes aux prises avec le chômage. Elle a redistribué entre ses membres argent, accès à la sécurité sociale, informations sur les possibilités d'emploi, espaces de logement ; elle a tout fait pour qu'ils ne perdent pas estime de soi, ne cessent pas de se sentir membre d'un groupe et objet de ses soucis. Tout cela sans conflits internes graves, car elle a bénéficié de l'assouplissement de l'autorité parentale (...). La vitalité de l'institution familiale a été remarquable et spontanée, largement dépendante des politiques publiques, des partis, des syndicats, des grandes associations et de l'Église » (p. 56).

La même observation peut être faite dans tous les pays européens. La famille est devenue un soutien, et le rapport entre les générations s'est inversé : les enfants n'ont plus leurs parents à charge et les parents se font un devoir d'aider leurs enfants de tous les moyens dont ils disposent. Devant la progression continue de ses charges financières, l'État-providence paraît enclin à se désengager et la parenté reprend une partie de ses responsabilités à l'égard de ses membres. Ce jeu complexe entre l'État, la famille et les individus varie d'un pays à l'autre, d'une classe sociale à l'autre. Il contribue à réagencer des inégalités nouvelles et à restructurer la société tout entière.

CHAPITRE IV

NAGUÈRE, DES CLASSES
ET DES STRATES...

Le développement de la société industrielle a entraîné l'apparition des classes sociales dans les différents pays d'Europe occidentale, au cours du XIXᵉ siècle. Dès la fin du Moyen Âge, les historiens voient se constituer les embryons de classe bourgeoise et de classe ouvrière dans les villes manufacturières de la Lotharingie, ainsi que dans les régions rurales où les gestionnaires de domaines, les fonctionnaires féodaux et les hommes de loi forment une bourgeoisie de petite ville. Au sein de cette bourgeoisie rurale et urbaine se développeront les premiers linéaments du capitalisme et, avant tout, l'idée que la richesse ne doit pas se thésauriser pour être ensuite dilapidée en activités somptuaires et guerrières, mais au contraire investie dans des activités économiques, productrices de profits destinés à être réinvestis à leur tour. Comme il a été dit en introduction, cette invention idéologique du « capital » au XVIᵉ siècle mettra deux siècles à s'institutionnaliser en Angleterre, terre de marchands où, par ailleurs, l'alliance de la science et de la technique a produit l'appareillage mécanique qui, à son tour, a conduit à la création d'ateliers où ont été concentrés les ouvriers venus de leurs villages.

NAISSANCE ET DÉCLIN DES CLASSES

La notion précise de classe sociale, telle qu'elle a été définie par Marx, est la transposition à l'échelle nationale des rapports salariaux entre le capitaliste entrepreneur et le prolétaire qui vend sa force de travail. Cette forme nouvelle de structuration de la société s'est développée tout d'abord en Grande-Bretagne, puis en Allemagne, en Belgique, aux Pays-Bas, enfin en France. Il fallut attendre le XXe siècle pour que des embryons de classes se constituent dans le nord de l'Italie et dans le nord de l'Espagne. Observant l'Angleterre au milieu du XIXe siècle, Marx fut frappé par cette constitution de la bourgeoisie et de la classe ouvrière et il « modélisa » ce qu'il observait : deux classes ayant des intérêts contradictoires devaient s'affronter dans une lutte sans merci, et conduire au triomphe du prolétariat. Par ailleurs, voyant l'agriculture anglaise se moderniser, il en tira la conclusion qu'elle s'industrialiserait à son tour et que les deux classes antagonistes s'y développeraient. La classe moyenne lui paraissait sans dynamique propre et par conséquent les petits-bourgeois en seraient réduits à choisir leur camp. Ce modèle ne pouvait, selon lui, que se reproduire sur le continent à mesure que progresserait l'industrialisation.

C'était compter sans les particularités nationales de chaque nation européenne. En France, une paysannerie nombreuse et très diversifiée, qu'il qualifiait de « parcellaire », était en expansion et en renforcement plutôt qu'en récession. Elle étendait son emprise sur la terre et se constituait en exploitations familiales indépendantes, où héritage et main-d'œuvre étaient également familiaux, par conséquent sans séparation possible du capital et du travail. Elle ne semblait pas prête à se casser en deux : le mouvement était plutôt à l'enrichissement des moyens, qui rachètent les terres des petits attirés en ville et les domaines bourgeois. De son côté une bourgeoisie en majorité terrienne gérait de petites entreprises et un patrimoine financier important. La bourgeoisie entreprenante du Nord, de l'Est et de la région parisienne était minoritaire. En effet, la grande industrie tardait à se développer. L'industrie textile, du bâtiment et le travail du bois devenaient les plus gros employeurs de main-d'œuvre, dispersée sur l'ensemble du territoire ; or ces industries n'engendraient pas un véritable prolétariat. Il fallut attendre l'extrême fin du siècle pour que la sidérurgie se développât en Lorraine et au Creusot et pour qu'apparût une industrie nouvelle, fordiste, celle de l'automobile, avec Louis Renault. Alors, tardivement, naquit une classe ouvrière. Enfin un État-nation fort, incarné par l'Empereur puis par la République, créait un profond sentiment d'allégeance nationale qui contrecarrait le développement d'une idéologie socialiste et internationaliste dans la classe ouvrière.

En Belgique le capitalisme industriel s'est développé en Wallonie plus tôt qu'en Lorraine. Les Pays-Bas conservaient leur base agraire et leur orientation vers le négoce plus que vers l'industrie. La vieille bourgeoisie de négociants gardait ses mœurs et sa vision économique du monde, divisée qu'elle était par des clivages religieux qui lui interdisaient toute évolution vers une structure de classe.

N'ayant pas subi de révolution, l'aristocratie foncière demeurait dominante en Italie et en Espagne. L'unification nationale n'étant toujours pas achevée, l'industrie se construisait à l'échelle régionale plutôt que nationale. Catalogne, Navarre et Pays basque, Piémont, Lombardie et Ligurie s'industrialisaient. Les autres régions conservaient leurs structures sociales pré-capitalistes, et dans certains cas quasi féodales. Tout tendu vers l'Outre-mer, le Portugal demeurait paysan, et le demeura jusqu'à la disparition de Salazar.

La structure sociale allemande, et la façon dont les Allemands l'analysent, semble sortie de la Prusse de Frédéric II : les militaires et les civils organisés en deux hiérarchies parallèles. L'organisation et la hiérarchie des fonctionnaires sont un décalque de l'armée. Dans le monde civil (on a envie d'écrire profane) trois catégories bien distinctes : paysans, ouvriers et employés. Les premiers diminueront à mesure que les deuxièmes puis les troisièmes se multiplieront. Chaque classe se constitue de manière autonome. La classe ouvrière dans la seconde moitié du XIXe siècle avec le développement de l'industrie lourde double ses effectifs et se structure de façon homogène et cohérente ; à l'anglaise pourrait-on dire, mais avec près d'un siècle de retard ; et sans équivalent en France à l'époque. Ensuite se développera rapidement une classe moyenne salariée, à laquelle les débuts de l'État-providence mis en place par Bismarck donnent une forme nouvelle d'institutionnalisation. Le clivage entre ouvriers et employés a toujours été très fortement tranché. Selon Jürgen Kocka (1989), dès la fin du XIXe siècle, les employés se sont fondus en une véritable classe sociale, qui possédait son identité propre. Cette identité était empruntée aux fonctionnaires, les *Beamte*, qui avaient hérité de la Prusse un esprit de corps et le sens de la dignité. Les employés des entreprises privées étaient des *Privatbeamte*, contradiction dans le terme, avant de s'appeler *Angestellte*. En outre ils avaient conservé des corporations un sens fort du métier qui leur permit très tôt de se donner une organisation particulière, différente des syndicats ouvriers, le DAG. Ils vivaient dans une atmosphère pré-capitaliste.

Il n'est donc pas surprenant que Simmel, observant l'évolution sociale de son pays, ait annoncé dès la fin du XIXe siècle que la classe moyenne sala-

riée serait différente des classes moyennes traditionnelles de petits entrepreneurs, de la boutique
et de l'échoppe, et qu'elle aurait sa dynamique
propre. Au lieu d'être prise en étau entre la bourgeoisie et le prolétariat, elle se constituerait en
une entité sociale originale qui, petit à petit, impo-
serait ses façons d'être et ses structures à la société
tout entière. Notamment la mobilité sociale, professionnelle et culturelle qui la caractérisait allait
peu à peu pénétrer les deux autres classes jusqu'à
les transformer dans leur nature même. La bourgeoisie devenait poreuse et le prolétariat se rap-
prochait des employés. Au lieu des deux blocs
antagonistes prévus par Marx, la classe moyenne
créait un système de triade sociale, qui rendait
périmé le modèle marxiste de lutte entre deux
classes : à trois on ne peut se faire la guerre, mais
seulement entretenir des rivalités. Cette classe
moyenne allemande ressemblait à l'américaine qui
se développait très rapidement dès le début
du siècle et surtout dans les années vingt (Zunz,
1991).

Profondément humiliée par le traité de Versailles, puis menacée par l'inflation des années vingt
et la crise économique de 1929, cette classe fut
prise par la panique de perdre son statut social, ce
qui la conduisit à voter pour Hitler et à trouver
sa rédemption dans le nazisme. Par ailleurs dans
l'Allemagne de l'entre-deux-guerres, l'on pouvait
distinguer quatre milieux idéologiques fortement
contrastés qui recoupaient les classes sociales :
catholique, protestant-libéral, protestant-conserva-

teur, ouvrier. Après la seconde guerre ces clivages idéologiques ont été oblitérés par le partage de l'Allemagne et la réorganisation économique et sociale de la RFA. La chute du nazisme et le communisme installé en Allemagne de l'Est affaiblissaient les deux extrêmes de la structure sociale. La vieille aristocratie prussienne perdait ses terres d'origine passées à l'URSS et à la Pologne, ainsi que son institution pilier, l'armée et le grand état-major. De plus, toute idéologie de droite se trouvait discréditée. À l'autre extrême la classe ouvrière, décapitée par le nazisme, perdait son fer de lance idéologique puisque le communisme était l'ennemi national qui avait déchiré la nation en deux, et l'image de la RDA servait de repoussoir et non de modèle. Enfin avec ces deux classes sociales disparaissaient les porteurs d'une idéologie anticapitaliste, et l'économie capitaliste s'en trouvait légitimée aux yeux de toute la population.

Second facteur de brouillage des anciennes classes, la migration d'une quinzaine de millions d'Allemands, venus de territoires perdus de l'Est, qui avaient tout abandonné, durent recommencer leur vie familiale, professionnelle et sociale à partir de rien. Les identifications sociales en étaient bousculées. Le brassage de la population était accentué par le miracle économique qui amena l'industrie à se répartir dans les différents *Länder*, hors des régions industrielles traditionnelles. Par exemple la Bavière paysanne et catholique s'est rapidement industrialisée, passant de 35 % à 5 % d'agriculteurs et accueillit une forte proportion de protestants. Aujourd'hui si elle était une nation indépendante, elle serait la douzième puissance industrielle du monde.

De cette longue histoire et de cette brisure, il résulte qu'aujourd'hui encore, en Allemagne, trois couches majeures peuvent être distinguées : couche ouvrière, couche moyenne des employés et des fonctionnaires, couche supérieure des entrepreneurs et de l'élite culturelle ; et la couche moyenne, plus centrale que jamais, a été renforcée par l'évolution récente. La distinction entre ouvrier et employé est sans doute plus forte dans le droit social, dans le langage et les représentations, que dans les autres pays européens. Cependant depuis cinquante ans, dans les faits, la situation des ouvriers s'est rapprochée de celle des employés, leurs rémunérations se situent dans les mêmes tranches et leur structure budgétaire est voisine. Ils font en majorité partie de la DGB ; leur syndicat particulier, le DAG, ne réunit qu'un quart des employés. Le système de retraite conserve aujourd'hui encore ses distinctions traditionnelles : Bundesversicherungsanstalt (assurances fédérales pour les employés), Landesversicherungsanstalten (agences des *Länder* pour les ouvriers), et l'État fédéral pour les fonctionnaires. L'État-providence contribue ainsi à maintenir des statuts juridiques différents pour des catégories de salariés qui ont perdu une grande partie de leurs différences.

L'Angleterre demeure caractérisée par la classe ouvrière : les ouvriers ont été majoritaires jusqu'en

1980. La politique de désindustrialisation de Margaret Thatcher a fait baisser rapidement ce pourcentage qui est aujourd'hui voisin de celui de la France, moins de 30 %. Cette politique brutale a entraîné des conflits sociaux graves et prolongés. La grève des mineurs qui a duré dix-huit mois en 1985 est apparue singulièrement anachronique, vue du Continent. On se croyait revenu au XIXe siècle. La lutte des classes paraissait toujours d'actualité outre-Manche. Par ailleurs les grandes villes anglaises sont en majorité des villes industrielles, sauf Londres et les *Cathedral Cities* plus anciennes. Créées et développées à partir de l'industrie, elles ont concentré la population ouvrière dans leur centre, tandis que bourgeois et aristocrates s'établissaient dans les *suburbs*, d'autant plus loin du centre qu'ils étaient plus riches. Ce qui explique la décrépitude actuelle des *inner-cities* qui concentrent chômeurs et immigrés, alors qu'en France, ils sont dans les banlieues.

À l'autre extrême de la société, l'*establishment* contrôle le pouvoir économique et politique, la finance et la City, l'Armée et l'Église. Les classes intermédiaires commencent seulement depuis vingt ans à acquérir un comportement autonome et à accéder à des leviers de pouvoir, notamment dans les villes moyennes, et exceptionnellement aussi à Westminster, comme en témoignent Margaret Thatcher et John Major. L'observateur de la société britannique se demande comment un clivage si profond et ancien entre classes sociales a pu se perpétuer sans mettre en danger le consensus politique et national, tout aussi profond et ancien. Vincent Wright (*in* Schnapper, Mendras, 1990) propose quatre types d'explication.

Primo, le capitalisme, inventé en Angleterre, paraît à tous les Anglais la façon légitime de gérer l'économie. Les avantages économiques de la croissance ont toujours été négociés. La mise en place de l'État-providence après la seconde guerre s'est faite par un accord entre partis et syndicats. En période de croissance le partage n'a jamais été un jeu à somme nulle ; chacun y a gagné. La classe ouvrière a donc pu encore se développer et se renforcer en conservant ses caractéristiques et sa culture ouvrière.

Secundo, les institutions politiques britanniques favorisent le compromis politique. Il n'y a jamais eu en Grande-Bretagne de parti communiste ni de syndicalisme révolutionnaire. Les syndiqués étaient nombreux, et les syndicats étroitement liés au Labour Party. Les négociations professionnelles ont toujours été pragmatiques, centrées sur les salaires et les conditions de travail et jamais sur la remise en question du système capitaliste.

Tertio, la structure de classe n'est pas figée. Le taux de mobilité, faible au départ, a augmenté surtout dans l'entre-deux-guerres grâce au développement de la nouvelle classe moyenne salariée. De plus les élites de la classe ouvrière ont été progressivement intégrées dans la gestion politique et sociale des villes et de la nation. Les villes ouvrières étaient gérées par des ouvriers, puisque les bourgeois résidaient à la périphérie. Les TUC avaient un réel pouvoir et accès au pouvoir politique à travers le Labour. Aujourd'hui les classes moyennes salariées ont pris le relais (Le Galès, 1993).

Quarto, les villes étaient fortement séparées entre zones ouvrières, zones bourgeoises et zones de classes moyennes, sans parler de l'aristocratie qui demeurait sur ses terres et à Londres. Chacun vivait dans son monde avec des horizons sociaux limités. Les pauvres se comparaient avec leurs voisins immédiats et non avec les autres classes. Déjà Tocqueville s'étonnait de la capacité des Anglais de vivre les uns à côté des autres sans se mélanger. Le souci fondamental d'égalité des Français est incompréhensible pour les Anglais.

Par ailleurs des liens forts assurent la cohésion de l'ensemble. D'abord la conscience d'être britannique, partagée par toutes les classes sociales, était fondamentale dans l'ethos national, quels que fussent la religion, la localisation géographique, en Angleterre comme au pays de Galles, en Écosse ou en Irlande du Nord. Cette homogénéité culturelle demeure actuelle, nous l'avons vu (chapitre II). Dans son île, assiégée par nature, un peuple qui a conquis le monde par sa puissance industrielle, maritime et commerciale, nourrit une profonde conviction d'être le peuple élu. Tous les Britanniques s'accordent sur les principes et les objectifs de la société. Économie mixte, plein emploi, protection sociale à l'intérieur ; liens privilégiés avec les États-Unis et le Commonwealth à l'extérieur. Keynes et Beveridge sont des parrains idéologiques unanimement reconnus. Enfin le respect du pacte politique et une tolérance de base ont toujours fait de leur pays un modèle de culture civique et démocratique, les Anglais le savent et en sont fiers.

Cette image confortable de soi et de la Grande-Bretagne a été, il est vrai, mise en péril depuis 1960. Beaucoup d'observateurs ont parlé d'un *british desease* que le docteur Thatcher a voulu guérir par une potion brutale, qui a fait peut-être autant de mal que de bien au malade. En effet depuis trente ans l'identité britannique et le rôle mondial du pays ont été remis en question à la suite d'événements humiliants : Suez et le refus d'entrée à la CEE, le déclin économique et la baisse du niveau de vie comparé aux autres pays européens, au point que l'Italie dépassait le Royaume-Uni. Cependant, les Britanniques restent plus fiers de leur pays que les autres Européens, selon l'enquête EVS. Enfin, la recrudescence de la violence en Irlande du Nord, et les prétentions de l'Écosse à l'indépendance, les tensions inter-ethniques, la transformation de la classe ouvrière, tous ces facteurs annoncent la transformation radicale de la société britannique, sa structure de classes et sa cohésion fondamentale.

Le contraste est complet avec la France, nation de paysans dont la classe ouvrière est récente. Constituée au début du siècle, la classe ouvrière n'a jamais dépassé 40 % de la main-d'œuvre et a commencé à décliner dès 1970 pour atteindre

28 % aujourd'hui. En outre cette classe ouvrière a toujours été proche de ses origines paysannes ; encore aujourd'hui la moitié des ouvriers résident en milieu rural. L'autre moitié vit dans les banlieues puisque les villes françaises sont des villes bourgeoises qui ne se sont industrialisées qu'au XXᵉ siècle, et à leur périphérie. La paysannerie et la bourgeoisie ont toujours été les classes dominantes de la société française, la première par sa masse et son rôle politique, la seconde par son hégémonie culturelle et sa puissance patrimoniale et financière. Contrairement aux principales villes anglaises, nées de l'industrie, les villes françaises étaient des villes bourgeoises et administratives qui géraient l'économie paysanne de leur région. Les villes industrielles sont concentrées dans le Nord, la Lorraine et Paris ainsi que dans des îlots d'industries traditionnelles proches de la paysannerie (Carmaux, Alès...).

Le système capitaliste, qui fait l'objet du consensus britannique, n'a jamais été accepté comme légitime par la majorité des Français. La classe ouvrière et ses institutions, le Parti communiste et la CGT étaient ouvertement révolutionnaires jusqu'à une date récente et préparaient le grand soir et le triomphe du prolétariat. Ce qui n'empêcha pas en 1945 les communistes de mobiliser les travailleurs pour reconstruire l'industrie ; puis dans les années cinquante et soixante la CGT joua le jeu de la croissance et de la planification à la française : la défense de l'emploi l'emportait sur le conflit de classe. Appuyés sur la doctrine sociale

de l'Église, les bourgeois, petits et grands, considé-
raient que le profit, l'industrie, les villes n'étaient
pas légitimes. Seule la petite entreprise familiale
du paysan et du bourgeois était légitime. Le général de Gaulle pouvait encore dire, avec l'approbation des Français : « La politique de la France ne
se fait pas à la corbeille. » Il fallut attendre 1983
et un gouvernement socialiste pour réconcilier les
Français avec le capitalisme et rendre légitimes
l'entreprise et le profit (Mendras, 1994).

Ce double refus du capitalisme sur des bases
idéologiques contradictoires traversait la société
française et opposait les partis « prolétariens »,
socialiste et communiste, à l'ensemble des classes
bourgeoises. Ce conflit majeur redoublait le
conflit historique entre l'Église et la République,
entretenu et sans cesse ravivé par le conflit scolaire. Depuis la première guerre mondiale le
patriotisme lui-même était soit républicain, soit
national. Ces conflits majeurs traversaient la
société ; mais ne coïncidant pas complètement, ils
entretenaient une vie politique et idéologique qui
menaçait sans cesse de tourner à la guerre civile,
en 1905 avec la séparation de l'Église et de l'État
et la « nationalisation » des bâtiments religieux, en
1934 et 1936, et encore au sein de la Résistance
en 1944, puis symboliquement en 1968, en 1981
et en 1984. La société française se structurait par
ces conflits et non par le consensus, comme la
société britannique. D'ordre religieux et idéologique, ces conflits étaient aussi des conflits de classe.
D'autant plus que l'égalitarisme est un sentiment

commun et profondément enraciné en chaque Français : héritier en cela du christianisme évangélique, toute distinction sociale lui est insupportable, alors que le mot égalité n'a guère de résonance dans l'esprit public britannique. Le Français regarde vers le haut et la différence lui est injure, tandis que l'Anglais regarde vers le bas et se sent réconforté par la différence. Un Anglais, fin analyste de la société française, a pu dire que les Français sont moins inégaux qu'ils ne croient l'être.

La paysannerie française a disparu brutalement en moins d'une génération. Ce qui lui donne encore aujourd'hui une puissance symbolique et une résonance émotive profonde et très répandue dans un peuple qui se sent toujours proche de ses « racines paysannes ». D'ailleurs la France demeure encore le pays le plus « rural » des nations européennes ; près de la moitié de la population vit dans des communes rurales et dans des petites villes. Cédant devant le grand commerce, la petite-bourgeoisie de la boutique et de l'échoppe s'est réduite en même temps que la paysannerie. La bourgeoisie patrimoniale et rentière a été ruinée par les deux guerres, la crise de 1929 et les dévaluations. Le modèle du « petit indépendant », du citoyen contre les pouvoirs, exalté par l'idéologie radicale-socialiste, a disparu. Se mettre à son compte ne peut plus être l'ambition de tout salarié. 85 % des Français sont aujourd'hui salariés, autrement dit les anciennes distinctions de classes ont cédé devant ces bouleversements et ont été remplacées par des inégalités de tous ordres, principalement de revenu et de culture.

En Italie, la structure sociale de base est un système de clientèle institutionnalisée dans les deux partis politiques et l'Église. Dans le Sud elle est la perpétuation du lien de rapport féodal qui liait les paysans aux nobles et aux notables. Les deux catégories étaient de natures si différentes, si distantes sur le plan économique, social et culturel et en même temps si voisines, habitant les mêmes villages et vivant du produit de la terre, que le rapport de clientèle pouvait lier des catégories par ailleurs antagonistes. Il n'y a jamais eu de véritable classe sociale dans le Mezzogiorno. L'industrialisation du Nord-Ouest a entraîné la création d'une classe bourgeoise et d'une classe ouvrière, celle-ci était issue du prolétariat agricole qui avait mené des grèves longues et dures avant la première guerre contre l'arrivée des premières machines agricoles. Ce nouveau prolétariat ouvrier trouvait son organisation dans des syndicats et son expression politique dans le Parti communiste. En partie d'origine méridionale, il se révéla rebelle à l'organisation syndicale et prêt à inventer de nouvelles formes de combat et de grève après 1968.

Dans la troisième Italie les structures de parenté demeurent la trame de la société et les entreprises industrielles se sont développées depuis 1970, sur le schéma des exploitations agricoles et artisanales traditionnelles : dimension restreinte, structure familiale, rapports de clientèle entre patrons et salariés. Le salarié aspire à se mettre à son compte et le patron se souvient qu'il était encore récemment salarié. Ce qui n'interdit pas le développement de syndicats, âpres dans la négociation mais sans ambition de lutte classe contre classe. La preuve en est que ce même schéma existe dans la Toscane communiste et dans la Vénétie démocrate-chrétienne. Les intérêts s'affrontent dans le cadre de la parenté, de l'entreprise, de la clientèle, de la ville, rarement dans les branches industrielles.

En résumé, on voit qu'en Italie trois types de structure sociale coexistent, se perpétuent et ne conduisent pas à la constitution d'une structure sociale unique. Ni classes ni stratification nationale mais des systèmes de réseaux fortement enracinés dans les structures territoriales, villes et régions, traversent les inégalités de manières variées selon les régions.

Aux Pays-Bas, la religion fournissait la structure essentielle : protestantisme strict, catholicisme romain et protestantisme libéral (devenu aujourd'hui socialisme) étaient les trois « piliers » de la société et chacun naissait, vivait et mourait au sein de son pilier. Dans chaque village trois églises, trois écoles, trois bibliothèques, trois hôpitaux, trois équipes sportives permettaient aux fidèles de ne jamais sortir de leur univers idéologique et moral et de côtoyer les autres sans se mélanger à eux et ainsi de ne pas mettre en question leurs convictions. Dans une société ainsi structurée l'opposition entre classes sociales était secondaire, certes le pouvoir appartenait pour l'essentiel aux protestants, mais dans chaque pilier se trouvaient rassemblées toutes les catégories sociales. Ainsi s'explique que la tolérance aux mœurs d'autrui soit un principe essentiel de cette société, par ailleurs fondée sur une base commune de rigorisme moral de type wébérien. Alliage surprenant.

En Espagne, la société conservait sa structure « quasi féodale ». Dominées par les grandes familles, l'Église et l'Armée fournissaient l'armature institutionnelle du pays qui fédérait des provinces restées très autonomes. En Catalogne, au Pays basque et en Navarre l'industrie en se développant avait entraîné la constitution d'embryons de classes bourgeoise et ouvrière. Dans les dernières années du franquisme, les cadres se sont formés dans la magistrature et l'université et dans les entreprises. Ce sont eux qui ont pris en main la démocratisation du pays et sa modernisation.

FORMES VARIÉES DE STRATIFICATION

Le triomphe de la classe moyenne a remis en question le schéma marxiste, remplacé par le schéma de la pyramide sociale fait de strates superposées, qu'on continue à appeler des classes par routine sémantique, alors que les strates des sociologues contemporains n'ont rien de commun avec les classes telles que Marx les concevait.

L'inconvénient de la vision pyramidale est évidemment qu'elle est statique alors que le schéma marxiste avait la grande vertu d'être dynamique. Pour ne pas perdre cette vertu, certains sociologues ont montré que les classes se fragmentent en groupes de moindre envergure et que les conflits entre ces groupes, afin de se partager les fruits de la croissance, entretiennent le dynamisme de la société. De leur côté, des marxistes on voulu actualiser le modèle en parlant de « formations sociales », et en distinguant des instances de pouvoir plus ou moins « hégémoniques ». Ces efforts de subtilité n'ont pas suscité des études descriptives qui leur auraient donné chair, et sont tombés dans l'oubli.

Inaugurée aux États-Unis dès les années quarante, l'analyse des sociétés en termes de stratification sociale répond à l'image la plus répandue aujourd'hui dans la représentation que nos sociétés se donnent d'elles-mêmes : chacun se situe dans une échelle pyramidale. Le mot strate convient mieux que celui de classe puisqu'il s'agit de couches superposées dont on ne sait si les frontières sont claires, ni si chaque couche a un sentiment fort d'appartenance, ou simplement un embryon de conscience collective. La grande utilité de cette vision est de permettre une analyse de la mobilité sociale : les individus grimpent les échelons ou les descendent, et ces échelons peuvent être multipliés à la guise du chercheur toujours anxieux de raffiner son schéma d'analyse. Ainsi est née une spécialisation des études sociologiques : stratification et mobilité sociales. Ce schéma simple séduisit les statisticiens car il permettait de ranger tous les individus dans des « catégories socioprofessionnelles ». Il avait en outre la propriété de se prêter à des analyses comparatives internationales à la condition que l'échelle soit la même dans les pays comparés. Or ce qui a été dit plus haut montre que tel n'est pas le cas. Le schéma pyramidal est trop simple, trop abstrait pour rendre compte de structures sociales aussi différentes.

Les diverses nomenclatures reflètent les particularités de chaque pays, puisque statisticiens et sociologues construisent leurs nomenclatures à partir de l'idée qu'ils se font de leur propre société. De son côté, le sociologue américain Eric Ohlin Wright (1987), d'orientation marxiste, a construit une typologie qui prend pour base la possession de moyens de production, l'emploi de salarié et la position dans la chaîne de commandement. Cette typologie a servi à des études comparatives dans plusieurs pays d'Europe, sans conduire à des conclusions très neuves.

Chaque pays voit sa stratification d'un œil particulier. Les Anglais sont préoccupés par la classe ouvrière et cherchent à en comprendre les particularités et surtout la longévité. Les Français sont obnubilés par la bourgeoisie dont ils veulent démasquer les instruments de pouvoir et de perpétuation. Les Allemands ont une vue moins stratifiée de leur société puisqu'ils rangent leur population en quatre catégories sociales d'ordre statutaire : les indépendants *(Selbständige)*, les employés *(Angestellte)*, les fonctionnaires *(Beamte)*, et les ouvriers *(Arbeiter)*. La notion d'employé s'entend au sens large de tous les cols blancs (salariés non manuels du secteur privé et fonctionnaires, quels que soient leur niveau hiérarchique et leur niveau de responsabilité. Enfin les Italiens prêtent une attention particulière aux petits entrepreneurs de toute sorte : commerçants, artisans, paysans et PME. Les agriculteurs posent toujours un problème délicat de classification : doit-on distinguer entre chefs d'exploitation, main-d'œuvre familiale et main-d'œuvre salariée et peut-on mettre dans la même catégorie la petite exploitation de survie ou de retraite et le grand entrepreneur producteur de céréales ou de vin de qualité ?

Dans tous les pays d'Europe occidentale, l'extraordinaire expansion démographique et économique des années cinquante et soixante a entraîné un bouleversement des structures de l'emploi, des professions et donc des catégories sociales, classes ou strates, comme on voudra. Il en est résulté une forte mobilité sociale. Cas le plus extrême, la disparition de la paysannerie dans les pays du continent, et son remplacement par des producteurs agricoles beaucoup moins nombreux, a entraîné un exode professionnel des enfants de paysans vers d'autres emplois, en majorité salariés et urbains. De même à partir de 1960 la croissance rapide du secteur tertiaire a attiré des salariés venus de toutes les autres professions, et surtout des femmes jusque-là sans emploi. Depuis les années quatre-vingt, ce grand mouvement de rééquilibrage de nos sociétés paraît achevé.

Si les transformations sont moins massives, l'évolution des systèmes productifs entraîne en permanence la création de nouvelles spécialisations dues pour l'essentiel au progrès technique ou à la gestion de plus en plus spécialisée et diversifiée de la production, de la distribution et de l'administration. S'introduisant dans le fonctionnement des machines, l'informatique a transformé bon nombre de métiers manuels et la bureautique transforme les métiers de bureau et de traitement de l'information en général. En se développant, la médecine a multiplié les compétences nouvelles. Et ainsi dans presque tous les secteurs d'activité. La mobilité professionnelle « à courte distance » a pris le relais de la mobilité professionnelle par changement de grand secteur d'activité. Il en est résulté une difficulté majeure pour l'analyse de la mobilité sociale vue en termes hiérarchiques d'ascension ou de descente sociale. Qui peut dire si un informaticien qui devient professeur ou qui change de secteur en se faisant kinésithérapeute, monte ou descend dans l'échelle sociale ? L'idée même d'une échelle sociale unique charpentant toute la société se trouve remise en question.

Ces précautions formulées, si l'on s'accorde sur une échelle de strates sociales applicable à tous les pays, des analyses comparatives de mobilité sociale deviennent possibles. C'est ce qu'ont fait Goldthorpe (1992) et ses associés dans le célèbre projet Casmin. À partir des nomenclatures les plus fines, ils ont reclassé toutes les catégories et sous-catégories professionnelles dans la nomenclature élaborée pour la Grande-Bretagne. Goldthorpe distingue mobilité et fluidité sociale (que d'autres nomment mobilité nette), celle-ci mesure le flux relatif des hommes qui se trouvent dans une position sociale différente de celle de leur père (Goldthorpe ne connaît que les hommes), qu'ils soient en ascension ou en descente sociale. Certes, la mobilité dite structurelle correspondant à la transformation globale de la société a augmenté. La diminution des activités primaires puis de l'industrie et l'augmentation des activités tertiaires et supérieures ont entraîné un mouvement d'ascension sociale pendant les Trente glorieuses. Dans tous les pays ce phénomène est en passe de se ralentir ; en revanche, la fluidité sociale n'aurait guère été modifiée. Le rythme de mobilité serait à peu près le même dans les différents pays d'Europe occidentale.

Les études sur l'homogamie montrent que l'origine sociale est moins déterminante que le niveau d'instruction dans le choix du conjoint. Autrement dit on choisit son conjoint moins qu'hier en fonction de la position sociale de ses parents et plus en fonction des études qu'il a accomplies et de son bagage culturel. C'est une transformation lente de nos sociétés : l'héritage économique et social perd de son importance et l'acquis scolaire de chaque individu devient plus décisif. Évi-

demment, l'on sait par ailleurs que la réussite scolaire est largement conditionnée par l'origine
sociale, mais quand celle-ci est médiatisée par
celle-là, la société s'assouplit et la mobilité
sociale augmente.

Si l'on arrive ainsi à la conclusion que stratification et mobilité sociales ont évolué de façon très
voisine et que le « flux incessant » est à peu près
de même ampleur et de même rythme dans les
différents pays, la thèse de la convergence des
structures sociales se trouve étayée. Cependant,
l'analyse des mécanismes de mobilité et en particulier du rôle de l'école fait apparaître des différences majeures qui seront présentées au chapitre
suivant. De même, les attitudes à l'égard des inégalités et de la mobilité sont très variées, voire chan-
geantes. Chacun sait que les Français sont de
farouches égalitaristes : toute inégalité les choque.
Il en résulte qu'ils pensent que leur pays est beaucoup plus inégalitaire que les autres : ils veulent
que la réalité corresponde à leurs anxiétés. Alors
que les Anglais sont relativement insensibles aux
inégalités et que les Hollandais attachent plus
d'importance aux différences religieuses et idéologiques.

Par ailleurs, dans les différents pays nous disposons maintenant d'études de localités qui montrent la variété des agencements entre « classes »
dans différents contextes régionaux et locaux. Les
Anglais ont été les pionniers en la matière. Les
Français ont accumulé beaucoup d'études de

villes, de villages et quartiers (Archives de l'OCS, 1980). Les structures sociales italiennes ne peuvent se dessiner qu'à partir d'études de villes et de régions. Les positions sociales ne s'organisent pas de même manière dans des milieux sociaux différents. Dans une banlieue ouvrière, les ouvriers les plus cultivés jouent un rôle de classe moyenne : ils animent des associations, organisent les activités sportives et culturelles. Dans les villes moyennes, les nouvelles classes moyennes salariées prennent le pouvoir et, par là, prennent conscience d'elles-mêmes et de leur rôle dans la société, en Angleterre comme en France et en Italie, d'après les enquêtes récentes. Dans les régions rurales, les agriculteurs cèdent le pouvoir municipal aux retraités et aux urbains en résidence secondaire. Partout les femmes commencent à pénétrer les arcanes du pouvoir.

Tous ces exemples incitent à ne plus centrer les analyses uniquement sur l'échelle nationale. Ce qui n'est pas sans conséquence pour comprendre les systèmes politiques qui cependant demeurent nationaux. Peut-on « construire une Europe » avec des structures sociales si variées et qui paraissent se diversifier au lieu de s'homogénéiser ? L'hypothèse implicite de la convergence entre les structures des pays occidentaux paraissait confirmée par les enquêtes comparatives sur les inégalités sociales et la mobilité sociale. Mais mesure-t-on la même chose dans des pays et dans des régions dont l'agencement social n'obéit pas à la même logique ? Peut-on sans hésiter appliquer le schéma de Goldthorpe au Mezzogiorno ? Si la réponse est non, que dire de la troisième Italie, de l'Espagne et même des différentes régions en France, en Allemagne ou en Grande-Bretagne, sans parler des Pays-Bas et de la Belgique ?

Toutes les nomenclatures utilisées jusqu'à présent prennent la profession comme principal indicateur. Elles sont inspirées par un économisme de base qui fait du système productif la charpente de la société, une trame sur laquelle les différences sociales peuvent brocher des nuances mais non remettre en question la structure, postulat qui devient discutable aujourd'hui où moins de la population adulte a un emploi. Par ailleurs, la vision stratificationniste de la société supposait que les différences sociales majeures se hiérarchisaient facilement, pour quatre raisons qui sont remises en question par l'évolution de nos sociétés :

Primo, les femmes travaillaient en majorité avec leurs époux dans de petites entreprises paysannes, commerciales ou artisanales, les femmes d'ouvriers qui avaient un travail étaient ouvrières et les autres restaient à la maison ; les bourgeoises restaient au foyer à gérer leur maisonnée. Par conséquent la profession de l'homme déterminait précisément la position sociale de toute la famille. Depuis 1965 les femmes se sont portées massivement sur le marché du travail et ont un emploi différent de celui de leur époux ; il est donc nécessaire de tenir compte de la position professionnelle de la femme autant que de celle du mari pour classer un ménage, ce qui rend la tâche du stratificationniste autrement complexe. De même, la mobilité sociale de la femme doit être étudiée parallèlement à celle de l'homme. Ce qui n'a pas été fait dans la plupart des études nationales de la mobilité.

Secundo, la liaison entre position professionnelle, niveau de revenu et niveau d'instruction n'est plus aussi forte qu'autrefois. D'un côté l'allongement de la scolarité oblige à compter en nombre d'années de scolarité, et parallèlement en types de scolarité (générale, professionnelle, technique). On ne peut plus opposer ceux qui ont ou n'ont pas le certificat d'études et ceux qui ont ou n'ont pas leur baccalauréat. D'un autre, la multiplication des spécialisations et les situations variables dans des entreprises et les administrations entraînent des disparités de salaires pour une même spécialité. Enfin l'addition du revenu de la femme à celui de l'homme crée des différences fortes entre les revenus globaux des ménages. Ce qui explique que les spécialistes des études de marketing aient cherché à construire des typologies nouvelles à partir des pratiques de consommation et des systèmes de valeurs, et non plus à partir des positions professionnelles.

Tertio, la transformation rapide des définitions professionnelles rend les études intergénérationnelles complexes puisque beaucoup de professions n'existaient pas à la génération précédente. Par exemple, un informaticien ou un kinésithérapeute de cinquante ans ne peuvent pas avoir un père de

même profession, ils ne peuvent avoir hérité leur
activité professionnelle.

Quarto, le temps de vie professionnelle s'est
considérablement raccourci ; de près de moitié si
l'on considère qu'un ouvrier s'embauchait à 14
ans à la sortie de l'école et partait en retraite à 65
ans, soit cinquante ans de vie active, tandis qu'aujourd'hui bien des cadres ne trouvent d'emploi
qu'à 30 ans et sont en préretraite à 55 ans, soit
vingt-cinq ans. En outre les temps de loisirs se sont
allongés pendant la semaine et l'année et le chômage atteint environ 10 % de la main-d'œuvre. Au
bout du compte, si seulement la moitié de la population a un emploi, celui-ci est évidemment un
indicateur moins discriminant. Ces modifications
vont de pair avec une modification des modes de
vie, qui se diversifient et deviennent moins contraignants.

REVENUS ET STYLES DE VIE

S'il est difficile de comparer des strates sociales
ou des catégories socioprofessionnelles entre des
pays dont la structure sociale globale et les définitions professionnelles sont différentes, en revanche revenus et patrimoines se prêtent directement
à la comparaison puisqu'ils sont comptabilisables.
Dans tous les pays la distribution des revenus
affecte la figure d'une toupie, ou d'un strobiloïde,

selon le mot forgé par Louis Chauvel (1994). S'il est plus effilé vers le haut il y a beaucoup de riches et de très riches, s'il comporte une pointe longue et large il y a beaucoup de pauvres, et la distance entre les deux pointes est une mesure de l'inégalité entre des extrêmes. Plus le ventre est arrondi, plus la moyenne est ample : enflée vers le haut, les catégories moyennes supérieures sont plus nombreuses, enflée vers le bas, ce sont les catégories moyennes inférieures. Les strobiloïdes pour douze pays européens montrent que les différences sont relativement faibles. La France et l'Allemagne sont proches. La Grande-Bretagne est nettement plus inégalitaire. Aux Pays-Bas les pauvres sont très peu nombreux tandis que les riches se distribuent comme dans les pays voisins. La Suède est nettement plus égalitaire : peu de pauvres et peu de riches. Les strobiloïdes évoluent dans le temps, traduisant la transformation des différentes sociétés. Malheureusement nous ne disposons pas pour tous les pays d'une longue série temporelle. Dans les années récentes il semble que les inégalités aient eu tendance à croître en Grande-Bretagne, tandis qu'en France et en Allemagne elles ne se modifiaient guère. Très récemment la Suède est en passe de compter plus de pauvres et par conséquent de se rapprocher des pays continentaux **(ill. 16)**.

Cette comparaison hiérarchisée des revenus n'est évidemment qu'une vision de la réalité. Si l'on tient compte des catégories professionnelles, on voit qu'elles recoupent les catégories de

Illustration 16. *Les strobiloïdes de cinq nations au cours des années quatre-vingt*

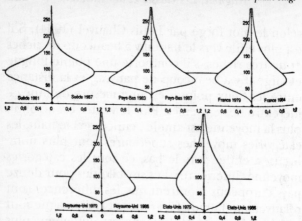

Source : LIS, L. Chauvel, « Inégalités et répartition des revenus disponibles », *Revue de l'OFCE*, n° 55, octobre 1995, p. 230.

Illustration 17. *Strobiloïde des revenus annuels des ménages, en Kilo-F par unité de consommation (données stylisées)*

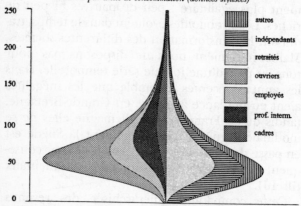

Note : Répartitions obtenues par traitement de l'enquête ; les courbes sont obtenues par lissage des données empiriques (voir encadré).

Source : Enquête Budget des ménages, 1989, INSEE, L. Chauvel in *Revue de l'OFCE*, n° 50, juillet 1994, p. 138.

revenus. Certes les cadres ont en moyenne des revenus supérieurs à ceux des ouvriers, mais il y a des ménages d'ouvriers qui ont des revenus élevés et qui se situent par conséquent dans le col du strobiloïde et réciproquement des ménages de cadres qui se situent dans le bas du ventre. Revenus et catégories professionnelles coïncident de moins en moins **(ill. 17)**.

L'analyse du patrimoine complique encore cette vision de l'échelle des revenus, car le patrimoine est distribué beaucoup plus inégalement que le revenu. Il fournit du revenu et surtout il constitue un élément essentiel de position sociale. Enfin il oriente les valeurs et les opinions. Les études électorales françaises ont bien montré que la possession d'un patrimoine modifie les choix électoraux : dans les catégories socioprofessionnelles majoritairement orientées à gauche les électeurs disposant d'un patrimoine ont tendance à voter plus à droite que leurs congénères, et vice versa les gens sans patrimoine ont tendance à voter plus à gauche que leurs congénères. L'importance du patrimoine et sa distribution sont très variables d'un pays à l'autre comme le montre le graphique suivant : dans les 10 % les plus riches, le revenu du patrimoine varie de 15,7 % en France à 6,9 % en Suède **(ill. 18)**.

Grâce à une enquête datant des années soixante, Pierre Bourdieu (1979) a tenté une analyse de la stratification sociale française en tenant compte du capital économique et du capital social

qui se traduit dans des goûts et des pratiques alimentaires, culturelles, religieuses. Il distingue :

— une classe dominante comprend les cadres
supérieurs, les professions libérales, les chefs
d'entreprises importantes ;

— une « petite-bourgeoisie » rassemble cadres
moyens, employés, techniciens, commerçants et
artisans ;

— la classe populaire est constituée par les
ouvriers, les agriculteurs et les contremaîtres.

La classe dominante invente et légitime les
goûts et les pratiques. La petite-bourgeoisie
s'efforce de suivre les goûts et pratiques légitimés.
Tandis que la classe populaire a tendance à les
rejeter sous l'argument « ce n'est pas pour nous ».

On peut illustrer de façon schématique cette
distribution des goûts et des pratiques. Les
ouvriers vont à la pêche, bricolent et regardent les
spectacles sportifs à la télévision. Les commerçants
et artisans jouent à la pétanque, aiment Aznavour
et les émissions de variétés à la télévision. Les techniciens font des collections de timbres. Les ensei-
gnants du primaire et du secondaire pratiquent
la marche et l'artisanat d'art, écoutent volontiers
Brel, Brassens et du jazz, et admirent Boris Vian.
Les cadres supérieurs et les universitaires écoutent
de la musique classique, lisent les essais politiques,
les ingénieurs pratiquent la voile. Les professions
libérales et les patrons jouent au golf, vont à la
chasse (comme les agriculteurs mais différemment), disposent d'une résidence secondaire,
aiment l'opéra et certains ont des collections de

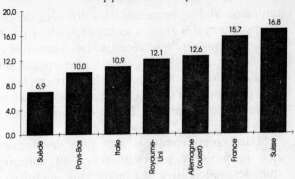

Illustration 18. *Part des revenus du patrimoine dans le revenu total de la population du décile supérieur*

Lecture : En Suède 6,9 % du revenu du décile supérieur provient de la propriété.

Source : Calculs Chauvel/OFCE d'après OCDE/Atkinson et *al.*, La distribution des revenus dans les pays de l'OCDE, Coll. *Étude de politique sociale*, n° 18, 1995.

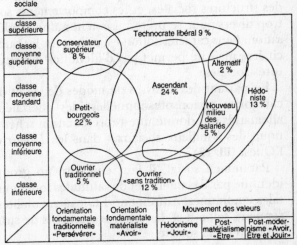

Illustration 19. *Milieux sociaux et valeurs fondamentales dans les Länder de l'Ouest (1992)*

Source : A.M. Le Gloannec (dir.), *L'État de l'Allemagne*, La Découverte, 1995, p. 147.

tableaux. Malheureusement les données de cette étude datent des années soixante et n'ont pas fait l'objet d'une réplique récente. Des tentatives ont été faites par des collègues de pays voisins pour étudier selon ce schéma la structure sociale de leur pays, mais ils ont eu beaucoup de mal à transposer les distinctions de Bourdieu pour les utiliser dans leur pays.

Si les comportements sont plus discriminants que la position professionnelle, on comprend que les spécialistes du marketing aient voulu construire une vision de la structure sociale à partir de leurs analyses de clientèles. Mais leur propos est mal fondé car à partir de leurs données il n'est pas possible de délimiter des groupes stables. Les goûts et opinions sont trop volatils pour révéler des structures sociales, et les comportements sont trop divers pour se prêter aisément à une modélisation. Leur caractérisation est utile pour les publicitaires mais ne permet pas d'identifier des structures sociales.

En partant des analyses de modes de vie et des catégories socioprofessionnelles, des chercheurs allemands ont donné une représentation schématique des « milieux sociaux » dans les *Länder* de l'Ouest (**ill. 19**).

Par milieu social, il faut entendre un groupe identifié par des valeurs et des attitudes fondamentales communes. Autrement dit, les « mentalités » seraient, selon eux, les critères essentiels de structuration de la société :

— le milieu conservateur-supérieur (8 % de la

population), en moyenne assez âgé, cultive les mœurs et les valeurs traditionnelles, s'intéresse à l'art et à la culture, et cultive le sentiment d'être une élite ; il comprend des professions libérales, des fonctionnaires supérieurs mais aussi des employés ;

— le milieu petit-bourgeois est en diminution de 28 % à 21 % entre 1982 et 1992, en moyenne âgé, il représente le centre traditionnel de la société : employés, fonctionnaires moyens, petits entrepreneurs. On y respecte l'ordre, le travail et l'économie et on y est préoccupé de réussite professionnelle et de sécurité de la retraite ;

— le milieu ouvrier, partagé entre un groupe traditionnel en diminution (de 10 % à 5 %) et un groupe « sans tradition » en croissance (de 9 % à 12 %), est la couche inférieure de la société. Pour les premiers la culture ouvrière traditionnelle est bien vivante : vie collective forte, discipline, jardin ouvrier. Chez les seconds les revenus sont bas, le chômage fréquent, l'alcoolisme répandu ;

— le milieu ascendant (de 20 à 25 %) est orienté vers une réussite qui conduit aux technocrates libéraux (9 %). On travaille beaucoup, il faut être efficace, la vie familiale doit suivre la réussite professionnelle qui se marque dans le standing du mode de vie ;

— les milieux hédoniste (10 à 12 %) et alternatif sont jeunes, désireux d'avoir un travail qui les satisfasse, soucieux d'originalité et d'échapper aux contraintes ;

— le nouveau milieu des techniciens de haut

niveau (6 %) a un style de vie moderne et conventionnel faisant une grande place aux loisirs.

Par comparaison, les différents milieux des *Länder* de l'Est sont plus traditionnels, plus fordistes, pourrait-on dire. Il faudra sans doute de longues années pour que ces milieux différents se rejoignent et forment une structure sociale commune à l'ensemble du pays.

Devant cet émiettement des catégories sociales il convient donc de chercher de nouveaux paradigmes d'analyse de la structure sociale. À partir de diverses études statistiques de l'INSEE, j'ai proposé de reprendre le strobiloïde des revenus et d'en donner une version plus sociologique pour la société française (Mendras, 1994). Les grandes masses sont constituées par la constellation populaire (50 % de la population), la constellation centrale (25 %), les indépendants (15 %), les pauvres (8 %), et l'élite (2 %). Le mot de constellation a été choisi pour bien marquer qu'il s'agit d'un conglomérat de groupes de dimensions, de dynamisme, et de cohérence variés **(ill. 20)**.

La constellation populaire réunit les ouvriers et les employés qui ont une forte tendance à se marier entre eux, et dont les modes de vie sont très proches. Ils vivent une même culture, se sentent en marge de la société, en majorité partagent leurs votes entre Le Pen et le Parti communiste ; leurs enfants ont peu de chances de succès scolaire, et donc d'ascension sociale. L'idée répandue d'une classe moyenne qui rassemblerait les deux tiers ou les trois quarts de la population ne

Illustration 20. *L'émiettement des classes*

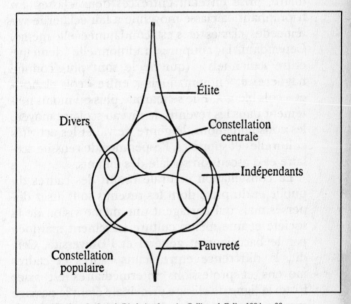

correspond pas, même grossièrement, aux données disponibles. En effet, en pure logique, si tout
le monde est moyen, plus personne ne l'est. Si
ouvriers et bourgeois ont perdu leur caractère et
leur conscience de classe, il ne peut logiquement
pas y avoir de classe moyenne en position intermédiaire, prise en étau entre ces deux classes. En
triomphant, la classe moyenne a fait éclater le système des classes et s'est condamnée elle-même.
Cependant la coupure traditionnelle demeure
entre « manuels » (qui ne le sont plus comme
naguère) et « non-manuels », entre « cols blancs »
et « cols bleus ». Elle se marque plus ou moins nettement dans les revenus, le niveau scolaire moyen,
les consommations, le genre de vie et les activités
culturelles et sportives, l'espérance de réussite scolaire et d'ascension sociale des enfants.

La constellation centrale réunit des cadres du
public et du privé dont les revenus sont assez dispersés mais qui partagent une même vision de la
société et une même culture fortement marquée
par le baccalauréat général et l'Université. Cela
dit, la différence entre hauts cadres et cadres
moyens et professions intermédiaires est assez
forte, la ligne de clivage principale étant le passage
par les grandes écoles. De même, les différences
entre cadres du public et ceux du privé se révèlent
dans les choix électoraux : les premiers votent de
préférence à gauche, les seconds de préférence à
droite mais tous votent « utile » pour les partis « de
gouvernement » de préférence aux partis contesta-
taires. La mobilité sociale est forte au sein de cette

constellation, et c'est d'elle que vient l'image que nos sociétés post-fordistes sont caractérisées par une mobilité incessante ; ce trompe-l'œil a été clairement contredit par les études de mobilité sociale mentionnées ci-dessus. J'appelle centrale cette constellation parce qu'elle joue un rôle central en assurant la gestion politique, économique, sociale et culturelle. Ses membres sont les dirigeants des associations et prennent des responsabilités dans les conseils municipaux, généraux et régionaux. Enfin les innovations partent toujours de son sein, par l'initiative de groupes minoritaires en déséquilibre social.

Une étude de Michel Forsé (1996) portant uniquement sur les salaires individuels et non sur les revenus des ménages inciterait à penser que cette constellation centrale est en passe de se cliver. Les cadres supérieurs du privé et du public, professeurs et professions scientifiques, professions libérales et chefs d'entreprises ont des niveaux d'instruction voisins et des niveaux de salaire dispersés mais tous élevés et nettement plus élevés que ceux des cadres moyens qui sont plus concentrés, tandis que leurs niveaux d'instruction sont variés. Cette dichotomie croissante de la constellation centrale a été signalée pour les États-Unis il y a vingt ans par Daniel Bell et a été mise en valeur plus récemment par Robert Reich (1993) dans son analyse de la société post-moderne.

L'élite perd une bonne partie de son rôle dirigeant pour se limiter à un rôle de « contrôle » de la société, au sens de contrôleurs du ciel. Ils répondent au mieux aux courants sociaux et idéologiques. Les patrons ont les yeux fixés sur leurs études de marché pour orienter leurs productions et leurs services, les manipulateurs de symboles et « producteurs » de culture des mass médias sont commandés par l'audimat et la vente des journaux et périodiques. L'invention d'un produit nouveau est généralement internationale, comme ce fut le cas pour les magnétoscopes, les micro-ordinateurs et télécopieurs. Les thèmes et idées nouvelles sont le plus souvent formulés par les intellectuels et universitaires de la constellation centrale et s'y diffusent grâce aux médias, mais ce ne sont jamais les médias qui les inventent.

Cette lecture de nos sociétés occidentales doit être complétée par diverses analyses complémentaires. Le strobiloïde de Louis Chauvel montre que, si la majorité des ménages d'ouvriers ont des revenus inférieurs à la médiane, un petit pourcentage dispose de revenus élevés, et parfois très élevés ; vice versa, les cadres ont en majorité des revenus supérieurs à la médiane mais bon nombre de cadres moyens ont des revenus inférieurs et même très bas. Cependant les ménages d'ouvriers « riches » ont tendance à conserver un genre de vie « populaire » tandis que les cadres « pauvres » ont beaucoup de peine à maintenir un genre de vie « bourgeois » ou s'inventent une manière de vivre pseudo-populaire.

CONCLUSION

Si de grands regroupements sociaux ne sont plus la structure fondamentale de nos sociétés, les individus ne sont plus enfermés dans des univers culturels restreints et cohérents. La culture ouvrière et populaire, la culture bourgeoise, les cultures paysannes ne sont plus là pour offrir des modèles de comportements et des normes morales fermes et traditionnelles, qui s'imposent à leurs membres. Ceux-ci sont libérés des contraintes sociales qu'imposaient le voisinage, le village, ou la respectabilité bourgeoise. Si les classes sociales sont plus caractérisées par un mode de vie et une conception du monde, il n'y a plus de contrastes de civilisation entre bourgeois, paysans et ouvriers. N'étant qu'une lecture des inégalités sociales, la stratification sociale ne saurait être créatrice de cultures différentes. Toutes les tentatives pour donner à chaque strate un contenu culturel original et cohérent, qui les distingue franchement les unes des autres, se sont soldées par des échecs, tant aux États-Unis qu'en Europe.

Alors, chacun deviendrait-il libre de se conduire comme il l'entend ? À la limite, la réponse est oui : chacun est théoriquement libre de se construire son système de valeurs et son mode de vie, comme il est libre de se « bricoler » sa religion personnelle. Heureusement cette terrifiante liberté est limitée par des contraintes sociales et des ressources économiques, et elle demeure orientée par des normes et des valeurs transmises par la famille, la vie de travail et les médias. Sans quoi l'individu livré à lui-même serait désemparé.

Aujourd'hui les modèles sociaux sont diffusés à profusion par les médias. Les films de cinéma ou de télévision n'offrent que des images historiques stéréotypées et le plus souvent trop éloignées des moyens de vivre des spectateurs. Les journaux féminins donnent des conseils et suggèrent des pratiques plus réalistes ; mais sans la cohérence globale et la justification sociale et morale que donne le modèle maternel ou paternel, qu'on l'adopte ou qu'on le rejette. Chaque ménage peut en effet suivre l'exemple familial en l'adaptant aux conditions nouvelles ou le rejeter et s'inspirer de modèles observés chez autrui ou de ceux montrés par les médias. Autrefois, discuter à l'infini sur les façons de bien se conduire, en se conformant au modèle de son milieu social, était le jeu de la régulation sociale, du raffinement des mœurs et de la distinction, aux deux sens du terme : être « distingué » et se distinguer des autres. Aujourd'hui, la conversation de bienséance porte sur l'originalité, l'imagination qui permettent d'être soi-même, de « se sentir bien dans sa peau ».

Curieusement, cette nouvelle forme de régulation sociale ramène nécessairement aux modèles anciens, puisque la stratification n'a pas été créatrice de mœurs et de différenciations. Ainsi les traditions de classes, de nations et de régions se trouvent à nouveau utilisées comme références. La perpétuation des différences culturelles a été montrée au chapitre précédent à travers les résultats d'enquêtes nationales et régionales. Malheureusement des données analogues ne se prêtent pas à des comparaisons du même ordre entre les milieux sociaux, puisqu'ils ne sont pas de même nature dans les différents pays. Les contrastes régionaux se prêtent à la comparaison au sein d'un pays et entre pays, grâce à des mesures fournies par des enquêtes ; en revanche pour les milieux et les classes il faudrait avoir recours à l'enquête ethnographique et construire des types. En Grande-Bretagne, la classe ouvrière et l'*establishment* offrent les deux extrêmes entre lesquels la classe moyenne cherche toujours son identité. En Allemagne, une classe moyenne ancienne de fonctionnaires et d'employés sert de modèle central à l'ensemble de la société. La Hollande et la Scandinavie apparaissent comme des variantes du modèle germanique. En Italie, diversité régionale et sociabilité locale font du petit entrepreneur familial le personnage principal. En France, le modèle aristocratique transmis par la bourgeoisie est toujours dominant tandis que les modèles paysan et populaire s'affadissent. L'Espagne a vu naître une classe nouvelle de dirigeants et de cadres qui est aujourd'hui déchirée entre le modèle aristocratique et les modèles extrémistes du prolétariat agricole de l'Estramadure, de la Catalogne et du Pays basque.

Si les classes sociales, au sens fort du terme, ont disparu en tant que structures sociales, elles survivent dans l'idéologie et continuent à fournir des modèles de mœurs et des systèmes de valeurs aux différentes catégories sociales.

Face à cette transformation, le sociologue est désemparé. La diversité des approches conduit à des schémas différents qui chacun rendent compte d'une facette de la société. Il est aujourd'hui illusoire de vouloir construire un schéma fondamental qui représenterait la charpente unique de la société. Les structures et clivages sont divers, se recoupent, et les individus qui les vivent sont reliés entre eux par des réseaux qui traversent les groupes et rendent tout découpage irréaliste. Ces visions nouvelles des sociétés européennes se prêtent mal à des comparaisons systématiques entre pays par défaut de données statistiques et d'études ethnologiques. Proposons quelques angles d'approche.

CHAPITRE V

... DEMAIN, DES CLIVAGES
ET DES RÉSEAUX ?

L'apparition de catégories d'âges, et leur institutionnalisation, est sans doute la transformation
la plus radicale qu'aient subie les sociétés occidentales depuis un demi-siècle. C'est une restructu-
ration complète de la société, analogue à l'apparition des classes sociales avec le développement de
la société industrielle au XIXᵉ siècle. Les historiens,
notamment Philippe Ariès, ont raconté la lente
apparition de l'enfance dans la famille et dans la
société au cours des derniers siècles. Autrefois, les
enfants étaient de petits adultes et jusqu'à présent
les jeunes étaient de jeunes adultes, mais non des
« jeunes » qui se différencient des adultes. Aujour-
d'hui, ils sont et se veulent différents et sont traités
différemment par la société.

De l'adolescence jusqu'à la mort, la vie d'un
homme ou d'une femme, dans toutes les catégories sociales, évoluait au cours des âges selon un
rythme parfaitement réglé, sans rupture autre que
les accidents de la vie. Sous cet angle, tous les pays
d'Europe occidentale étaient très homogènes. Le

cycle de vie se vivait différemment pour un noble, un bourgeois, un ouvrier ou un paysan, mais se parcourait de la même manière dans une ville anglaise ou italienne, dans un village français ou bavarois. Dans les sociétés paysannes, avant de se marier les jeunes avaient des privilèges et des fonctions sociales. Ils étaient le plus souvent en charge de la vie festive. Ils étaient même parfois organisés en une « république » qui élisait un roi. Mais en dehors des jours de liesse, ils ne se distinguaient pas de leurs parents, sauf qu'ils étaient à marier, disponibles pour les stratégies matrimoniales et les jeux érotiques pré-conjugaux. Dans la classe ouvrière et la petite-bourgeoisie, les enfants étaient au travail dès la sortie de l'école et ne jouissaient guère de temps pour les loisirs. Seuls les jeunes bourgeois, dont le mariage était particulièrement tardif, bénéficiaient d'une période de jeunesse plus ou moins oisive ; les filles à la maison trompaient leur ennui grâce à la musique et aux arts mineurs ; les garçons allaient en ville vivre la vie d'étudiant, entre camarades et grisettes, avant de revenir prendre femme et assurer la succession paternelle. Dans les années d'après-guerre, mariage et embauche stable sont devenus plus précoces pour tous ; la jeunesse a donc été réduite d'autant, même pour les jeunes bourgeois. Aujourd'hui les jeunes vivent une période moratoire d'entrée dans la vie qui se caractérise par des expériences diverses, affectives, sociales, professionnelles, culturelles et sportives ; une sorte d'apprentissage prolongé de la vie. Les actifs travaillent,

épargnent et font des enfants. Les retraités, assurés de leurs revenus, mènent une vie de loisirs.
Trois situations qui contrastent en tous points :
ressources, activités, présence ou non d'enfants.

Les divergences dans les équilibres démographiques entre les trois âges de la vie ne sont pas aussi
massives qu'on pourrait le croire. Le pourcentage
des gens de plus de 75 ans varie de 13 % aux Pays-
Bas à 17 % en Suède ; 14 % en Espagne ; 15 % en
France et en Allemagne ; 16 % en Italie, Belgique,
Danemark. En fait, ces moyennes nationales sont
trompeuses, les différences régionales sont nettement plus fortes. En Italie, le contraste est extrême
entre le Mezzogiorno jeune et un Nord âgé, spécialement en Ligurie et Vénétie. Le contraste est
moins fort en Espagne, mais net comme en
France, où le Sud âgé remonte jusqu'à Orléans,
tandis que le Nord, l'Est et le Nord-Ouest sont
relativement jeunes. L'Irlande est massivement
jeune comme le sud des Pays-Bas. L'Allemagne
vieillit très rapidement mais inégalement selon les
Länder. L'Écosse est nettement plus jeune que
l'Angleterre.

Ces trois étapes du cycle de vie sont partout en
cours d'institutionnalisation, mais dans chaque
pays avec des particularités qui tiennent à l'histoire, à la structure familiale, à la gestion du travail
dans les entreprises, à l'importance de l'éducation
et de la culture. Et à l'intérieur de chaque pays,
des différences s'affirment en fonction des inégalités économiques et culturelles et des traditions

régionales, c'est peut-être dans ce domaine qu'on peut démêler le plus clairement les tendances massives communes et les profondes divergences.

L'ENTRÉE DANS LA VIE

L'entrée dans la vie (Galland, 1991) est scandée par une double série d'événements familiaux et professionnels. Quitter le foyer des parents, vivre seul dans sa « piaule », s'initier à la vie sentimentale et sexuelle, s'établir en couple, se marier, faire un enfant. Parallèlement, sortir de l'école, faire un apprentissage, trouver du travail, avoir un emploi sûr et stable. Autrefois ces événements coïncidaient grossièrement : on quittait ses parents pour se marier et créer un foyer lorsqu'on était en état de gagner sa vie. Ainsi devenait-on d'un seul coup « adulte », mot qui n'a plus de sens aujourd'hui puisque les jeunes sont adultes, comme les actifs et les vieux, et qu'ils parcourent ces étapes successives sur une dizaine d'années, dans un ordre varié selon les pays et les catégories sociales. Cette période de jeunesse est plus ou moins précoce, plus ou moins longue, mais elle est partagée par les jeunes de toute l'Europe occidentale, dans tous les pays et toutes les catégories sociales.

Ce qui ne veut pas dire qu'elle soit vécue de la même façon. Bien au contraire ces différents événements s'ordonnent de manières très variées. Une véritable combinatoire des divers ordres de succession permet à chaque jeune de choisir comment il va vivre son passage de l'adolescence à l'âge actif. En pratique, la séquence des décisions doit tenir compte de contraintes financières et sociales et surtout de modèles sociaux qui varient d'un pays à l'autre, d'une catégorie sociale à l'autre. La variété de ces modèles est la véritable innovation sociale qui contraste avec les deux modèles, bourgeois et populaire d'autrefois. À l'aide des études disponibles on peut construire quatre modèles nationaux principaux (Cavalli et Galland, 1993).

Un modèle méditerranéen, particulièrement bien décrit pour l'Italie, s'organise en une longue période dont le début est progressif parce que les études se prolongent longtemps et que le jeune demeure dans sa famille jusqu'à son mariage. La phase de précarité professionnelle, plus ou moins longue, prend le relais d'études longues et peu professionnalisantes. Les jeunes ne constituent pas de couples stables. Chacun vit au foyer de ses parents et s'y organise un espace et un temps privés, respectés scrupuleusement par les parents ; ce qui lui permet d'entretenir des relations affectives et sexuelles avec des partenaires divers, ou avec un seul pendant de longues années. La vie chez les parents facilite la prolongation des études et permet de supporter la précarité professionnelle. D'ailleurs, le marché immobilier encombré ne facilite pas de trouver un logement pour un jeune

célibataire, ni pour un jeune couple, le concubinage est donc rare ainsi que les naissances hors
mariage. Puis la période se termine quand on
trouve un conjoint, un emploi, et un logement,
bientôt suivi d'une naissance.

Le modèle français peut paraître une variante
de ce modèle alors que sa logique est différente
puisque les jeunes quittent le foyer parental le plus
tôt possible, même lorsqu'ils n'ont pas terminé
leurs études. Avec l'aide des parents, ils s'établissent en solitaire dans une « piaule ». Solitaire n'est
pas le mot, car se loger seul et indépendant ne
veut pas dire coupé des autres ; bien au contraire,
les jeunes vivent une vie culturelle et sportive
intense, collectivement entre « copains et copines ». Si on a sa « piaule », c'est pour en sortir et
non pour s'y enfermer, et surtout pour entretenir
des relations de couple plus ou moins stables. Une
naissance vient quand le couple s'est stabilisé et
qu'il a trouvé des ressources régulières, d'où le
grand nombre de premières naissances hors
mariage chez les jeunes : 45 %. Alors la jeunesse se
termine, la vie culturelle et sportive s'interrompt
brusquement et on n'a plus le temps de voir les
copains et les copines puisqu'on a un boulot, et
un marmot qui vous dévore tout votre temps libre.
Réaliser ce modèle typique n'est possible qu'avec
des ressources suffisantes (aide des parents pour
payer le logement et la vie quotidienne, et petits
boulots) ; le chômage retarde le moment de quitter le foyer parental.

Dans les pays nordiques, le modèle très voisin

du modèle français s'est institutionnalisé plus tôt,
ce qui a conduit à une proportion très élevée de
naissances hors mariage, plus précoce que dans les
autres pays. La plus élevée d'Europe, cette proportion, et cette précocité, s'explique sans doute par
la tradition qui voulait que les fiançailles fussent le
véritable moment d'*engagement* (selon le mot
anglais pour fiançailles) et le mariage, la ratifica-
tion symbolique d'une union féconde. En Suède,
il n'est pas surprenant que le bébé assiste au
mariage de ses parents.

La tradition anglaise voulait que les jeunes quittent leurs parents très tôt, dès l'adolescence pour
achever leur éducation chez d'autres. Le modèle
anglais commence donc par une décohabitation
précoce, rapidement suivie d'une mise en couple
et d'une naissance. La Grande-Bretagne est le pays
où l'école libère les jeunes le plus tôt : vers seize
ans pour la majorité d'entre eux et le nombre
des étudiants est le plus bas d'Europe. Départ de
la maison, sortie de l'école et recherche d'un
emploi se font donc plus tôt que dans les autres
pays. L'établissement en couple et la naissance
n'attendent pas une vie professionnelle stable. Le
chômage des jeunes étant moins élevé en Grande-
Bretagne qu'en France, l'instabilité professionnelle est moins grande et les femmes trouvent plus
fréquemment des emplois à temps partiel compatibles avec l'élevage d'un bébé.

En Allemagne, deux modèles coexistent. Les
jeunes qui acquièrent une formation technique
par l'apprentissage trouvent normalement un

emploi à la suite de leur apprentissage, ils s'établissent en couple relativement jeunes et ont un enfant après s'être mariés : le nombre d'enfants nés hors mariage est faible. Les jeunes qui suivent des études supérieures les poursuivent jusqu'à trente ans, ils quittent leurs parents relativement tôt, vivent fréquemment en couple mais retardent la première naissance jusqu'à l'établissement professionnel, à la française en quelque sorte.

Ces quatre modèles n'épuisent pas la variété des solutions nationales et des différences entre catégories sociales. Les conditions économiques et matérielles pèsent fortement : niveau de l'emploi, marché immobilier, revenu des familles. Si en France l'augmentation du chômage des jeunes a obligé beaucoup de ces derniers à demeurer chez leurs parents et à suivre une variante du modèle italien, il ne s'ensuit pas pour autant que leur mère devienne une *mama* italienne. Les modèles familiaux demeurent forts et contraignants. Parmi les jeunes Européens, les Italiens sont les plus familialistes : ils sont les plus nombreux à avancer des raisons familiales pour refuser de s'expatrier, pour prolonger leurs études ou trouver du travail. S'ils s'éloignent, ils ont peur d'avoir le mal du pays et leurs familles ne veulent pas les laisser partir. Beau contraste avec les Anglais, les Scandinaves et les Français ! Dans plusieurs pays, notamment en France, en Grande-Bretagne et en Scandinavie, des enquêtes ont montré que les filles ne veulent pas suivre le modèle de leurs mères et se cantonner dans des tâches dites « féminines ». Elles sont nombreuses à prolonger leur scolarité et à assurer leur avenir professionnel par plusieurs années de métier avant de se marier et d'avoir des enfants : 30 ans est l'âge souvent mentionné pour ce retour aux tâches « féminines » sans renoncer à la carrière.

En conclusion, cette diversification des modèles de jeunesse révèle deux phénomènes concomitants d'individualisation et d'institutionnalisation. D'un côté la société institutionnalise la jeunesse en définissant sa situation et en lui proposant des modèles qui orientent ses choix. D'un autre chaque jeune dispose d'une possibilité de « construire » sa jeunesse comme il l'entend. Cette liberté, radicalement nouvelle par rapport au passé, est évidemment limitée par les ressources dont il dispose.

LE TROISIÈME ÂGE

L'allongement de la vie est sans doute le phénomène le plus lourd de conséquences pour l'équilibre de nos sociétés occidentales. En ajoutant virtuellement une génération à toutes les parentèles, l'équilibre entre les âges a été modifié. En même temps, l'État-providence assure maintenant à chaque citoyen une pension de retraite. Enfin l'âge d'entrée en retraite a été abaissé dans tous les pays. Ainsi s'est créée une nouvelle catégorie sociale, le troisième âge, qui dure en moyenne

vingt ans, de 60 à 80 ans, et représente environ
20 % de la population.

Autrefois les petits entrepreneurs, paysans,
commerçants et artisans, poursuivaient leur vie
laborieuse dans leurs entreprises jusqu'à leur
mort. Aujourd'hui la loi décrète l'âge où l'on
entre en retraite et les conditions économiques
font que beaucoup entrent en retraite avant cet
âge légal. En 1970, selon les pays, entre 75 % et
85 % des hommes âgés de 55 à 64 ans exerçaient
leur métier. Vingt ans plus tard, partout ce taux a
baissé : en Suède le taux est passé de 85 % à 80 %,
en France et aux Pays-Bas de 75 % à 43 %. Autrement dit, l'écart entre les pays (qui était de 10 %)
s'est élevé à près de 40 %. L'explication de cette
divergence entre ces évolutions nationales ne se
trouve pas principalement dans l'évolution économique, car il n'y a pas de correspondance entre
ces taux et ceux du chômage. Elle se trouve sans
doute dans la gestion de l'État-providence.

Chaque pays traite ce passage de l'emploi à la
retraite en utilisant les diverses ressources de son
système de protection sociale, en les « bricolant »
pour les ajuster à cette situation nouvelle. D'où
une extraordinaire diversité des solutions dans les
différents pays. La France a été au départ moins
bricoleuse en adaptant le régime de l'allocation
de chômage et en créant des pré-retraites finan-
cées par le Fonds national de l'emploi. Par la suite
d'autres solutions s'y sont ajoutées : garantie de
ressources de licenciement et garantie de ressources de démission, dispositifs particuliers dans les

grandes entreprises. Les Pays-Bas ont utilisé trois procédures : à côté de l'assurance chômage, l'assurance pour invalidité a été longtemps la principale, créant ainsi des « invalides sociaux » à côté des invalides physiques ; en outre des programmes contractuels de pré-retraite ont été institués dans différentes branches et différentes entreprises (VUT). L'Allemagne a recouru aux mêmes solutions, chômage, invalidité, accords de branche ou d'entreprise pour des pré-retraites, et en y ajoutant l'assurance vieillesse. En Grande-Bretagne, dès 1977, les programmes publics créés pour favoriser le départ *(Job release scheme)* étaient étroitement limités, ils ont été complétés par divers systèmes : chômage, invalidité, aide sociale ; en outre, les fonds de retraite privés ont été capables de fournir des retraites précoces. Cette combinaison de dispositifs publics et privés est caractéristique de la Grande-Bretagne. En Suède, la politique ancienne de l'emploi s'est attachée à intégrer et à réintégrer les travailleurs vieillissants, si bien que le nombre de pré-retraités a été beaucoup plus réduit que dans les autres pays. Par ailleurs, le programme public de retraite partielle permet à la moitié des actifs de 60 à 64 ans de travailler à temps partiel.

Une fois quitté leur emploi, grâce aux progrès de l'hygiène et de la médecine, les retraités demeurent ingambes plus longtemps, jusqu'à ce que les infirmités ou la maladie les rendent dépendants d'autrui. Le quatrième âge, généralement bref, un ou deux ans, pose d'autres problèmes, douloureux aux familles et aux services sociaux et hospitaliers, que nous ne traiterons pas ici.

Le troisième âge est l'antithèse parfaite de la société productiviste et laborieuse des Trente glorieuses : loisir complet, bonne santé et revenu assuré. Cette oisiveté est un genre de vie nouveau que la première génération de retraités doit inventer, puisqu'elle n'a pas de devancière ni de modèle à suivre. Dans chaque pays, chaque catégorie sociale est en train de s'inventer des façons de vivre et de trouver des activités pour meubler ses loisirs. Les retraités sont très actifs mais nous savons mal à quoi ils s'activent, avec quel profit pour eux et pour leurs proches, parents, amis et voisins. Les contraintes sont variables en fonction du milieu de vie (ville grande ou petite, milieu rural), du rôle de la famille et de la parentèle, des mœurs de sociabilité, des préoccupations culturelles et surtout des ressources financières qui varient considérablement du haut en bas de l'échelle des revenus, et aussi des nations.

En effet l'État-providence est le principal pourvoyeur de revenus pour le troisième âge, les organismes privés de pré-retraite sont encore rares et limités aux catégories sociales supérieures, sauf en Grande-Bretagne. Le patrimoine hérité ou accumulé au cours de la vie fournit une part des ressources, variable selon les catégories sociales et les pays. Partout les retraités ont vu leurs revenus s'améliorer, comparés à l'ensemble de la population, sauf en Belgique et en Suède. Jusqu'aux années récentes, le contraste était fort entre la France où le troisième âge était relativement riche (revenus supérieurs de 15 % à la moyenne) et la Grande-Bretagne où il était pauvre, mais la situation pécuniaire de ses *senior citizens* s'est considérablement améliorée. La moitié des ménages de plus de 60 ans ont un revenu inférieur à 70 % de la médiane en 1979, il s'est réduit à 37 % en 1986. Par comparaison, en France, il est passé de 33 % à 28 %, en Hollande de 15 % à 11 %. Dans les années récentes, dans différents pays, les règles d'attribution et de calcul des pensions ont été profondément modifiées pour rétablir un équilibre précaire des comptes des organismes payeurs, menacé par le chômage, le raccourcissement de la vie professionnelle et le vieillissement de la population. Dans ce domaine chaque gouvernement conserve son autonomie complète et doit trouver un arbitrage particulier entre les forces sociales qui le soutiennent et celles qui le combattent.

La répartition du cycle de vie en trois âges, jeunesse, âge actif et troisième âge, crée de nouveaux clivages qui recoupent les inégalités analysées au chapitre précédent. En effet le jeune chômeur sans formation, et enfant de chômeur, mène une vie très différente dans les banlieues françaises, les *inner cities* anglaises ou le sud de l'Italie ; et rien en commun avec les étudiants qui poursuivent lentement et confortablement leurs études et trouveront un emploi, peut-être inférieur à leur qualification mais sans être longuement au chômage. De même la petite vieille recueillie dans un hospice parce qu'elle n'a pas de famille pour s'occuper d'elle n'a rien de commun avec une riche veuve disposant d'un revenu élevé et d'un patrimoine, entourée d'un réseau étendu de parents et d'amis, qui peut entretenir une riche vie sociale et culturelle.

HOMMES ET FEMMES

Les progrès de l'individualisme et de l'égalité ont entraîné un changement majeur dans les rapports entre les sexes. Les femmes deviennent maîtresses de leur fécondité, avec des conséquences difficiles à démêler sur la natalité et la structure du groupe domestique. Individualisme et contrôle des naissances ont amené les mouvements féministes à proclamer l'égalité des sexes dans tous les domaines. Cette proclamation, plus ou moins bruyante selon les pays, accompagne le mouvement de transformation des modes de vie et des valeurs.

L'égalité des sexes dans l'enseignement est atteinte dans presque tous les pays. Des différences demeurent entre les pays au niveau universitaire : il y a plus d'étudiantes que d'étudiants en France, au Danemark et au Portugal ; dans les autres pays l'écart se réduit rapidement : en cinq ans, le

Royaume-Uni est passé de 82 à 92 étudiantes pour 100 étudiants. Cependant les spécialisations sont différentes : les femmes diplômées sont plus nombreuses que les hommes dans les sciences médicales et les lettres, tandis que les hommes sont plus nombreux parmi les ingénieurs.

Une fois les études terminées, les femmes se portent sur le marché du travail. En 1991, globalement, elles représentent 40 % de la main-d'œuvre de l'Union européenne. Elles sont les plus nombreuses au Danemark (48 %), suivi de près par la France, le Royaume-Uni et l'Allemagne, mais dans ces deux derniers pays les emplois à temps partiel sont plus répandus parmi les femmes : 38 % au Danemark, 44 % au Royaume-Uni et 23,5 % en France. Au Royaume-Uni, beaucoup de femmes ont des emplois réduits à quelques heures par semaine ; les Pays-Bas se singularisent par un emploi féminin particulièrement faible : 39,5 % de femmes dans la population active, dont 60 % à temps partiel. Arrivées sur le marché du travail dans les années où les emplois tertiaires se sont développés le plus rapidement, les femmes y sont nombreuses : trois quarts dans les services et 20 % dans l'industrie. Par ailleurs il est bien connu que les salaires féminins sont inférieurs aux salaires masculins, de 25 % à 35 % en moyenne. Au Danemark, en France et en Italie, l'écart est faible, il est le plus fort au Royaume-Uni (41 % pour les employées de l'industrie manufacturière).

De même, le taux de chômage féminin est

beaucoup plus élevé que le masculin. La différence est supérieure au double en Belgique, en
Espagne, au Portugal et en Italie, et inversée au
Royaume-Uni. Ici encore les Pays-Bas se singularisent par un fort pourcentage de femmes de plus
de trente ans cherchant un premier emploi, tandis
que ce taux est particulièrement faible au Danemark et en France. On voit donc que les femmes
néerlandaises se caractérisent par un faible taux
d'emploi, une forte proportion de temps partiel,
une forte différence entre leur salaire et celui des
hommes (34,2 %) et la recherche tardive d'un
premier emploi ou le retour à l'emploi après une
longue période d'inactivité. Le contraste est
complet avec les Danoises dont le taux de chômage et le salaire sont proches de ceux des hommes, qui prennent un emploi tôt dans la vie, et
ne l'abandonnent pas pour élever leurs enfants ou
pour toute autre raison. Dans les deux pays elles
sont nombreuses à avoir un emploi à temps partiel. Tandis que les Françaises sont les plus nombreuses à avoir un emploi à temps complet.

Les solutions pour rendre compatible l'emploi
féminin avec les charges domestiques sont variées
et utilisées différemment dans chaque pays et dans
chaque catégorie sociale. La solution la plus traditionnelle consiste à ce que la femme quitte son
emploi à la première naissance et qu'elle le
reprenne lorsque ses enfants sont élevés. Elle
demeure la plus répandue dans les pays méditerranéens, en Grande-Bretagne et aux Pays-Bas.
L'enfant unique est une solution qui se répand en

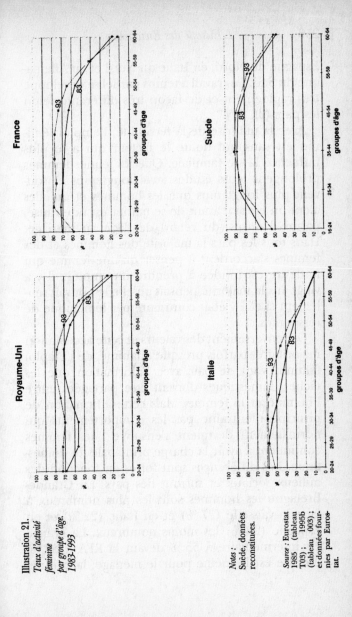

Illustration 21.
*Taux d'activité
féminine
par groupe d'âge.
1983-1993*

Notes :
Suède, données
reconstituées.

Source : Eurostat
1985 (tableau
T03) ; 1995b
(tableau 003) ;
et données four-
nies par Euros-
tat.

Espagne du Nord, en Italie du Nord et en Allemagne du Sud. Le travail à temps partiel se développe très rapidement et de façon très différente selon les pays (**ill. 21**).

Avec la maîtrise de la fécondité, l'emploi féminin est sans nul doute le facteur qui a le plus influencé la vie familiale. Que les jeunes femmes prolongent leurs études aussi longtemps et souvent plus longtemps que les hommes et qu'elles aient un emploi avant de se marier est une cause, parmi d'autres, du retard de l'âge au mariage. Dans tous les pays la majorité des hommes et des femmes s'accordent à penser qu'une femme qui le désire est fondée à prendre un emploi ; il y a vingt ans la majorité pensait qu'elle le pouvait seulement si elle y était contrainte par le manque de ressources.

Ce renversement des valeurs et cette acceptation majoritaire, parfois presque unanime, de l'emploi féminin vont de pair avec l'affirmation que les tâches domestiques doivent être partagées entre l'homme et la femme. Mais cette affirmation de principe n'entraîne pas les comportements qui normalement devraient s'ensuivre : les femmes continuent à avoir la charge principale du domestique. Les différences sont fortes en fonction des milieux sociaux et surtout des pays. En Grande-Bretagne les hommes sont les plus nombreux à faire la vaisselle (77 %) et en Italie (22 %) et en Espagne (26 %) les moins nombreux. La France est intermédiaire à 55 % devant la RFA à 38 %. L'ordre est le même pour le ménage, la cuisine, le repassage, tandis que les courses sont plus également réparties entre conjoints dans tous les pays. Nous disposons à l'heure actuelle de trop peu d'études comparatives sur la quotidienneté de la vie domestique pour pouvoir mener des analyses significatives.

Comment expliquer cette diversité de solutions nationales ? Pourquoi les femmes se sont-elles massivement portées sur le marché du travail ? Est-ce pour gagner de l'argent ? Pour avoir un degré plus élevé de liberté à l'égard du conjoint ? Pour avoir une position sociale personnelle dans une société où la profession est le principal moyen de se donner une identité sociale ? Pourquoi les Hollandaises et les Allemandes du Nord sont-elles si réticentes à prendre un emploi ? Comment les Scandinaves en sont-elles arrivées à choisir le mi-temps alors que les Françaises ont un emploi à temps plein ? Pourquoi les femmes ligures se limitaient-elles à un enfant alors qu'elles n'avaient pas d'emploi ?

Le souci de la position sociale, c'est-à-dire de la carrière, se trouve contrarié par la difficulté de concilier carrière et vie familiale. Parmi les femmes cadres qui « réussissent », une forte proportion demeurent célibataires. Le mariage accroît les chances de réussite professionnelle de l'homme, mais diminuent celles de la femme (Singly, 1987). Les habitudes de gestion des employeurs ont visiblement été modifiées plus rapidement en Suède qu'en France. La politique sociale et les méthodes de garde et d'élevage des petits enfants ont certainement une influence, le nombre de crèches et les congés parentaux donnent la possibilité de reprendre le travail plus rapidement.

Il semble bien que les mesures sociales aient suivi le mouvement vers l'emploi féminin plutôt qu'elles ne l'aient favorisé au départ. La politique sociale est le reflet du mouvement social qu'elle accompagne, plutôt que l'expression d'une volonté politique. En Allemagne, l'école occupe les enfants à mi-temps, au Nord comme au Sud, or au Sud les femmes sont plus nombreuses à avoir un emploi et la natalité y est plus faible que dans le Nord. Les écoles maternelles se sont multipliées en France à partir de 1975, sans guère d'effets décelables sur la natalité. En Suède, il semble que la mère considère de son devoir de s'occuper elle-même de son enfant ; tandis qu'en France les mères pensent qu'il est bon pour les enfants qu'ils soient socialisés très jeunes en se frottant à leurs copains, qu'il faut donc les confier dès que possible à la crèche. Au bout du compte, le système de valeurs serait la cause à fois des comportements individuels et des politiques publiques nationales.

Cette évolution vers l'égalité des sexes par un curieux retour de flamme crée des inégalités nouvelles. En conquérant leur indépendance, les femmes font progresser l'individualisme puisqu'elles ne sont plus liées ni soumises à leur conjoint aussi étroitement que par le passé. L'inégalité dans le couple bridait la liberté individuelle des deux conjoints, l'égalité autorise la liberté. Mais cette égalité, jamais atteinte, est créatrice d'inégalités variées dans la vie professionnelle et la vie domestique, dans la carrière et les revenus ; enfin l'autonomie choisie de la mère célibataire et la solitude subie de la femme divorcée prennent la dimension d'un véritable problème social.

La fragmentation des anciennes classes et l'enrichissement moyen ont donné l'impression que l'égalité était en train de progresser, mais de nouvelles inégalités plus nombreuses et plus nuancées se sont fait jour. L'État-providence, qui devait assurer à tous les citoyens un bien-être minimum, a créé des inégalités d'accès aux ressources. L'information devient un atout essentiel pour trouver la meilleure école et le meilleur hôpital. La ségrégation sociale dans les villes s'est accrue dans presque tous les pays. Si les quartiers « difficiles » des villes européennes ne sont pas comparables aux ghettos des États-Unis, leur détérioration s'est accentuée dans les années récentes de manière scandaleuse. Le chômage endémique en Europe crée un clivage majeur entre ceux qu'il touche et ceux qui en sont protégés. Ces formes de segmentation de la société donnent une fonction nouvelle aux différents réseaux qui constituent un maillage social en renforcement. L'exemple le plus clair est la parentèle qui relie les trois catégories d'âge : les grands-parents sont au service de leurs descendants, entretiennent la vie festive et la mémoire familiale et ils participent à l'éducation des petits-enfants. Ce schéma se répand dans d'autres domaines.

UN NOUVEAU SOUS-PROLÉTARIAT ?

Si l'on reprend l'image de la toupie présentée au chapitre précédent, on voit qu'aux deux extrémités se manifeste une tendance dangereuse à la cristallisation : la pauvreté devient de plus en plus stigmatisante et l'élite a une fâcheuse propension à se refermer sur elle-même, comme on le verra plus loin.

Au XIXe siècle, la misère des classes laborieuses paraissait aux observateurs de l'époque un effet, navrant mais inévitable, de l'industrialisation. Plus l'industrie progressait et enrichissait les riches, plus elle appauvrissait les pauvres. Pendant les Trente glorieuses, par une volte-face idéologique remarquable, naquit l'espoir que l'enrichissement global profiterait enfin à tous et qu'en conséquence la pauvreté se trouverait naturellement réduite. En effet dans de nombreux pays on voyait disparaître les poches traditionnelles de pauvreté : taudis, bidonvilles, vieillards isolés et sans ressources. Or ce soulagement fut temporaire et, à nouveau, l'enrichissement de la société entraîne une augmentation de la pauvreté.

La pauvreté d'autrefois était répartie partout, en ville comme à la campagne. Cette pauvreté était héréditaire : on naissait pauvre, de parents pauvres, et on le demeurait toute sa vie. À ces miséreux, s'ajoutaient les vieillards incapables de travailler, sans autre moyen pour survivre que la charité publique. Aujourd'hui au contraire, une pauvreté « nouvelle » en train de se développer est un processus de « disqualification sociale », selon le mot de Serge Paugam (1996) : on tombe dans la pauvreté à cause d'un accident de la vie, principalement le chômage, la maladie, et le divorce pour les femmes. Par définition, on peut donc en sortir en retrouvant du travail, la santé ou un conjoint. Mais après un certain temps, on n'a plus l'espoir d'être embauché ; certaines maladies et handicaps sont incurables ; et une mère de plusieurs enfants a peu de chances de « reconstituer » une famille à deux parents. Par conséquent, une fois « tombés » dans la pauvreté, beaucoup ne peuvent plus en sortir. Le plus grave serait que la pauvreté redevienne héréditaire : que les enfants de chômeurs en échec scolaire ne puissent trouver un emploi et soient condamnés au chômage. Ainsi se recréerait un sous-prolétariat, scandale inadmissible dans notre société opulente, et d'idéologie égalitaire.

Il est très difficile de mesurer le nombre de pauvres dans un pays et encore plus de comparer ces chiffres dans les différents pays. Si l'on prend comme référence de base la moitié du revenu médian et les gens qui vivent des aides des services de l'État-providence, dans la plupart des pays les données, disponibles selon ces critères, permettent d'évaluer le pourcentage de pauvres à moins de 10 % de la population en France, il est supérieur au Portugal, en Italie et en Espagne où règne encore une pauvreté de sous-développement, tandis qu'en Belgique, en Hollande et en Scandinavie il est moins élevé. Les différences régionales sont beaucoup plus fortes. En Italie en 1993, selon les critères de la Commisione sulla poverta, le rapport est de un à quatre entre le Nord (5,4 %) et le Sud (20 %). Selon les critères espagnols, dans 11 provinces sur 43, la proportion de familles pauvres se situe entre 30 % et 41 % pour une moyenne nationale de 19,4 %.

Le chômage est la cause majeure de la pauvreté. Dans tous les pays pour lesquels des données sont disponibles, la précarité professionnelle est fortement corrélée avec la précarité conjugale, en d'autres termes, la famille paraît protéger du chômage. Mais est-ce le chômage qui rompt les liens familiaux ou l'instabilité conjugale qui favorise le chômage ? On ne peut le dire. Les relations de parenté se distendent avec le chômage, ce phénomène visible en Allemagne est particulièrement net en France où le chômage entraîne un affaiblissement des réseaux sociaux et un repli sur soi du chômeur et de sa famille. Les parents offrent un soutien pendant un certain temps, puis espacent leurs aides et leur sociabilité ; les relations avec les anciens compagnons de travail se distendent et bientôt disparaissent ; la sociabilité de voisinage n'est plus ce qu'elle était dans les quartiers ouvriers. L'importance du travail et du métier dans les valeurs françaises actuelles fait que le chômeur se sent dégradé et qu'il est renforcé dans ce sentiment par la distance qui se crée autour de lui avec parents, collègues et voisins. En Angleterre, la force du mode de vie ouvrier, l'importance du voisinage, le rôle d'institution comme le pub et la moindre valorisation du travail font que le chômeur anglais ne se sent pas dégradé comme le français et qu'il conserve sa sociabilité et même l'amplifie : une véritable sociabilité de chômeurs se crée. En Italie, la précarité professionnelle renforce les liens familiaux, sans doute est-ce par suite du poids du Mezzogiorno, nous y reviendrons. Comme on le voit, la façon de vivre le chômage est extrêmement contrastée.

Le regard sur la pauvreté varie d'un pays à l'autre et évolue dans le temps. Il y a dix ans les Français pensaient en majorité que si des gens étaient pauvres, c'était principalement de leur faute : ils n'avaient pas su ou pas voulu se donner le mal d'en sortir. Aujourd'hui, l'opinion publique s'est retournée et juge que la pauvreté est un malheur social qui s'abat sur de « pauvres gens » (au sens manque de capacités) et qu'il faut donc les aider parce qu'ils ne sont pas responsables de ce qui leur est arrivé. La pauvreté est devenue un thème politique majeur qui a été au cœur de la campagne présidentielle de 1995 : la « fracture sociale » doit être combattue par tous les moyens au nom de la « solidarité nationale » et du pacte républicain. À l'inverse, les Anglais pensent en majorité qu'il faut stimuler les pauvres, leur donner l'esprit d'entreprise et ne pas les laisser se prendre au piège de l'assistance. Il faudrait donc diminuer les allocations diverses, notamment les

allocations de chômage, déjà très faibles comparées aux autres pays. La moitié des Allemands pensent qu'il n'y a pas de pauvres dans leur pays et
20 % regrettent qu'ils n'aient pas encore totalement disparu. Selon Eurobaromètre de 1989,
dans les pays du Sud, la pauvreté est considérée
par la majorité de la population comme un état
permanent qui se transmet d'une génération à
l'autre, tandis que dans les pays du Nord, pour la
majorité de la population la pauvreté résulte
d'une chute sociale. Au Danemark, 31 % des
enquêtés ne répondent pas à la question, montrant par là que le problème ne fait pas partie de
leurs préoccupations **(tabl. 8)**.

Des attitudes différentes à l'égard de la pauvreté
et des situations contrastées se traduisent par des
politiques différentes. Certains pays ont établi,
depuis plus ou moins longtemps, un revenu minimum d'insertion. De son analyse comparative,
Serge Paugam souligne les divergences nationales.
Il oppose trois types de visions de la pauvreté :

— La *pauvreté intégrée* se trouve dans les régions
sous-développées et sous-industrialisées. Les pauvres sont nombreux, peu différents de la masse de
la population et ne sont pas « stigmatisés », ni perçus ou traités comme un groupe social particulier.
Ils restent fortement intégrés aux réseaux de sociabilité familiaux et de voisinage qui les aident et
les soutiennent, en particulier grâce à l'économie
informelle. Les autorités nationales et européennes considèrent que dans ces régions la pauvreté
doit être combattue par une politique de dévelop-

Tableau 8. *Représentation de la pauvreté par des personnes
estimant avoir vu des gens « pauvres »*[*]

	Pauvreté « héritée »	Pauvreté subie après une « chute »	Sans réponse	Total
Belgique	34	41	25	100
Danemark	20	49	31	100
Allemagne	24	57	19	100
Espagne	50	32	18	100
France	34	52	14	100
Irlande	35	55	10	100
Italie	55	27	18	100
Pays-Bas	17	59	24	100
Portugal	63	21	16	100
Royaume-Uni	31	54	15	100
Europe des 12	40	42	18	100

* La question posée s'adresse aux personnes qui ont déclaré avoir vu dans leur quartier ou village des gens caractérisés par : l'extrême pauvreté, la pauvreté ou le risque de tomber dans la pauvreté. On leur demande si ces gens ont toujours été dans leur situation actuelle (pauvreté « héritée ») ou au contraire y sont tombés après avoir connu autre chose (pauvreté subie après une « chute »).

Source : Eurobaromètre, *La perception de la pauvreté en Europe*, 1990.

pement économique et non par une assistance aux plus démunis. Dans le Mezzogiorno les pauvres sont insérés dans le système social de clientèle : pour recevoir les diverses allocations des agences étatiques il faut faire allégeance. Les pauvres ne sont pas stigmatisés puisqu'ils ne sont pas différents, ils sont, pourrait-on dire, la base de la société dont ils incarnent le système de fonctionnement.

— La *pauvreté marginale* ne constitue qu'une petite frange de la société rassemblant les inadaptés, et les laissés-pour-compte de la croissance économique. Les pauvres sont en quelque sorte « produits » par le développement de la société. Celle-ci doit les encadrer grâce à des institutions et des mesures sociales variées de l'État-providence. C'est la pauvreté des Trente glorieuses, et encore aujourd'hui la majorité des Allemands disent que la pauvreté n'existe pas dans leur pays. En France, dans les années cinquante et soixante, cette pauvreté était invoquée par le Parti communiste à l'appui de sa thèse sur la paupérisation de la classe ouvrière, montrant bien par là que les pauvres faisaient partie, selon la saine doctrine, de la classe ouvrière et n'étaient ni des sous-prolétaires et encore moins des exclus, notion qui n'avait pas encore été forgée.

— La *pauvreté disqualifiante* résulte de divers mécanismes qui excluent du fonctionnement normal de la société un nombre de plus en plus grand de gens qui « tombent » dans la pauvreté le plus souvent par suite d'un « accident » de la vie, comme il a déjà été dit : chômage, maladie de longue durée et divorce pour les femmes. La dévalorisation sociale est ressentie d'autant plus péniblement par des gens qui ne sont pas nés dans la pauvreté et n'ont pas connu une enfance misérable, comme dans les types précédents. Pour les individus, la disqualification est une menace qui les touche personnellement. Pour la société, c'est un problème majeur de structure sociale et non plus simplement un problème marginal relevant de l'assistance sociale.

En milieu rural la pauvreté est moins apparente

parce que prise dans des réseaux sociaux et familiaux d'entraide et d'économie informelle et par des aides plus personnalisées. Dans les zones rurales de régions industrialisées, le chômage n'a pas les mêmes conséquences qu'en ville ; les ouvriers conservent leur position sociale dans leur village en retournant à des activités « rurales » : jardinage, aide saisonnière aux agriculteurs, bâtiment, forestage, etc. Le phénomène est donc principalement urbain.

En Italie (Oberti, 1996), les trois grandes villes industrielles, Turin, Gênes et Milan se sont développées par l'arrivée de la main-d'œuvre du Sud. Le mouvement ouvrier et l'État-providence ont su organiser l'intégration urbaine de ces immigrés et la crise industrielle actuelle n'a pas été assez profonde pour créer de larges zones de chômage. La famille, les réseaux associatifs, syndicaux et chrétien ont joué puissamment pour soutenir les chômeurs en difficulté. Dans la troisième Italie, l'industrialisation à petite échelle est arrivée plus tardivement et la crise récente a été moins brutale que dans la « vieille » industrie, par ailleurs le système de petites entreprises et surtout l'économie informelle et le travail au noir rendent difficile la comptabilisation d'un taux de chômage, qui est le plus souvent partiel, temporaire ou périodique. Dans les grandes villes du Mezzogiorno, Naples, Palerme, Bari, des quartiers entiers de marginalité urbaine sont anciens et prennent une vie nouvelle grâce à l'État-providence, et à l'économie criminelle de la Mafia. C'est un autre monde.

En France, les zones de pauvreté urbaine ont deux origines : dans les villes du Nord, la désindustrialisation et le chômage massif ; dans des grands ensembles des banlieues construites dans les années soixante, un mécanisme de relégation sociale. Il y a trente ans, une population jeune de catégories sociales diverses trouvait dans ces grands ensembles un logement décent et des conditions de vie plus acceptables qu'en centre-ville ou dans des cités plus ou moins provisoires. Leurs revenus augmentant et leurs enfants grandissant, les ménages de classe moyenne ont eu tendance à émigrer vers des quartiers plus plaisants, où les écoles et les services publics étaient de meilleure qualité, et souvent ils sont devenus propriétaires. Ils ont été remplacés par des immigrés qui faisaient venir leur famille grâce à la politique de regroupement familial. Tous les efforts des municipalités et des offices d'HLM pour conserver un certain équilibre social dans ces quartiers n'ont guère obtenu de résultat. Ce mécanisme rappelle le développement des quartiers noirs dans les métropoles américaines, cependant, il n'a pas créé en France de véritables ghettos comme aux États-Unis, en Grande-Bretagne et en Allemagne.

En Angleterre, la relégation urbaine s'est développée dans les grandes villes du XIXe siècle, nées de l'industrie. Usines et ouvriers s'y trouvaient au centre, tandis que les populations bourgeoises habitaient au pourtour du noyau industriel ; plus récemment le relais y a été pris par les nouvelles classes moyennes salariées. La crise de désindustrialisation a été plus brutale en Angleterre qu'ailleurs, puisque l'industrie y était plus importante. Certaines de ces *inner cities* sont donc devenues des friches industrielles peuplées par des populations d'exclus qui ne trouvaient ailleurs ni emploi ni logement, plus particulièrement des immigrés de couleur, jamaïcains, pakistanais, etc. Ces populations gîtent dans ces décombres et y forment des ghettos où la violence raciale est endémique.

Dans l'ensemble les chiffres tendent à montrer que le nombre des pauvres n'augmente guère dans tous les pays, grâce à toutes les mesures de soutien qui maintiennent beaucoup de familles au-dessus du seuil de pauvreté, mais ils déguisent des réalités très contrastées entre les pays. Le pauvre de la banlieue lyonnaise est différent de celui de l'agglomération lilloise, qui vivent leur pauvreté autrement que ceux de Birmingham, Coventry ou Gênes, sans oublier Naples. Les mécanismes de disqualification sociale, individuels et collectifs, sont complètement différents, la situation sociale et familiale, les formes de sociabilité entraînent des conséquences psychologiques incomparables. Cependant la situation relative des pauvres s'aggrave à mesure que l'ensemble de la société s'enrichit, que les mécanismes de réinsertion se grippent et que les effets de stigmatisation se banalisent.

FORMATION ET RECRUTEMENT
DES DIRIGEANTS[1]

À l'autre extrême de la hiérarchie sociale, beaucoup d'observateurs s'inquiètent de la sclérose des
classes dirigeantes et de leur faible ouverture aux
nouveaux venus, d'origines sociales variées. Tous
les pays ont voulu réduire l'inégalité des chances
des enfants à l'école et ces efforts de démocratisation ont été partout couronnés de succès, sur le
plan quantitatif. L'école s'est ouverte à tous et a
gardé plus longtemps tous les élèves. Chaque pays
a organisé son système d'enseignement selon ses
traditions particulières. Au début du siècle, deux
écoles coexistaient. L'école du peuple enseignait
en six ans les rudiments de la langue, de l'arithmé-
tique, de l'histoire nationale ainsi que la discipline
collective et civique. L'école de l'élite durait une
douzaine d'années et transmettait les humanités.
Depuis l'entre-deux-guerres et surtout depuis
1945, ces deux écoles ont été fondues de manières
variées selon les pays. Avant guerre un faible pourcentage d'une cohorte arrivait jusqu'à la fin de
l'enseignement secondaire : entre 4 et 10 % selon
les pays. Aujourd'hui, près de 90 % des jeunes de
16 à 18 ans poursuivent leurs études en France,
en Allemagne, en Belgique, aux Pays-Bas ; ils sont

1. Je remercie Ezra Suleiman de m'avoir aimablement autorisé
à réutiliser la conclusion du livre que nous avons dirigé : *Le recrutement des élites*, La Découverte, 1995.

moins nombreux au Royaume-Uni (70 %), en Espagne, en Italie et au Portugal. Dans la plupart des pays, 20 % de la population est en cours d'études (y compris l'université), un peu moins en Allemagne (en partie à cause de l'apprentissage, non comptabilisé), en Italie et surtout en Espagne qui vient de réformer complètement son système scolaire. Les Pays-Bas sont au-dessus de la moyenne. La France est le pays qui scolarise le plus longtemps ses enfants puisqu'ils sont presque tous à l'école à trois ans et restent plus nombreux et plus longtemps à l'université. Malheureusement cette politique de démocratisation quantitative n'a pas donné les résultats escomptés : l'égalité des chances n'a guère fait de progrès dans aucun pays.

Quittons l'analyse de la formation de base pour comparer les mécanismes de sélection des élites dans différents pays. Si l'on compare le fonctionnement des institutions universitaires, le contraste est complet entre le système anglais hautement sélectif à l'entrée et le système italien largement ouvert à l'entrée et très sélectif pour le diplôme : en Grande-Bretagne, la quasi-totalité des étudiants entrés à l'université obtiennent leur licence, alors qu'en Italie ils ne sont que 31 %. L'Allemagne, les Pays-Bas et la Suède sont proches de la Grande-Bretagne (83 % et 87 %). La France, la Belgique et le Danemark sont à 55 %, 61 % et 70 %. Il est vrai qu'en France la différence est totale entre les « écoles », grandes ou moins grandes, les IUT et les STS, d'où tous les étudiants sortent diplômés, et l'Université qui sélectionne au cours des deux premières années. Le taux de scolarisation dans l'enseignement supérieur par rapport à la classe d'âge varie fortement : 8,5 % en Grande-Bretagne, 8,7 % aux Pays-Bas, 25 % en Autriche, 23 % en Espagne, en France 18,3 %, et en Allemagne 19,1 %. On voit dans ces chiffres le contraste entre le système anglais, sélectif et malthusien, les systèmes méditerranéens et autrichiens largement ouverts, et les systèmes du nord du continent, intermédiaires.

Trois modèles de formation des élites ont été identifiés par Peters (1978) :

— Le modèle anglais d'Oxbridge se caractérise par un recrutement aristocratique à travers les *public schools* dans deux universités qui donnent une formation générale grâce aux « humanités » ; le droit et l'économie sont secondaires.

— Le modèle français des grandes écoles, fondé sur le concours égalitaire, se veut méritocratique. La formation mathématique à Polytechnique, en droit public et en économie à Sciences-Po et à l'ENA, produit une élite très différenciée et très limitée en nombre, qui a un fort esprit de corps.

— La formation juridique domine en Allemagne, en Autriche, en Hollande, en Scandinavie et en Italie, elle correspond à une vision limitée de la fonction administrative conçue comme l'application de la règle. Elle ressemble au *functional training* à l'américaine fondé sur un système universitaire très diversifié qui favorise l'expérience acquise dans un domaine particulier de l'action publique au cours des relations entre fonctionnaires, hommes politiques et responsables économiques.

On voit aisément que tout le système scolaire et universitaire est ici mis en question. Le système français, qui se veut égalitaire et démocratique, est tout entier orienté, tendu pourrait-on dire, vers les concours des grandes écoles, auxquels seule une infime minorité accède. Le système britannique est toujours centré sur la formation équilibrée d'un gentleman. Le système allemand est fondé sur des universités nombreuses dont l'enseignement est organisé selon un curriculum uniforme, ainsi des docteurs en droit d'origines très variées entrent dans l'administration et la vie politique avec une même formation. À la suite d'une longue recherche sur les dirigeants de l'industrie allemande, Hervé Joly (1996) conclut : « Le système allemand est d'autant plus ouvert par rapport au système français qu'il fonctionne avec une grande pluralité géographique des lieux de formation. Il n'existe pas d'université "d'élite", ou du moins, de hiérarchie évidente et stable entre les universités. La formation supérieure des dirigeants se répartit entre les divers établissements d'enseignement supérieur, sans que l'un soit globalement dominant » (p. 78).

Le contraste le plus frappant est fourni par le recrutement des généraux. Dominé par les valeurs égalitaires et méritocratiques de la République, le système français doit assurer à tout jeune officier,

sinon à tout soldat, la possibilité d'atteindre les
étoiles. Des concours nationaux sont ouverts à tous
ceux qui veulent entrer à Coëtquidan. En Grande-
Bretagne, au contraire, chaque régiment coopte
ses jeunes officiers à travers des clubs d'anciens,
avant de les envoyer à Sandhurst. On ne peut
mieux illustrer deux conceptions contradictoires
de la société et de la citoyenneté. Or, au bout du
compte, lorsque l'on analyse les carrières des
généraux, on s'aperçoit qu'un grand nombre ont
servi chez les *Royal green jackets* en Grande-Bretagne et au 2e régiment étrangers de parachutistes
en France ; comme si à ces deux régiments avait
été confié le soin de former les futurs grands chefs
militaires. Comme quoi, des idéologies contradictoires, des mœurs et des institutions très contrastées peuvent conduire à des résultats moins différents qu'on ne l'aurait attendu. De leur côté, les
Allemands demeurent dominés par la crainte de
voir le grand état-major prussien se reconstituer.

L'*establishment* britannique paraît bien se porter
puisque il a su coopter Margaret Thatcher et John
Major et les porter au pinacle. En France, la création de l'ENA avait pour but de démocratiser
l'accès à la haute administration publique et y a
réussi dans un premier temps. Mais aujourd'hui,
les deux super grands corps, l'inspection des
Finances, issue de l'ENA, et le corps des Mines,
issu de Polytechnique, ont su prendre l'avantage
sur les autres, et constituer le noyau dur de la vie
politique administrative et économique, grâce au
pantouflage. Les grandes firmes nationales sont

privatisées les unes après les autres, mais n'en conservent pas moins leurs équipes peuplées d'énarques et de « mineurs ».

Si l'on compare la France et l'Allemagne, on voit que le choix des futurs dirigeants se fait beaucoup plus tôt chez nous. Dès vingt ans, on connaît ceux qui ont de sérieuses chances d'atteindre les cimes du pouvoir : parmi ceux qui ont réussi les concours, certains n'y parviendront pas, mais ceux qui y parviendront auront presque tous réussi un des deux ou trois principaux concours. En Allemagne, il faut attendre 35 ou 40 ans pour qu'un début de carrière bien réussi vous ouvre les chemins des postes dirigeants dans la politique, dans l'administration ou dans les entreprises. Selon Hervé Joly (1996), les deux tiers des docteurs dirigeants d'entreprises industrielles ont débuté leur carrière entre 25 et 30 ans et après 28 ans parmi les plus jeunes. De plus en Allemagne la structure fédérale de l'État et les traditions font qu'un professeur d'une université prestigieuse n'a aucune raison de la quitter pour aller à Bonn, ou même à Berlin. De même, les ministres et premiers ministres de *Länder* hésitent à quitter leur capitale pour la capitale fédérale. Des exemples analogues peuvent être trouvés ailleurs, en Italie notamment. Paris et Londres sont, au contraire, l'aboutissement obligé de tout succès professionnel. Il n'est donc pas surprenant qu'on trouve, ici et là, une élite restreinte et homogène d'origine.

Dans le système français presque tous les dirigeants débutent dans l'administration pour « pantoufler » tardivement dans les entreprises ou la politique, ils ne font donc pas leur apprentissage en gravissant les échelons de l'entreprise et les débuts difficiles des luttes électorales et des responsabilités locales. Ils sont « parachutés » à la direction générale ou dans des fiefs électoraux confortables, exception faite des jeunes gaullistes partis à l'assaut des circonscriptions de gauche dans les années soixante. Si les énarques prennent l'habitude de pantoufler plus tôt, ils accèdent à la direction générale après une carrière d'entreprise plus longue et l'ENA deviendra une super business school, comme l'annonce Michel Bauer (*in* Suleiman, Mendras, 1995). Par ailleurs, si les hauts fonctionnaires devaient démissionner de leur corps pour se faire élire, ils prendraient un risque politique, comme les autres élus.

En attendant, les « mafias » d'anciens élèves se perpétuent admirablement des deux côtés de la Manche ; *old boys* là, énarques et X ici. On en voit clairement les inconvénients. Pour la France, il suffit de mentionner la débâcle de la sidérurgie, la politique agricole et le scandale du Crédit lyonnais et du Crédit foncier pour convaincre qu'une élite trop étroite et trop cohérente a grand-peine à remettre en question une politique établie. En revanche, les avantages sont plus rarement analysés : un pays de taille moyenne peut être gouverné par un noyau de gens qui se connaissent bien à condition que des mécanismes de contrôle soient suffisamment efficaces. En outre il ne faut pas que l'arbre cache la forêt : derrière la petite élite au pouvoir se sont développées des cohortes nombreuses d'anciens élèves des écoles de commerce et d'ingénieurs, qui se sont multipliées depuis trente ans, et commencent à accéder à des postes de responsabilité. Cela dit, la complexité croissante des problèmes à l'échelle nationale milite certainement pour des élites diversifiées d'origines sociales différentes, de formations variées et aux intérêts contradictoires, alors seulement le marchandage politique au plus haut niveau peut jouer son rôle essentiel.

Face à cette diversité de formations et *cursus honorum*, l'Europe pose un problème difficile : doit-on inventer de nouveaux mécanismes de formation et de recrutement des élites pour répondre aux besoins des administrations et des entreprises internationales ? Les systèmes français et anglais sont évidemment inadaptés aux structures internationales puisque les *old boys* ne sont plus entre eux et que leurs réseaux restent confinés dans leurs pays d'origine. Les études sur la gestion comparée des grandes entreprises multinationales commencent à se développer (d'Iribarne, 1993) et montrent à quel point les conceptions sont incompatibles entre l'individualisme britannique et le sens de l'honneur des Français, le respect du groupe des Allemands, des Hollandais et des Scandinaves, l'arrangement clientélaire à l'italienne, le goût de la cooptation et le juridisme des Anglais qui veulent que tout soit précisé dans un contrat clair. Lorsque ces trois modèles de gestion vont se confronter dans la pratique d'un fonctionnement

bureaucratique, il est difficile de prévoir celui qui
va l'emporter. De même, entre la formation huma-
niste anglaise, la formation juridique allemande
et la formation historico-économique française,
quelle est celle qui prépare le mieux les fonctionnaires à remplir quelles fonctions ?

CONCLUSION

Faut-il renoncer à voir notre société comme un
conglomérat de grands groupes sociaux ? Les progrès de l'individualisme ont-ils entraîné une nouvelle forme de structure, en clivages et en réseaux,
beaucoup plus difficile à modéliser ? Par ailleurs
le développement de l'État-providence a créé des
institutions neuves qui assurent à chaque citoyen
l'accès à l'école et aux soins médicaux, la protection contre les risques majeurs, notamment le chômage, et enfin une pension de retraite pour ses
vieux jours. Le citoyen se trouve donc moins
enserré dans les liens familiaux et les liens de voisinage.

Comme il a été dit au chapitre précédent, le
capitalisme européen s'est développé depuis
deux siècles en entraînant la formation des classes
sociales, puis leur effritement depuis la seconde
guerre mondiale. Ce phénomène est particulier et
caractéristique de l'Europe occidentale. Ni l'Autre
Europe, ni le Japon, ni même les États-Unis n'ont

connu une histoire analogue. Au sein de cette Europe chaque nation a vu se construire un équilibre particulier entre les classes. La classe ouvrière anglaise est la plus ancienne et a fourni à Marx son archétype de la notion même de classe. En Allemagne, c'est la classe moyenne salariée qui a marqué son histoire de la manière la plus profonde. La France a conservé jusqu'au second XXe siècle une paysannerie et une bourgeoisie patrimonialistes. Clientèles et petits entrepreneurs demeurent l'originalité de la société italienne. En Espagne, après une guerre horrible, une classe moyenne toute récente s'est donné la tâche de moderniser le pays. Aux Pays-Bas et en Belgique, les classes se sont imbriquées dans la structure religieuse traditionnelle. En Scandinavie enfin, la communauté d'agriculteurs ou de bûcherons a transmis des mœurs de gestion collective des intérêts.

Ce résumé, pour caricatural qu'il soit, montre à la fois l'unité et la diversité des sociétés européennes : le mot *classe* désigne des réalités historiques très variées selon les pays. Et ces réalités continuent à déterminer des comportements actuels, même après avoir perdu l'essentiel de leur existence, elles se survivent dans les conceptions, les valeurs et les mœurs et conservent des capacités d'action.

L'État-providence (Castel, 1995) a joué en faveur de l'individualisme puisqu'il traite séparément chaque « assujetti » qui a de moins en moins de « dépendants ». Mais cette couverture universelle n'a pas entraîné une diminution des inégalités aussi forte qu'on pouvait l'espérer ; elle en a même suscité de nouvelles, plus nuancées et moins contrastées, mais d'autant plus irritantes, voire insupportables. L'État-providence n'est pas le même dans chacune des nations. Celui de monsieur Beveridge n'est pas celui du chancelier Bismarck, ni celui du général de Gaulle, ni celui des sociaux-démocrates suédois, etc. En Grande-Bretagne, l'individualisme proclamé doit laisser l'individu responsable de soi, pour ne pas enlever son nerf au corps social. En Suède, à l'inverse, chaque citoyen doit être assuré d'un mode de vie décent lui permettant de participer au fonctionnement social. Entre ces deux principes antagonistes chaque nation a bâti un compromis qui devient instable à mesure que la scolarité s'allonge, que les soins médicaux deviennent de plus en plus dispendieux, que le chômage s'aggrave et que l'espérance de vie s'allonge.

Aujourd'hui les sociétés européennes sont traversées par toute une série de clivages dont les principaux ont été présentés dans ce chapitre. En instituant la retraite pour tous, l'État-providence a établi un clivage nouveau et radical entre âge actif et troisième âge, d'autant plus important que l'allongement de la vie augmentait le nombre des retraités. Parallèlement la jeunesse s'instituait au début de l'âge adulte par la prolongation de la scolarité, le retard au mariage et à l'embauche définitive. Ainsi le cycle de vie est-il partagé en trois périodes qui créent des catégories d'âge bien tranchées, qui ne partagent ni les mêmes valeurs, ni les mêmes contraintes, ni les mêmes ressources ni les mêmes modes de vie. Catégories et non classes puisqu'elles sont recoupées par les diverses catégories de revenus, de prestige et de culture.

La transformation du système productif a entraîné un rapprochement entre les tâches manuelles et les autres ; pourtant le clivage entre manuels et non-manuels demeure plus ou moins marqué selon les pays, mais présent partout. De plus l'augmentation du chômage accuse les différences entre fonctionnaires et salariés assurés de la sécurité de l'emploi d'une part et les salariés du privé menacés de chômage d'autre part ; ce clivage majeur traverse toute la hiérarchie des emplois tout en l'accentuant puisque le pourcentage des chômeurs est deux fois plus élevé parmi les manœuvres que parmi les cadres.

En acquérant son indépendance par un emploi, la femme se dissocie de son conjoint et devient son égale dans le ménage ; par là même se crée une inégalité nouvelle entre homme et femme, catégorielle et non plus personnelle. Inégalité de salaire, de réussite professionnelle, de responsabilités civiques et politiques. Cette inégalité entre les sexes devient une structure nouvelle de la société globale, qui recoupe les catégories d'âge, les hiérarchies professionnelles. Par un étrange paradoxe un progrès de l'égalité crée une multitude d'inégalités qui, étant nouvelles, sont d'autant plus irritantes.

Aux deux extrêmes de la société, ces clivages

coïncident pour cumuler soit les privilèges, soit les handicaps. D'un côté des phénomènes de disqualification sociale conduisent à la pauvreté sous ses différentes formes ; d'un autre l'exigence du diplôme et du savoir-faire social fait que la méritocratie peut conduire à la sclérose des élites dirigeantes.

Tous ces clivages, en s'enchevêtrant, entraînent un émiettement de la société et renforcent la tendance fondamentale à l'individualisme. Dans l'entrelacs des innombrables clivages, dont nous n'avons mentionné que les plus prononcés, à la limite chacun peut être différent de tous les autres. Mais individualisme ne veut pas dire isolement, bien au contraire le renforcement de l'individualisme suppose le renforcement des liens sociaux de toutes sortes et la multiplication des réseaux sociaux comme l'analyse de la religion et de la parenté l'a bien montré. Plus le croyant se crée pour soi-même une religion personnelle, plus il ressent le besoin de l'exprimer, de la partager avec d'autres dans des communautés reliées entre elles par des réseaux qui diffusent les croyances et les rites et organisent des rassemblements nombreux. Les sectes (au sens sociologique) ont des structures de réseaux alors que les Églises ont des organisations territoriales. De même, si la cellule familiale se fragilise, les liens de parenté se renforcent. On ne partage plus le même logement dans une large maisonnée, mais on vit à proximité dans une parentèle localisée, le réseau plus élargi de parenté entretient des rapports plus épisodiques, mais symboliquement forts. D'autres exemples pourraient être accumulés : réseaux d'amis, d'associations et d'activités diverses, culturelles et sportives notamment.

Ces innombrables réseaux forment un enchevêtrement de liens qui traversent les clivages et rassemblent les individus que les clivages divisent. Le voisinage avec les liens multiformes qui s'y nouaient, mais aussi les rivalités, les brouilles, les haines sanglantes qu'il entretenait, a perdu son rôle structurant de la vie sociale. La proximité spatiale et les frontières territoriales ne créent plus de liens internes et des clivages externes. La mobilité des individus, les moyens de transport et de communication traversent les frontières et les rendent de plus en plus inopérantes, à tous les niveaux, depuis la commune jusqu'à la nation. Les sociologues commencent seulement à analyser les réseaux sociaux et à théoriser leurs structures, leurs fonctions et leurs dynamiques variées. De leurs progrès en ces domaines dépend une meilleure compréhension de nos sociétés (Degenne, Forsé, 1994).

Clivages, réseaux, hiérarchies : ces trois structures forment la trame commune de notre Occident, que chaque société nationale ou régionale tisse à sa manière, et sur laquelle elle broche et brode les coutumes et les mœurs qui lui sont propres. Les mêmes tendances et les mêmes mécanismes se retrouvent à l'œuvre dans tous les pays, mais ils fonctionnent à partir de données historiques particulières à chacun d'entre eux, et par conséquent ne conduisent pas à l'homogénéité qu'on attendait, mais au contraire à une extraordinaire variété. Les contrastes sont sans doute moins marqués mais les nuances sont beaucoup plus variées. Énorme champ d'investigation, encore en friche, qui s'offre aux sociologues européens.

CHAPITRE VI

L'ÉTAT, ENTRE EUROPE
ET RÉGIONS

Le mot de Daniel Bell résume l'inadaptation de l'État face à la situation du monde d'aujourd'hui : « trop petit pour les grandes choses et trop grand pour les petites ». Cette boutade est particulièrement bienvenue pour les quatre grands pays d'Europe occidentale. L'Union européenne a créé une superstructure étatique qui, en plusieurs domaines, impose ses règles aux États membres. L'Otan coordonne les armées nationales. Les corps de troupe plurinationaux, la coopération dans la guerre du Golfe et la guerre civile en Bosnie ont créé des habitudes de collaboration entre armées. La Bundesbank s'est imposée comme le siège de décision majeur en matière de politique monétaire et économique. On l'a vu dès septembre 1991, quand M. Bérégovoy annonçait que la Banque de France baissait ses taux d'escompte et qu'un mois plus tard il a dû revenir sur sa décision parce que la Bundesbank élevait les siens à nouveau ; et quand elle a refusé de soutenir la livre en septembre 1992 alors qu'elle est venue au secours du franc un an plus tard. Le Conseil d'État a rendu un arrêt qui établit la prééminence des traités internationaux sur la législation française, autrement dit, les lois de la République votées par le Parlement sont de nul effet si la Cour européenne en dispose autrement. Enfin les accords de Schengen, lorsqu'ils entreront en action, supprimeront tous les contrôles à l'entrée des nations et repousseront les contrôles aux frontières communes des pays signataires. Qu'est-ce qu'un État qui ne commande plus seul à ses soldats, qui ne bat plus monnaie, qui ne peut plus légiférer en toute légitimité et qui ne contrôle plus ses frontières ? Cet État, qui a perdu l'essentiel de ses prérogatives régaliennes, n'est plus à proprement parler souverain.

D'un autre côté, dans presque tous les pays, le niveau régional s'est vu doté de nouvelles capacités au détriment de l'État. L'Allemagne est fédérale par constitution depuis la guerre. L'Italie a des provinces autonomes avec un gouvernement propre ; et les diversités régionales, analysées dans les chapitres précédents, en font une mosaïque autant qu'une nation homogène. L'Espagne demeure un agglomérat « impérial » de provinces. Si l'Angleterre a recentralisé les pouvoirs à Westminster, c'est aussi pour laisser plus de place au marché et aux grandes entreprises nationales devenues privées. Et l'autonomisme écossais donne à nouveau de la voix. La France a renoncé à sa centralisation monarchique et républicaine par la loi de 1982. L'État s'y décharge d'un nombre de plus en plus grand de ses tâches et de ses prérogatives sur les régions et les départements. En Belgique, deux gouvernements séparés gèrent les problèmes internes de la Flandre et de la Wallonie. Enfin dans tous les pays on voit les villes prendre des responsabilités nouvelles, notamment dans les domaines économique, scientifique et culturel. Une « Europe des villes » est en train de se constituer — certains diront de se reconstituer. Lyon regarde vers Turin et Stuttgart, Montpellier vers Barcelone, Lille se situe à mi-chemin entre Londres et Bruxelles, etc. Partout le gouvernement municipal a acquis la liberté de se définir une politique, et les moyens de la mettre en œuvre, notamment dans les domaines économique et culturel. Les villes, avec leurs régions, ont une légitimité nouvelle et deviennent des acteurs politiques majeurs.

Jusqu'à présent l'État était seul à imposer son pouvoir à ses citoyens et à combattre les autres États. Aujourd'hui chaque gouvernement est partie d'une triade avec l'Union européenne et les métropoles provinciales. Comme dans tout jeu de triade, si les plus faibles s'associent, le plus fort devient le plus faible : pris entre le niveau européen et le niveau provincial, l'État doit négocier avec eux et, s'ils s'allient, il y a fort à parier que l'État devra céder. C'est pourquoi les provinces et les métropoles régionales entretiennent des ambassades à Bruxelles et que la Commission tend à court-circuiter l'État pour agir directement dans les régions.

ORIGINES FRANÇAISE
ET ANGLAISE DE L'ÉTAT

En France, depuis Philippe Auguste, l'État s'est constitué autour de la monarchie et grâce aux légistes. Les hauts fonctionnaires français prennent plaisir à rappeler que « l'État a créé la Nation ». En Angleterre, l'État a pris sa forme à la suite de la révolution de 1640 contre la royauté et autour du Parlement. Ces origines contrastées expliquent encore aujourd'hui les différences majeures entre les deux pays. En Allemagne, l'État s'est constitué au XIXe siècle à partir de la bureaucratie prussienne. En Italie, il fallut attendre le XXe siècle pour que l'État s'établisse, d'abord grâce au parti fasciste, puis autour de clientèles politiques. De même en Espagne, un État moderne a pris forme à la fin du franquisme. On voit que le même mot désigne des institutions très originales et d'ancienneté variée d'un pays à l'autre.

Dès le XVIIIe siècle, en France et en Angleterre, la capacité de faire pression sur les organismes d'État et d'en obtenir des décisions est une arme majeure pour les groupes d'intérêts. Dans sa comparaison sur la formation de l'État des deux côtés de la Manche au XVIIIe siècle, H. L. Root (1994) fait ressortir le contraste entre l'absolutisme français et le parlementarisme anglais. D'un côté tout remonte au roi et donc à ses bureaux, même le plus petit conflit dans le moindre village perdu au fin fond de sa montagne. Par conséquent le favoritisme est le seul moyen d'obtenir une décision d'une administration surencombrée. Il faut monter jusqu'au ministre, et pour l'atteindre, il faut d'une manière ou d'une autre s'inscrire dans un réseau, une clique, une clientèle branchée sur ce ministre. Or les ministres changent et les réseaux se trouvent brusquement débranchés. Ce système entraîne la fragmentation des élites qui disposent chacune d'un accès à un pouvoir et obtiennent des décisions qui leur confèrent des privilèges. Pour les conserver, chaque élite, chaque groupe d'intérêt s'isole des autres qu'il regarde avec suspicion. L'information ne circulant pas, ni un marché politique ni un marché économique ne peuvent se mettre en place. Ce système rigide fut incapable de se réformer et conduisit tout droit à la Révolution.

En Angleterre, au contraire, toute décision prise par le Parlement supposait rivalités et compétition entre groupes d'intérêts. Certes le Parlement n'était élu que par un quart de million d'électeurs et souvent à travers des formes diverses de corruption, mais le pouvoir appartenait à quelques milliers d'individus qui formaient un véritable marché politique où les intérêts variés et contradictoires étaient relativement bien représentés. Ceux qui participaient aux différentes formes de marchandage étaient au fait des intérêts de chacun et partageaient un sentiment de solidarité. En prise directe sur les pouvoirs et les intérêts parti-

culiers, ce système avait beaucoup plus de souplesse que le français pour s'adapter au changement économique et social rapide du XVIIIe siècle.
Les intérêts généraux de la Nation étaient plus
clairement identifiés et discutés : « Le Parlement
jouait le rôle institutionnel d'un forum où les
groupes d'intérêts pouvaient chercher un consensus (...) et le rôle d'un modérateur dans les
conflits qui surgissaient pour l'attribution d'une
rente politique ou économique » (p. 313 et 318).
La corruption elle-même, endémique dans l'Angleterre du XVIIIe siècle, était plus efficace que le
favoritisme français : elle permettait de hâter les
décisions et elle intégrait le corrupteur et le cor-
rompu dans le système institutionnel.

En France, la centralisation de la bureaucratie
royale s'est développée dans une lutte contre les
féodaux et contre les parlements régionaux. Le roi
de France avait à la fois à entretenir une importante armée et à gouverner un pays divisé en
régions ayant des traditions juridiques, des systèmes de pouvoir, des économies paysannes, des
langues différentes. Tant de diversités étaient
insupportables au pouvoir royal. Pour faire contrepoids aux autorités seigneuriales et aux parlements régionaux, le roi s'appuyait sur la paysannerie, intervenait dans la gestion des communautés
villageoises et renforçait la propriété paysanne,
notamment en empêchant de clore les champs et
de distribuer les communaux au profit des gros
propriétaires. L'impôt direct était prélevé sous
forme d'une contribution globale de la commu-

nauté villageoise. En Angleterre, rien de comparable, point d'armée ni de grands. Dès la conquête normande au XIe siècle, le roi faisait établir un cadastre national, le *Domesday Book*, et affirmait ainsi que toute propriété foncière était sous la supervision du pouvoir royal. En France, le cadastre fut mis en chantier au début du XIXe siècle. En compensation, le système des *sherifs* puis celui des *Justices of Peace* avaient beaucoup plus d'autonomie, bien que choisis par la Couronne. À partir de la révolution de 1688, une communauté de vues se renforça entre les squires qui composaient les *Justices of Peace* et le Parlement : une même « classe politique » gouvernait à Londres et dans les villages.

Pour résumer : « Si le roi anglais disposait de moyens pour voir, entendre et parler par le truchement des notables locaux, c'était au détriment de toute communication directe avec le monde paysan. Au XIIIe siècle les paysans n'avaient pas accès à la justice royale pour évoquer les affaires les opposant à leurs seigneurs (...). Plus tard la montée en puissance du Parlement confirma le contrôle des seigneurs terriens sur le gouvernement des affaires rurales. En France, au contraire, la royauté voyait dans le village un allié pouvant l'aider à unifier la Nation et à réduire la fragmentation de l'autorité publique. La première mesure qu'elle prit pour se concilier les communautés paysannes fut de leur permettre l'accès aux cours de justice royales. (...) Habilitée à négocier comme une entité légalement reconnue, l'assemblée de village française pouvait se faire fortement entendre » (p. 19-20).

langue

Au XVIIIᵉ siècle, malgré la centralisation monarchique, la France demeurait un pays morcelé entre langues et coutumes juridiques différentes, traversé d'octrois et de péages. En Angleterre, au contraire, la langue était unique, l'économie était unifiée autour d'une ville, Londres, et d'un produit d'exportation, la laine. En France, la concentration de tous les pouvoirs dans la bureaucratie royale tenait les « classes éclairées » des villes de province éloignées de toute responsabilité publique, comme Tocqueville l'a souligné. Il en résultait une orientation théorique et abstraite de la réflexion et de la vision du monde de ces bourgeois, souvent de formation juridique. En Angleterre, au contraire, les « classes éclairées » s'occupaient d'agriculture, de sciences et de gestion de leurs localités et de leurs entreprises.

Les émeutes frumentaires chroniques eurent un effet sur le peuple et sur le pouvoir. Les pauvres des villes et des campagnes avaient intérêt à un bas prix des céréales, mais ces bas prix compromettaient l'investissement financier et gestionnaire des propriétaires et entravaient le progrès de l'agriculture. En Angleterre, les foules urbaines ont appris à s'organiser et à s'adresser au pouvoir, mais elles n'ont pas pu peser sur les décisions du Parlement, dominé par les propriétaires terriens, plus préoccupés par la production agricole et son exportation que par la consommation alimentaire. Les émeutiers étaient traités en criminels, ramenés à la raison par l'armée, la prison et le gibet. En France, au contraire, les émeutes étaient considérées comme politiques plutôt que criminelles. La famine étant endémique, les émeutes connurent souvent le succès auprès d'un pouvoir royal soucieux d'assurer la paix à l'intérieur du royaume par une répartition entre régions productrices et régions consommatrices ; d'où l'importance de la circulation des grains.

Ainsi se sont constitués deux types très opposés d'État qui serviront de modèle à tous les pays d'Europe occidentale, notamment l'Allemagne sous l'autorité de Bismarck, et l'Italie sous l'inspiration de Cavour. La Hollande a suivi un chemin parallèle en transformant la République des Provinces-Unies en une monarchie après l'occupation napoléonienne. Le Portugal est devenu rapidement un État tandis que l'Espagne a attendu le franquisme pour mettre sur pied les éléments d'un véritable État. Dans la monarchie scandinave, l'État prit forme sur le modèle de la communauté traditionnelle. On voit que derrière l'État-nation et la démocratie occidentale, des organisations étatiques extrêmement différentes se sont constituées. Les mots ne doivent pas cacher les réalités.

ADMINISTRATION ET DÉMOCRATIE

Les États-Unis ont développé leurs institutions démocratiques bien avant leur administration, tandis que l'Allemagne et la France avaient développé une bureaucratie forte et cohérente dès le XVIIIe siècle. La bureaucratie prussienne et la bureaucratie royale ont conservé leur fonction de charpente de la nation, ce que les Français appellent l'État, à travers les différents régimes politiques qui se sont succédé au pouvoir. Sans remonter à l'époque révolutionnaire, au XXe siècle, la bureaucratie prussienne a servi l'Empire, Weimar, le nazisme puis la république de Bonn sans changement majeur de personnel, ni de routine. Les épurations n'ont jamais touché qu'un nombre restreint de dirigeants. Il en a été de même en France en 1940, 1945 et 1958. Dans le bureau les ministres passent, dans l'antichambre les huissiers demeurent, comme le fait remarquer un observateur ironique. Cette continuité s'est vérifiée une fois de plus dans les pays de l'Europe de l'Est après la chute des régimes socialistes, sauf en RDA, où une épuration sévère a amené des hommes de l'Ouest à prendre les commandes (Szurek *in* Suleiman et Mendras, 1995). En effet, une épuration forte suppose qu'une autre élite soit disponible pour occuper les postes vacants. En Russie après 1917, dans les pays de l'Est après 1945, les militants communistes pouvaient jouer ce rôle et le parti fournir une armature hiérarchique à l'administration, encore a-t-il fallu plusieurs années pour la mettre en place. En absence d'élite de remplacement professionnalisée, la continuité s'impose. En Espagne, dans la dernière phase du régime de Franco, une nouvelle classe s'est formée, en allant faire des études à l'étranger et en commençant son apprentissage dans les grandes entreprises multinationales et les institutions étatiques marginales, magistrature et universités. Et cette nouvelle élite a dû cohabiter longtemps avec des représentants de l'élite franquiste.

Aux États-Unis, par comparaison avec l'Allemagne et la France, l'administration était faible et son personnel dirigeant remplacé à chaque élection d'un nouveau Président. Cette procédure est en train de s'acclimater partiellement en France depuis que l'alternance s'est imposée dans la vie politique. Par ailleurs, aux États-Unis, les administrations fédérales se sont considérablement renforcées depuis la seconde guerre mondiale si bien que la centralisation administrative y est devenue aussi forte qu'en France où a été menée une politique décisive de décentralisation. De même, en Grande-Bretagne, le pouvoir est aujourd'hui plus centralisé qu'en France où le notable régional demeure la personne clé de la vie politique et administrative. Le système fédéral allemand est sans doute celui qui donne le plus d'autonomie aux pouvoirs régionaux ; il en résulte un jeu complexe entre les élites politiques des *Länder* et l'élite politique de Bonn. Une comparaison méticuleuse entre les carrières des élites française et allemande serait éclairante.

Dans tous les pays, les élites gouvernementales, politiques et administratives se professionnalisent de plus en plus et risquent de s'éloigner de la masse des citoyens. Dans un aussi vaste pays et un système aussi différencié que l'américain, les élus nationaux sont obligés de se professionnaliser très rapidement et de s'entourer d'une équipe nombreuse de spécialistes variés pour gérer les différents aspects de leurs activités, depuis la collecte d'argent nécessaire et l'organisation des campagnes électorales jusqu'à la préparation de dossiers très spécialisés en vue d'une discussion dans une commission. Cela dit, l'accès aux positions d'élite est plus restrictif dans certains pays que dans d'autres. En termes très généraux, plus la tradition étatique est forte, moins l'accès est ouvert et vice versa, moins l'État est fort et respecté, plus l'accès est ouvert et les voies d'accès diverses. On voit bien que la France, la Grande-Bretagne et l'Allemagne s'opposent à l'Italie et aux États-Unis.

En conclusion, il semble qu'une bureaucratie très professionnelle, très indépendante et très sûre d'elle-même soit une condition de bon fonctionnement pour la démocratie, à condition que les institutions et les élites politiques soient fermes sur leurs prérogatives et leurs fonctions. Si l'incertitude s'établit sur la répartition des rôles, si les passages de l'une à l'autre sont trop nombreux, alors une connivence se développe, favorise les mauvaises mœurs et un mauvais fonctionnement des institutions. Quand la démocratie a précédé la bureaucratie comme aux États-Unis et en Grande-Bretagne, la tradition joue en faveur du maintien d'une distance respectueuse entre les deux et des recrutements différents pour les fonctionnaires et les politiciens. Tocqueville avait déjà insisté sur l'importance de la démocratie locale dans les mœurs et les mentalités des Américains, avec le danger récurrent d'une dérive populiste. Selon Rockman (*in* Suleiman et Mendras, 1995), la crainte et le mépris de l'État lui ont donné peu de prestige et d'autonomie. Une bureaucratie ancienne et prestigieuse attire des jeunes talents qui se tournent ensuite vers la politique en pantouflant, de plus en plus jeunes en France et, au contraire, en fin de carrière en Allemagne.

Aujourd'hui, la vague de l'idéologie libérale qui s'est répandue dans les pays occidentaux a valorisé la libre entreprise, les lois du marché et a mené une critique sévère de la bureaucratie et de l'État-providence. La privatisation des grandes entreprises nationales et des services municipaux et régionaux s'est faite pour remédier à l'inefficacité des bureaucraties, mais on commence à s'apercevoir que la gestion privée a aussi ses difficultés et ses embûches, ne serait-ce que la corruption (Lorrain et Stoker, 1995). Cette vague idéologique et cette frénésie de privatisation ont des conséquences directes sur les élites. Le sens du service public conçu comme un sacerdoce est en passe de disparaître, même dans la haute administration française. Les jeunes gens ambitieux qui veulent une carrière brillante ont tendance à déserter le service de l'État et à s'orienter vers le privé. Si bien que l'ENA conçu pour la haute administration de fonctionnaires, intègres et dévoués, est en train de devenir une super *business school,* comme on l'a vu au chapitre précédent.

VILLES ET RÉGIONS

La structure administrative héritée de l'histoire est très différente dans chaque pays. En général trois échelons administratifs découpent le territoire. L'échelon communal correspond au village rural du XIXᵉ siècle, mais son format est très variable. En Italie, on compte 8 000 municipalités. De même en Espagne, plus étendue mais moins peuplée. L'Allemagne fédérale, qui était proche de la France avec 25 000 communes, a refondu son armature en 1965 en passant à 8 414 communes dont 6 000 sont regroupées en un millier de syndicats de communes, autrement dit, il y a aujourd'hui environ 2 500 unités territoriales de base, échelle correspondant à nos cantons. La plupart des pays ont suivi cet exemple : Belgique, Pays-Bas, Autriche. En Grande-Bretagne, des réformes successives ont abouti à la création de 53 districts « d'État » urbains (en plus du Grand Londres) et à 370 *counties.* La France a de beaucoup la plus petite structure traditionnelle avec ses

36 000 communes. J'ai expliqué ailleurs que la démocratie locale directe est la plus légitime pour le citoyen français ; le Parlement ne s'est donc pas senti une légitimité suffisante pour décréter un regroupement de communes, comme dans les pays voisins.

L'échelon supérieur à la commune est de dimension comparable dans les différents pays : 100 départements en France, 12 provinces aux Pays-Bas, 10 en Belgique, 95 provinces en Italie, 50 en Espagne... À l'échelon régional, trois pays fédéraux (Allemagne, Belgique, Autriche) sont très différents des autres. L'Italie et l'Espagne ont des régions : 20 en Italie dont 5 « autonomes », et 17 en Espagne. La France a donné une légitimité nouvelle aux 22 régions par la loi de 1982, qui a institué l'élection des conseillers régionaux. Il en résulte que la France, qui a conservé le département et le canton, a le plus grand nombre d'échelons administratifs et d'employés territoriaux. On voit que ces structures politico-administratives héritées du passé pèsent encore aujourd'hui sur la gestion des collectivités territoriales malgré les réformes récentes qui ont eu tendance à rapprocher les différentes structures à trois échelons.

L'État-nation s'est construit en réduisant l'autonomie politique des villes. Comme il a été dit, aujourd'hui différentes évolutions jouent en faveur d'une reprise de l'autonomie de décision des grandes villes et même des villes moyennes dans tous les pays. Devant le rôle croissant du marché et la mondialisation de l'économie, elles se sentent responsables de défendre leur population contre des effets de la crise, du chômage, des effets des restructurations économiques et des transformations du marché du travail. Tâche que l'État leur abandonne volontiers.

La fragmentation des services de l'État se répercute à l'échelle des villes et des régions : chaque service national est en collaboration avec le service municipal et régional correspondant, et une complicité s'établit entre eux, complicité qui prolonge celle qui se développe entre services nationaux et leurs correspondants à Bruxelles : ainsi un jeu à trois s'instaure pour chaque domaine de compétence. Le pouvoir municipal accapare le rôle de coordination entre les politiques sectorielles que l'État ne peut plus assumer efficacement. Le maire et ses services se situent à un niveau proche des réalités où les problèmes sont enchevêtrés et ont une dimension politique. Il leur appartient donc de tirer le meilleur parti des différentes politiques nationales et européennes en les agençant les unes avec les autres pour réaliser les objectifs qu'ils se sont fixés. Pierre Grémion (1976) a bien montré que l'agencement entre administrations nationales et élus politiques et professionnels locaux est la source d'un « pouvoir périphérique » parce que chacun renforce la position de son complice. Ce mécanisme n'est plus limité au département, il joue au niveau municipal et régional et se trouve renforcé par l'utilisation des ressources européennes. Être maire d'une grande ville exige une grande dextérité à apparier les politiques particulières des administrations nationales et bruxelloise pour en tirer des financements les plus élevés possible. Les maires des grandes villes deviennent des acteurs politiques majeurs, notamment en France du fait du cumul des mandats.

Remis en question, l'État-providence tend à se décharger sur les collectivités de responsabilités qui deviennent de plus en plus onéreuses. L'État les « transfère » à la région ou au département et donc aux villes. Celles-ci rechignent à ce transfert s'il n'est pas accompagné d'un transfert de ressources financières suffisant, mais en même temps l'acceptent pour accroître leurs fonctions et leur pouvoir. Les bâtiments scolaires, les hôpitaux, les institutions culturelles, les crèches, les services d'animation et de prévention, et certaines prestations sociales sont, pense-t-on, mieux gérés au plus près des citoyens. Le nombre des fonctionnaires territoriaux et municipaux augmente rapidement et renforce le pouvoir des élus.

Du domaine social on passe inévitablement au domaine économique puisqu'une ville en croissance doit trouver des emplois pour sa population. Depuis vingt ans toutes les grandes villes développent des stratégies économiques. Elles promettent des avantages et des soutiens aux entreprises qui investissent chez elles. Elles créent des zones et des districts industriels. Réciproquement la mondialisation du marché permet aux entreprises multinationales de court-circuiter le gouvernement, de choisir leur localisation en marchandant des avantages directement avec les autorités municipales. Ce mouvement est renforcé par la privatisation des services urbains que les municipalités confient de plus en plus souvent à des entreprises privées (Lorrain et Stoker, 1995). Celles-ci deviennent plus performantes et ont tendance à décharger les municipalités de plus en plus de tâches. Une grande firme privée peut aujourd'hui prendre en charge tous les services municipaux, de l'urbanisme à la fourniture de l'eau et au ramassage des ordures. Par cette double évolution, les élus locaux sont en contact, en collaboration et en complicité avec les patrons d'entreprises très diverses et prennent ainsi de plus en plus de compétence économique et de « sens de leurs responsabilités » dans un domaine qui leur était complètement étranger il y a vingt ans. Ce qui leur permet de traiter de pair à égal avec les hauts fonctionnaires nationaux et bruxellois, et avec les ministres.

Enfin le domaine culturel est devenu un champ de rivalité international. Universités, musées, festivals, théâtres, opéras, orchestres étaient du ressort des grandes métropoles en Italie et en Allemagne, mais du ressort national en France, et du mécénat privé en Grande-Bretagne. Aujourd'hui toutes les métropoles européennes, et même les villes moyennes, rivalisent pour briller au firmament culturel et artistique européen. Les classes éclairées sont gourmandes de culture et d'enseignement supérieur, de recherche, de science, de congrès et d'art. Les grandes entreprises de pointe doivent offrir à leurs cadres et à leurs enfants une panoplie complète et brillante de ces ressources. Une vie culturelle foisonnante est un argument de poids pour attirer ces entreprises. Par une étrange alchimie le domaine culturel se trouve moteur du développement économique.

Montpellier offre une image frappante de cette transformation : aux deux bouts de la même esplanade se font face le vieil opéra municipal « à l'italienne » de 200 places du siècle dernier et un énorme palais des congrès aux salles multiples dont une de plus de 2 000 places peut accueillir des congrès internationaux et des spectacles de qualité mondiale, au cours de divers festivals. La ville s'est étendue par des projets architecturaux de grande ampleur. Les vieilles facultés de droit et de médecine ont été absorbées par deux universités et les étudiants se comptent en dizaines de milliers et non plus en centaines. Agropolis est devenu une université agronomique internationale entourée de centres de recherches et de firmes agro-alimentaires de pointe.

Cette situation radicalement neuve entraîne les politistes à parler de « gouvernance » urbaine[1] pour bien marquer qu'il ne s'agit plus de gouver-

---

1. Cassese et Wright (1996) définissent ainsi la gouvernance : « Vaste éventail d'institutions, de réseaux, de directives, de réglementations, de normes et d'usages politiques, sociaux et administratifs, publics ou privés, écrits ou non, qui contribuent tout autant à la stabilité, à l'orientation, à la capacité de diriger d'un régime politique qu'à son aptitude à fournir des services et à assurer sa légitimité. »

nicipal, analogue au gouvernement de
...is de la mise en place de réseaux
...s de gestion, de pouvoir et d'animation.
La municipalité ne « gouverne » plus mais elle
favorise, stimule ou au contraire bride, par des
séries de mesures diverses et à travers des réseaux
d'influence, où la politique ne peut plus avoir de
rôle déterminant. Dans un jeu complexe d'acteurs
le maire, et sa municipalité, est un acteur au poids
spécifique puisqu'il incarne l'intérêt public. Il
acquiert un statut régalien puisqu'il est élu et le
seul à avoir une fonction de globalisation de
l'ensemble des actions. Il en tire argument et légitimité pour peser sur les décisions des autres.

L'IMMIGRATION

La façon dont chaque État traite les immigrés
qu'il a attirés chez lui est une pierre de touche
pour comparer les diverses conceptions de la
nation et de la citoyenneté. Jusqu'après la seconde
guerre, la France était le seul pays d'immigration
en Europe occidentale. Les États-Unis ont été peu-
plés par des immigrés venus de tous les pays, sauf
de France. Les pays d'émigration n'avaient aucune
expérience pour acclimater des populations différentes, tandis que la France avait accueilli Espagnols, Italiens, Polonais, Arméniens, puis Portugais, tous catholiques ; les juifs de l'Europe

germanique et de l'Est étaient peu nombreux et d'un niveau culturel et professionnel très élevé, avec un projet d'insertion clair.

L'arrivée de musulmans était donc une expérience radicalement neuve pour la Grande-Bretagne, l'Allemagne, la Hollande et la Belgique, et pour la France un contraste culturel inattendu, qui mettait à l'épreuve ses habitudes d'assimilation. De leur côté, les musulmans étaient confrontés à une situation tout aussi nouvelle pour eux (Lewis et Schnapper, 1994). Ils avaient l'expérience du contact avec des populations chrétiennes en terre d'Islam, et avaient parfaitement su respecter leur différence, au point même de leur reconnaître des protecteurs étrangers, le roi de France pour les catholiques et le tsar pour les orthodoxes. Accepter la différence de peuples soumis n'a rien à voir avec vivre dans une nation non musulmane. L'Islam ne conçoit pas la séparation entre pouvoir religieux et pouvoir politique, fondamentale en Occident. Il s'ensuit que le pouvoir n'a pas de légitimité propre, et que tout chef capable de maintenir l'ordre doit être obéi pour « le bien-être des musulmans et la sauvegarde de leur unité ». En outre la révélation du Prophète étant universelle, valable pour tous les hommes, c'est un devoir pour tous les musulmans de convertir les non-croyants, au besoin par la guerre sainte, le Djihad. Comment faire lorsque l'on habite chez les incroyants ?

Les juristes musulmans se sont disputés sans fin pour savoir si un croyant peut résider en terre

infidèle. Certains l'interdisaient, d'autres le tolé-
raient pour des raisons très précises : rapporter de
la nourriture en cas de famine, ou faire des captifs
et obtenir une rançon, ce qui explique que les rapports des ambassadeurs marocains s'intitulaient :
« Rapport de mission pour la rançon des captifs ».
La reconquête chrétienne en Espagne, au Proche-
Orient, en Asie centrale puis dans les Balkans posa
un problème déchirant : les populations musulmanes devaient-elles se retirer à la suite des armées,
puisqu'une vie authentiquement musulmane ne
peut se vivre qu'en territoire musulman ? En effet
des populations entières quittèrent l'Espagne et la
Sicile et plus récemment l'Asie centrale pour émigrer en Turquie.

Ce court rappel historique et théologique montre que pour un croyant s'établir en Europe chrétienne pose des problèmes auxquels sa théologie
n'offre pas de réponse, et le laisse donc désemparé
face aux innombrables difficultés de la vie et de la
morale quotidienne. À cette incertitude fondamentale s'ajoute la grande variété des origines religieuses, ethniques et linguistiques. Pakistanais,
Kurdes, Turcs, Chiites principalement en Angleterre et en Allemagne ; Djerbiens, Kabyles, Algériens, Berbères, Marocains et Africains noirs en
France, en Belgique et en Hollande. Sans oublier
que certains viennent de villes où ils ont été acclimatés à une forme de vie citadine, tandis que
d'autres arrivent directement de leur campagne.

Face à cette diversité, chaque nation a une
conception différente d'elle-même en tant que

nation et par conséquent de son attitude à l'égard des immigrés installés et de leurs enfants. L'opposition entre le *jus sanguinis* allemand et le *jus soli* français a été amplement discutée ; en revanche, peu a été écrit sur le respect des communautés religieuses en Grande-Bretagne et en Hollande.

Ces trois conceptions radicalement différentes ont déjà été formulées au siècle dernier (Schnapper, 1994). Pour Mommsen, la nation doit rassembler tout le peuple de sang germanique et par conséquent l'Alsace doit être allemande puisqu'elle parle une langue germanique. Pour Fustel de Coulanges, la nation est fondée sur la volonté de vivre ensemble et par conséquent l'Alsace doit être française. Pour un Français, tous les hommes sont égaux, et la culture française étant universelle, elle peut se répandre chez tous les peuples qu'elle « civilise » : que les Noirs d'Afrique puissent être « naturalisés » par la culture française va de soi. C'est au nom du même principe que la Révolution a prétendu conquérir l'Europe pour y répandre les valeurs universelles des droits de l'homme. En cela la France reprend à son compte l'universalisme du catholicisme romain. Emmanuel Todd (1994) a cherché dans la famille nucléaire égalitaire la cause anthropologique de cet universalisme, tandis que la famille souche allemande transmet une idéologie différentialiste. Ethnocentriques, les Allemands voient dans le *Volk* la seule réalité, par conséquent tous ceux qui sont de souche germanique et parlent allemand font partie de la Nation allemande. Depuis le XIVe siècle

les Allemands prolifiques ont nourri une émigration nombreuse en Europe de l'Est puis aux États-
Unis. Établis en Transylvanie sur les rives de la
Volga puis en Sibérie, les Allemands font toujours
partie du *Volk*. La France peu prolifique avait
besoin d'assimiler les immigrés pour accroître le
nombre de ses travailleurs, ouvriers et paysans, et
de ses soldats. Tout enfant d'immigré né en
France a vocation à être français. Aucun Turc rési-
dant en Allemagne, ni ses enfants nés en Allemagne n'ont de chance de devenir allemand, bien
qu'ils soient parfaitement acclimatés à la culture
allemande, tandis que les descendants de Saxons
partis s'établir en Transylvanie au XIVe siècle, ou de
colons allemands établis en Ukraine au XVIIIe siècle
sont accueillis et reconnus comme des Allemands,
même s'ils ne parlent pas la langue et ont des
mœurs anachroniques.

Les Pays-Bas ont une tradition très ancienne
d'accueil des immigrés d'origines ethnique et religieuse différentes et la structure même de leur
société en trois piliers est fondée sur la reconnaissance de communautés religieuses variées. Les
rapatriés d'Indonésie dans les années cinquante et
les Marocains immigrés récents sont donc acceptés
comme ont été acceptés les huguenots français et
les juifs portugais. Chaque communauté est autori-
sée à pratiquer ses mœurs et sa religion, y compris
la polygamie, et ils doivent bénéficier complètement de l'État-providence. La tolérance à l'égard
de la drogue est issue du même principe de respect des différences, fondateur des Provinces-

Unies. En Grande-Bretagne dans un premier temps, les immigrés du Commonwealth ont été accueillis, leurs droits et leurs mœurs acceptés et reconnus, comme en Hollande, et pour la même raison puisque la Grande-Bretagne est pluri-confessionnelle et que la Couronne est la source de la légitimité et de la citoyenneté. Bientôt cette doctrine a dû être amendée et l'on a distingué l'ancien Commonwealth et le nouveau, autrement dit le pays d'ancienne émigration blanche et les autres. La solution anglaise et hollandaise conduit à reconnaître la religion comme un signe de diffé-rence communautaire et par conséquent à accep-ter que les filles musulmanes n'aillent ni en gym-nastique ni à la piscine et que certains manuels scolaires soient modifiés pour respecter les fonde-ments de l'Islam. Aucun conflit n'est imposé aux musulmans ni surtout à leurs enfants. Ils peuvent vivre en terre chrétienne sans enfreindre leur théologie.

Pour la République française, au contraire, tous ses citoyens sont égaux et toutes les religions sont respectées, mais dans le cadre de la légitimité républicaine. Ainsi les musulmans peuvent prati-quer leur religion mais celle-ci doit renoncer à son syncrétisme politique, juridique et théologique. L'école laïque traite les élèves musulmans comme les chrétiens et les juifs, et les soumet à la même discipline et au même enseignement, ainsi elle réussit étonnamment à en faire des petits Français, comme au siècle dernier les petits Bretons. La culture française se révèle pour eux aussi puissante

assimilatrice qu'elle l'a été pour les paysans bretons, occitans, provençaux et autres. Cette capacité
assimilatrice dépasse l'école et les mœurs puisqu'elle aboutit à des mariages et à des enfants de
couples mixtes.

La statistique française interdit de distinguer les
résidants français en fonction de leur couleur de
peau, et ne permet donc pas le calcul fiable des
taux de mariages mixtes entre conjoints de couleur différente, ni le nombre d'enfants naissant de
ces unions. L'importance du taux de mariages
mixtes et, surtout, d'enfants naissant de ces unions
mixtes, est une spécificité française. Pour éliminer
l'effet des mariages blancs, qui risquent de biaiser
le premier indicateur, E. Todd (1994) prend en
compte le nombre d'enfants nés de couples mixtes. En France, 20 % des enfants de pères algériens
ont une mère française et plus du quart des naissances de mère algérienne sont de père français,
et ce taux est en forte augmentation. Ce taux est
proche de celui des enfants de Portugais (27 %)
et de Portugaises (un tiers). En Allemagne, parmi
les enfants de mère turque, 2 % seulement ont un
père allemand et ce taux est stable depuis vingt
ans, tandis que pour les enfants de couples mixtes
Allemand-Yougoslave, ce pourcentage en augmentation atteint 20 %. On voit que l'immigration
musulmane a pour effet de réactiver des conceptions contradictoires de la citoyenneté qui, sans
elle, se seraient estompées.

RÉSEAUX ADMINISTRATIFS
ET JUDICIAIRES[1]

L'État n'est plus aujourd'hui une puissance unique animée d'une seule volonté, parlant d'une seule voix et agissant d'un seul mouvement à travers ses administrations. En développant des politiques de plus en plus nombreuses, diversifiées et spécialisées, il s'est segmenté. Chaque ministère, chaque administration a ses ambitions et ses objectifs ; son idéologie pour les justifier ; son milieu d'action, sa « clientèle » particulière, qu'il doit satisfaire pour la gérer convenablement, et qu'il doit protéger contre l'intrusion d'administrations rivales. La coordination des politiques à l'échelle gouvernementale est aussi complexe et délicate que la coordination de la mise en œuvre à l'échelle régionale, où il faut en outre négocier avec les pouvoirs locaux, élus politiques et professionnels, sourcilleux de leur légitimité. L'intégration européenne n'a pas d'effet simple sur les différents États nationaux. Ce serait une erreur de penser que tout ce qui se décide à Bruxelles est autant qui serait enlevé à Paris, Bonn, Lisbonne et aux autres capitales des quinze membres, pour la raison simple que la Commission est une institution intergouvernementale qui ne peut décider sans l'accord des gouvernements. Un agencement

1. Sur ce sujet voir : Cassese et Wright, *La recomposition de l'État en Europe*, 1996.

complexe s'est lentement construit avec des effets parfois inattendus.

L'intégration européenne a contribué à accélérer cette fragmentation des administrations nationales. Chaque service spécialisé national constitue avec le service compétent de Bruxelles un réseau qui acquiert son autonomie, a ses valeurs, ses compétences techniques partagées par tous les membres, nationaux et bruxellois. Parlant un langage commun, animés par les mêmes préoccupations, les experts d'un même domaine s'accordent sur des solutions qui reflètent leurs valeurs communes. Ce réseau tend à fonctionner comme une institution et, par là, renforce l'indépendance des services nationaux par rapport à leur propre gouvernement. Prenons par exemple le ministère des Affaires étrangères : autrefois il était en charge de l'ensemble des relations de son pays avec l'étranger, aujourd'hui chaque ministère s'est doté d'un service de relations extérieures avec des correspondants à Bruxelles. Ce qui est vrai des relations internationales l'est encore bien plus des secteurs très techniques comme la protection de l'environnement, ou très dépendants des particularités nationales comme la politique sociale. Le conseil des ministres de l'Union comprend une vingtaine de formations spécialisées. Le Conseil des « affaires générales » qui réunit les ministres des Affaires étrangères n'a pas assez de tout son temps pour traiter ses propres dossiers, il néglige donc son rôle de coordination. Chaque formation

tend à fonctionner sans se référer aux travaux
des autres.

Des groupes d'experts sont chargés de préparer
les dossiers en testant les réactions des administrations nationales et des milieux professionnels.
Chaque service national resserre ses liens avec les
milieux professionnels qu'il a en charge, de
manière à les informer de ce qui se prépare au
niveau européen et à tenir compte de leurs positions avant de définir la position des négociateurs
nationaux. Ainsi se créent des connivences internationales entre spécialistes de chaque domaine.
D'où une influence sur les délibérations et donc
les décisions des ministres. Bien souvent les services nationaux suggèrent à Bruxelles une mesure
douloureuse pour leur « clientèle » de manière à
en rejeter la responsabilité sur la « technocratie
bruxelloise ». Il arrive même qu'on fasse passer à
Bruxelles une mesure, demandée par un lobby,
qui avait été repoussée au niveau national. Cette
évolution vers plus de fragmentation et de complicité entre Bruxelles et ses partenaires conduit en
général à dépolitiser les politiques publiques européennes. Près des trois quarts des décisions prises
au niveau communautaire sont avalisées sans discussion au Conseil des ministres. Les décisions ont
donc été, en fait, prises par les administrations. En
revanche, il arrive aussi que des problèmes techniques au niveau national prennent une valeur politique lorsqu'ils arrivent à Bruxelles dans un
contexte international.

Le Parlement européen n'est pas en mesure

d'exercer sur la Commission un contrôle analogue à celui qu'exercent les parlements nationaux sur leurs gouvernements. Certes les parlements nationaux commencent à réagir depuis que le traité de Maastricht a élargi les compétences de celui de Strasbourg ; une coordination s'esquisse entre parlements nationaux et Parlement européen. Les grandes institutions représentatives (partis et syndicats notamment) sont peu présentes à Bruxelles et voient la confiance de leurs commettants leur échapper de plus en plus dans leur propre pays. Les États ont, semble-t-il, accepté cette évolution parce que chacun des fragments d'État y trouvait un renforcement de son autonomie, et donc de son pouvoir. Dans cet univers fragmenté la recherche du « bien commun » des peuples européens a peine à trouver sa voie et à s'exprimer et ces derniers se sentent mal représentés.

Le droit joue un rôle considérable dans cette mécanique intergouvernementale et nous assistons à la création d'un droit communautaire qui étend tous les jours sa compétence à des domaines nouveaux. L'application du droit communautaire peut amener la Cour européenne à exercer une sorte de contrôle de la constitutionnalité des lois dans les pays où n'existe pas de Conseil constitutionnel en déclarant non conforme au traité de Rome et aux normes communautaires. Un plaignant et un juge peuvent refuser d'appliquer une loi nationale qui leur paraît incompatible avec le droit communautaire. Entre la Cour de justice et les juridictions nationales de différents niveaux s'est établi un système de rapports de compétence analogue à celui des services administratifs. L'article 177 du traité de Rome prévoit une procédure de renvoi préjudiciel qui autorise les juridictions nationales à interroger la Cour sur l'interprétation à donner à une disposition du droit communautaire applicable à l'affaire en litige. Ainsi les tribunaux nationaux amènent la Cour à dire le droit qu'ils appliqueront, ce qui conduit à développer le droit communautaire et à l'uniformiser. Cette coopération entre instances nationales et instances communautaires crée une complicité toute nouvelle entre les magistrats des différents pays et ceux de Luxembourg. Il s'ensuit une rivalité entre les droits codifiés des pays continentaux et le *Common Law* anglais ; plus souple, ce dernier est plus proche de la juridiction de Luxembourg et a de bonnes chances de l'emporter, d'autant plus que les juristes américains viennent à la rescousse des Anglais dans les rapports internationaux.

DÉFENSE NATIONALE
ET ORDRE PUBLIC

L'État se caractérise par le recours légitime à la violence, à la fois à l'extérieur pour défendre la Nation et à l'intérieur pour contraindre les citoyens. Aujourd'hui, donner la mort et s'y exposer ne vont plus de soi ; il faut y regarder à deux

fois, et consulter. D'autant plus que la mort volontaire est devenue inacceptable dans l'idéologie
européenne : or qu'est-ce qu'un soldat qui ne veut
ni mourir ni donner la mort ? Le casque bleu français, hollandais ou suédois ne se sent ni un merce-
naire de l'ONU ni un citoyen du monde en armes.
Il se sent plutôt à la fois un sauveteur, un observateur et un diplomate : il use plus de la parole pour
convaincre que d'une arme pour contraindre.

La Russie soviétique a sans doute été le dernier
État européen à fonder sa politique sur le manie-
ment de la peur. Peur à l'intérieur, celle du Gué-
péou et du goulag qui oblige les citoyens à respecter l'ordre public, ne serait-ce qu'en apparence.
Peur à l'extérieur, par la menace qu'il faisait peser
sur l'Occident. La logique ultime de la politique
étrangère étant la guerre, au Kremlin toute décision était dépendante de l'armée et de l'industrie
militaire. La fin de la guerre froide fait théoriquement disparaître la menace de la guerre nucléaire
totale et délivre les gouvernements et les peuples
de la peur qu'elle suscitait. Du coup la politique
militaire et les programmes d'armement peuvent
être discutés, marchandés, retardés, en fonction
des moyens et des ambitions de la nation.

Depuis l'apparition de l'arme atomique plus
aucun pays ne peut protéger son territoire comme
la France à Valmy ou à la Marne. L'Angleterre elle-
même n'est plus protégée par la mer. La protection vient de la crainte inspirée à l'ennemi par une
force de frappe capable de lui porter un coup
mortel au moment même où il ouvre les hostilités

atomiques. L'équilibre de la terreur est le prix de la quiétude intérieure. Mais le coût de la terreur est tel qu'il obligea l'Angleterre à acheter des missiles américains Polaris à Nassau en 1962 ; et la France demeurait dépendante de l'aide américaine jusqu'à la construction des sous-marins nucléaires. En sens inverse, Franco pouvait monnayer la position stratégique de l'Espagne auprès des États-Unis malgré la nature dictatoriale de son régime. Si la France et l'Angleterre étaient en partie dépendantes des États-Unis, cette dépendance était totale pour les nations sans force de frappe, l'Italie elle-même voyait sa politique étrangère soumise à celle de l'Otan. Et la France, en dernière instance, s'est toujours rangée derrière les États-Unis, quand le danger nucléaire était en cause.

La protection américaine encourageait naturellement les petites nations à relâcher leur effort militaire et les rendait incapables de combattre efficacement. Le contrôle politique de l'État et du Parlement sur la politique de défense était réduit et les décisions capitales des programmes d'armement dépendaient de la pression des lobbies militaro-industriels. Ces derniers, ne pouvant se limiter à fournir les besoins des armées nationales, doivent disposer d'une clientèle internationale assez large pour rentabiliser les études préalables et produire des quantités suffisantes de chaque arme pour en abaisser le coût. La demande extérieure peut l'emporter sur la demande nationale et des prototypes peuvent être mis en chantier avec cette préoccupation « marchande » plus que par les besoins de l'armée nationale.

On ne demande plus à une armée de gagner une guerre, d'être victorieuse contre un ennemi, mais de permettre le maintien d'un ordre international pacifique. Le conflit yougoslave a bien montré que les Américains n'y voyaient qu'un conflit régional, dont ils se sont tenus éloignés jusqu'au moment où la crainte de se voir obligés d'intervenir militairement les contraignit à intervenir diplomatiquement de toute leur force, sans autre considération que le but à atteindre ; retour à la Realpolitik. De plus, la fin de la guerre froide libère les citoyens de la peur atomique et les amène à se faire une opinion sur les problèmes militaires. Cette opinion publique entre en jeu dans la préparation des décisions gouvernementales. Les Français, qui étaient favorables aux essais nucléaires même après l'affaire du *Rainbow-Warrior*, se sont soudainement retournés, et Jacques Chirac a été très surpris de se trouver en face d'une majorité des deux tiers opposée à la reprise des essais de Mururoa.

Cependant l'armée demeure un symbole national fort et sa résonance sentimentale est profonde dans l'opinion, plus ou moins grande selon les pays. Les hommes politiques aiment à se montrer parmi les militaires, et les barouds renforcent généralement les gouvernements dans l'opinion publique, comme ce fut le cas pour Margaret Thatcher après la guerre des Malouines et pour Bush après la guerre du Golfe, trop brève pour assurer

sa réélection. Le militaire est le domaine où l'intérêt supérieur de la Nation justifie une politique
nationale commandée par la position géopolitique
de chacun des pays européens. Mais plus aucun
pays n'a les moyens d'une politique indépendante.

Les doctrines militaires traditionnelles sont très
contrastées : l'armée de métier anglaise, le service
militaire que tout jeune citoyen devait à la République française, l'armée démocratique allemande
qui cherche à oublier l'armée prussienne et nazie ;
sans parler de l'Espagne, de l'Italie, de la Hollande, etc. Et pourtant la fin de la guerre froide
impose à chaque pays des contraintes économiques et idéologiques nouvelles et doit conduire à
une collaboration plus étroite dans les programmes d'armement et à une coopération entre les
différentes armées. En Hollande, une collaboration entre la marine nationale et la marine britannique est déjà ancienne et a été relayée par
une intégration de la marine belge. La mise sur
pied d'une division intégrée germano-hollandaise
paraît en ligne avec l'intégration progressive des
économies hollandaise et allemande. Les actions
« militaires » à l'extérieur n'étant plus des guerres,
leur financement peut être imputé aux crédits de
coopération et d'aide aux pays du tiers monde ou
de l'Europe de l'Est, comme ce fut le cas en Hollande pour les contributions aux forces de l'ONU,
au Cambodge et en Bosnie. Cette confusion budgétaire est révélatrice de la transformation du militaire depuis 1989.

La police offre un problème analogue puisqu'elle est un instrument et un symbole de la puissance régalienne. Chaque pays a sa doctrine policière qui correspond à son idéologie fondamentale. Depuis trente ans, dans ce domaine, les sciences sociales se sont partagées entre des positions théoriques et épistémologiques contradictoires. Le problème demeure de savoir comment gérer les trois fonctions principales de la police. D'abord assurer la sécurité collective des citoyens en les défendant contre les agressions à l'égard de l'ordre public : manifestations révolutionnaires ou non, rébellions de groupes marginaux, terrorisme venu de l'extérieur et de l'intérieur, protection des démonstrations religieuses, politiques, syndicales et autres. Ensuite défendre chaque citoyen contre les agressions individuelles : vol et atteintes à la personne. Enfin la drogue réclame une autre forme de contrôle, variable selon les pays en fonction de la législation. Le contrôle des quartiers difficiles met le policier en collaboration avec les assistantes sociales, les animateurs sociaux, les pédagogues, les juges, et fait de lui l'un des membres d'un réseau d'encadrement des quartiers, des familles et des individus en difficulté.

Chacun des pays de l'Union européenne ayant les mêmes problèmes de police à gérer, peut-on envisager une gestion transnationale ? En pratique des formes diverses de collaboration se sont développées depuis la création d'Interpol. Toutefois, jusqu'à présent, un policier d'un pays ne peut pas poursuivre un criminel au-delà de la frontière. Ce principe intangible a été l'aiguillon d'une collaboration sans cesse plus étroite qui ne pose pas de problème de principe pour le traitement de la délinquance individuelle. Par contre le terrorisme, destiné à peser sur un gouvernement pour l'obliger à changer sa politique, relève bien de l'intérêt supérieur de la nation. Toute autre considération doit être secondaire, y compris les intérêts des nations voisines avec lesquelles il faut collaborer, mais dont il faut parfois se protéger. Le crime organisé, le commerce de la drogue et les mafias qui se sont développés à travers les frontières posent les mêmes problèmes. Ces différentes formes d'action exigent des spécialisations extrêmement poussées chez les policiers et les collaborations internationales se renforcent donc dans chaque domaine entre spécialistes expérimentés. Ainsi se développe tout un enchevêtrement de réseaux dont les trois têtes principales sont Europol qui a pris la succession d'Interpol, Trevi (réseau d'information sur les crimes politiques et réseaux internationaux) et Schengen qui contrôle les immigrations officielle et clandestine. De plus en plus fréquemment les policiers vont en stage chez leurs collègues étrangers et entrent en collaboration étroite. La logique du professionnalisme risque toujours de l'emporter sur celle de la collaboration internationale. Dès les années soixante-dix, le Président Giscard d'Estaing avait proposé la création d'un « Espace juridique européen » au sein duquel les policiers pourraient agir sans limite frontalière, ce serait le début d'une police européenne. Mais ce projet n'a pas été réalisé. La police est un domaine où la souveraineté nationale n'a pas encore été entamée, sauf par Schengen.

L'ÉCONOMIE ET L'ÉTAT-PROVIDENCE

Dernier privilège régalien, battre monnaie a toujours été le signe du pouvoir du souverain dont le profil était gravé sur chaque pièce. Après une longue période d'ajustement économique depuis le traité de Rome, l'annonce de la monnaie unique a marqué une étape décisive et remis en question l'autonomie des politiques économique, fiscale et sociale des gouvernements. D'autant plus que le marché, absent des précédents domaines, a imposé ici des contraintes considérablement renforcées par la mondialisation de l'économie et la fluidité des capitaux. Le développement des échanges intra-européens faisait de l'Union européenne un marché de plus en plus intégré et de plus en plus autonome, malgré la concurrence des nouveaux pays en développement. L'intégration économique s'est réalisée par un double mouvement de dérégulation interne dans chaque pays et l'adoption de règles communautaires, sans nombreux transferts de compétences économiques des gouvernements à la Commission. En revanche, globalement, les transferts des États vers le marché ont été nombreux. La faiblesse politique de l'Union européenne explique en partie cette double évolution. Tant que le budget communautaire est aussi limité, il manque à la Commission un outil majeur de la politique économique qui reste donc entre les mains des gouvernements, sauf en matière agricole.

Depuis le traité de Rome, le budget public de chaque pays a crû énormément jusqu'à approcher la moitié du PIB. La doctrine keynésienne servait de fondement à la politique macro-économique. La rupture du système de Bretton-Woods a remis en question cet accord entre économistes et dirigeants politiques et a conduit à retrouver un système de changes fixes à l'échelle de l'Europe sous forme du serpent monétaire en 1972 puis du SME. Septembre 1992 a marqué l'échec de cette tentative puisque plusieurs pays, notamment l'Italie, utilisent la dévaluation périodique comme moyen de gérer leur économie et de redonner une marge de compétitivité à leurs entreprises. Des dévaluations nationales déséquilibrent gravement ce marché, comme les agriculteurs français s'en sont rendu compte après la dévaluation de la lire et de la peseta. Or les agriculteurs ont toujours été les pionniers de la politique économique commune, la Politique agricole commune a été un banc d'essai très instructif.

Dès septembre 1992 tout observateur lucide était convaincu que la monnaie unique ne serait que l'extension de la zone mark à la zone franc. Cependant les entrepreneurs allemands n'ont plus d'intérêt vital à l'union monétaire. En revanche, sur le plan politique, l'Allemagne veut « coller » à la France, comme la France veut « coller » à l'Allemagne sur le plan économique. Or l'Europe a toujours avancé, tirée par le couple franco-allemand. La doctrine économique du traité de Maastricht est devenue le dogme *economically correct* qui a remplacé le keynésianisme. Mais elle ne suffit pas à justifier une politique macro-économique.

Le pouvoir politique reste l'obstacle majeur peut-on avoir une monnaie unique, sans politique économique et fiscale commune ? La plupart des experts en doutent. Ce qui nous ramène à la question des États et de leur autonomie, entre eux et à l'égard de Bruxelles. Si la politique monétaire de Francfort entraîne l'aggravation du chômage dans une région autrichienne ou française, le gouvernement de Vienne ou de Paris peut-il l'accepter ? Au bout du compte l'électeur est l'arbitre final : on l'a bien vu lors des négociations du GATT agricole lorsque Mitterrand a obtenu, non sans mal, que Kohl se rallie à la position française pour sauver son gouvernement mis en péril par les manifestations agricoles. De même les grèves et les manifestations de décembre 1995 ont réjoui les eurosceptiques anglais et inquiété les partisans de l'Europe dans tous les pays.

La convergence des politiques économiques et l'union monétaire ne se conçoivent pas sans une harmonisation des politiques sociales. L'État-providence est une caractéristique commune de tous les États d'Europe occidentale qui les différencie des capitalismes américain et japonais : 50 % de redistribution du PIB, contre 30 %. Mais chaque gouvernement a mis en place un système original de gestion correspondant à ses traditions idéologiques et culturelles nationales et aux contraintes particulières de son économie et de sa structure sociale. Depuis dix ans, l'État-providence est en butte à des attaques venues de divers côtés. Le retour en force de l'idéologie libérale proclame qu'à trop protéger les hommes on les affaiblit, et qu'il faut à nouveau leur donner la responsabilité d'eux-mêmes pour avoir une démocratie vivante et une économie entreprenante. De leur côté les gestionnaires font leurs comptes et voient leurs coûts augmenter sans cesse par la conjonction de plusieurs tendances. L'évolution démographique augmente la proportion de gens âgés qui demandent plus de dépenses médicales et qui vont rendre le poids des retraites insupportable. Les taux élevés de chômage européens créent une charge nouvelle. Les progrès techniques de la médecine et l'exigence plus grande des malades rendent les équipements plus sophistiqués et plus coûteux et poussent à augmenter le personnel médical et paramédical et à élever son niveau de compétence. L'allongement des études a doublé le nombre des élèves et des étudiants et le coût de l'enseignement. Pour beaucoup l'État-providence devient un frein au développement économique ; il faut donc l'alléger au maximum. D'autres répondent que l'égalité étant l'objectif de toute démocratie, l'État-providence doit contrebalancer le mouvement vers l'inégalité qu'entraîne la croissance économique. À quoi les premiers répondent que le chômage est une source beaucoup plus grave d'inégalités puisqu'il tend à créer une *under-class*, qui est un scandale dans une société opulente. L'échec du « modèle suédois », qui n'a pas résisté au mouvement d'internationalisation économique, a donné l'alerte.

Si chaque gouvernement, poussé par son opinion publique et ses contraintes budgétaires, révise les bases de sa politique sociale, on risque d'arriver à une divergence croissante entre les différents modèles d'État-providence. Ensuite de quoi les grandes firmes multinationales auront tendance à concentrer leurs établissements dans les pays où le poids des charges sociales sera le plus bas, comme elles ont délocalisé certaines de leurs activités vers les pays à faible coût du travail. Le « dumping social » ne serait plus reproché aux pays en développement, il deviendrait une pratique interne à l'Union européenne. Les mouvements de mobilité de la main-d'œuvre ne seraient pas suffisants pour contrebalancer la tendance, parce que les marchés du travail régionaux fonctionnent de façon autonome puisque les salariés ne passent pas en masse de l'un à l'autre.

Les tenants du libéralisme pensent que le marché imposera ses contraintes quoi qu'il arrive et que tous les pays vont être forcés de s'aligner sur le modèle anglo-saxon. C'est faire fi trop aisément de l'État, de la souveraineté nationale, de la politique et surtout des différences nationales de structures sociales et de mentalité. Les retraités français sont riches, les retraités anglais le sont moins ; il est peu probable que les premiers acceptent d'être alignés sur les seconds sans réagir brutalement aux élections, tout gouvernement français en est conscient. Et ce qui est vrai des revenus du troisième âge ne l'est pas moins dans les autres domaines. Visiblement le choix entre le modèle américain (large éventail de salaires vers le haut et vers le bas et taux de chômage bas) et le modèle continental (protection sociale, lutte contre les inégalités et l'exclusion, taux de chômage élevé) est singulièrement réducteur des possibles. Les rigidités issues de l'expansion fordiste et du baby-boom devront céder et permettre à plus de diversité et de flexibilité de faire leur place, mais pour l'instant personne n'esquisse une voie pour sortir de l'impasse.

CONCLUSION

Ce serait une grave erreur, nous l'avons vu, de s'en tenir à un diagnostic simpliste d'effacement de l'État, puisqu'il conserve un rôle central et décisif entre Bruxelles et les capitales régionales. À certains égards il est plus présent que jamais dans la vie quotidienne, familiale, civique et professionnelle des citoyens. L'État-providence n'est plus simplement un protecteur des faibles, il est devenu un fournisseur de services, certes plus proche des

déshérités que des riches, mais cependant à la disposition de chaque citoyen. Sur le plan collectif,
chaque État ne peut plus décider, commander et
se faire obéir sans négocier avec Bruxelles, les
autorités régionales et les représentants des corporations. Mais par ailleurs rien ne peut se faire sans
lui, ni à l'échelle de l'Europe ni à celle des
régions. On voit que l'opposition même entre
droit public et droit privé, essentielle sur le Continent, est en passe de perdre son fondement.

Dans les pays où l'État est récent et faible, et
où les pouvoirs locaux et régionaux et les intérêts
corporatistes sont bien organisés, l'évolution se
fera sans heurt majeur. Municipalités, chambres
de commerce, syndicats ouvriers et patronaux,
toutes ces instances de pouvoir ont depuis longtemps, parfois depuis le Moyen Âge, l'habitude de
négocier entre elles et de ne recourir à l'autorité
de l'État qu'en dernière instance, et encore en
négociant avec lui et non par besoin d'un arbitre.
En France, au contraire, où toutes les autorités
intermédiaires n'ont d'autre légitimité que celle
qui leur est conférée par la « reconnaissance » des
pouvoirs étatiques, le choc est brutal et la mutation va être très pénible pour les citoyens. Depuis
Louis XIV, Napoléon et la République, les Français se sont formé un profond attachement à leur
État. Ils en attendent protection et identité. Ils se
battent contre lui, mais dans ce combat ils renforcent leur allégeance. À l'école primaire l'enseignement se donnait pour objectif primordial d'inculquer aux jeunes Français cette idée de la nation

liée à son État. Le fonctionnement des collectivités territoriales était soumis à la tutelle stricte du percepteur et du sous-préfet jusqu'en 1982 ; aujourd'hui encore l'organisation fiscale montre que le produit de l'impôt monte à Paris en majeure partie pour redescendre dans les municipalités. La notion de service public confondue avec le service de l'État et avec l'intérêt général fait que tout cheminot ou tout postier se considère comme investi de la puissance publique.

Les événements de novembre-décembre 1995 ont témoigné d'une prise de conscience par les Français de l'incompatibilité entre leur notion de l'État et l'évolution du monde. Ils ont vu à la télévision que les soldats français en Bosnie n'étaient plus aux seuls ordres du gouvernement de la France, ils ont compris que l'Union monétaire officialisera la dépendance de fait de la France à l'égard de l'économie allemande et des décisions de la Bundesbank ; ils se sont rendu compte qu'un citoyen français pouvait faire appel d'un jugement d'un tribunal français auprès de la Cour européenne ; ils voient tous les jours des réglementations de Bruxelles s'imposer à eux jusqu'à leur interdire de chasser la tourterelle ; on leur dit que la drogue vient de Hollande et que les immigrés roumains arrivent en traversant l'Italie. Il suffit de regarder la télévision pour comprendre que la citoyenneté française a perdu ce qui faisait sa vertu : le rattachement à un État fort et souverain. Depuis longtemps en majorité favorables à l'Europe, en principe, les Français découvrent tar-

divement les conséquences fondamentales que
l'Union va entraîner, conséquences sur leur identité, leurs droits et leurs privilèges. Personne ne
leur explique pourquoi ils doivent faire des sacri-
fices aussi graves et douloureux : qu'est-ce que
l'Europe leur offrira à la place de ce qu'ils perdent ? Et sans doute ne sont-ils pas les seuls à vivre
ce réel déchirement.

Ce qui est vrai des Français ne l'est pas moins
des autres citoyens européens, chacun avec les particularités historiques de son État. On a demandé
leur avis aux Danois, ils ont répondu négative-
ment ; aux autres on a eu la précaution de ne pas
leur demander leur avis, pourtant chaque Européen est confronté au dilemme. Ces diverses analyses amènent à conclure qu'une conception nouvelle de l'État est en train de se faire jour, variable
selon les pays. Les juristes et les politistes n'ont
pas de tâche plus urgente que de construire une
nouvelle théorie de l'État. En effet, en l'absence
d'une telle théorie, les hommes politiques et les
citoyens sont complètement désorientés par les
transformations qu'ils lisent comme un démantè-
lement de la puissance publique et une mise en
question de sa légitimité.

CHAPITRE VII

DIVERSITÉ
DES CAPITALISMES[1]

Jusqu'à l'écroulement du système socialiste, l'attention des observateurs était concentrée sur l'opposition entre capitalisme et socialisme. Pendant de longues années les pays du tiers monde se partageaient entre ceux qui suivaient une « voie socialiste de développement » et ceux qui choisissaient une voie capitaliste. Depuis 1989 que le contraste n'existe plus, les observateurs commencent à scruter le « capitalisme » dans ses diverses variantes et en découvrent les différences majeures. En effet le « capitalisme » n'est qu'un modèle abstrait qui ne s'est incarné nulle part dans sa perfection. La rationalité de l'entrepreneur se heurte aux relations humaines au sein de son entreprise. Selon Taylor, l'ouvrier ne devait pas penser, d'autres étant payés pour cela, mais seulement exécuter une tâche aussi mécaniquement que

---

1. Ce chapitre emprunte beaucoup au livre dirigé par C. Crouch et W. Streeck, *Les capitalismes en Europe*, et à celui dirigé par R. Boyer et R. Dore, *Les politiques des revenus en Europe*.

possible ; or par définition ce qui est mécanique
peut être mieux accompli par la machine que par
l'homme. Certes Taylor et Ford n'en finissent pas
de mourir, et nous entrons progressivement dans
le post-fordisme et le chef d'entreprise est assailli
par les « relations humaines ». De même le marché n'est, nulle part, aussi transparent que le
rêvent les théoriciens, et les clientèles d'acheteurs
et de sous-traitants se stabilisent et rendent vis-
queuse la fluidité des échanges. Enfin l'État
impose ses contraintes politiques, en restreignant
la liberté des investissements pour conserver un
pouvoir sur l'économie nationale, et en protégeant de diverses manières les productions nationales pour satisfaire ses électeurs. Il fixe aussi des
limites au contrat de travail (salaire minimum,
règles de licenciement, etc.). Ces entraves au libre
jeu du marché économique et du marché du travail scandalisent les doctrinaires du libéralisme,
mais elles sont présentes partout, de manière
ostensible, ou plus ou moins cachée.

Depuis longtemps on voyait que le capitalisme
européen était différent de l'américain et du japonais, la différence majeure tenant à l'État-providence : 50 % de prélèvement d'un côté, 30 % de
l'autre. Visiblement le rôle de la nation n'est pas
le même ici et là. En Europe occidentale même,
les contrastes étaient remarquables et remarqués
entre la Grande-Bretagne individualiste et libérale,
la France colbertienne où l'État contrôle directement ou indirectement toute l'économie, l'Italie
qui développe son économie grâce à des structures

régionales dynamiques et l'Allemagne où l'agencement institutionnel entre État, banques, syndicats et patronat assure le pilotage économique. À l'intérieur même de chacun des quatre grands pays, les différences sont si fortes entre régions et entre secteurs qu'il est peut-être abusif de parler de formes nationales de capitalisme. Dans les pays de moindre dimension la classe dirigeante est moins complexe et les intérêts des grandes entreprises sont pris en compte par les politiques, comme par les syndicalistes. Par exemple en Hollande : Philips, Shell, Unilever ; en Suède : Volvo, Electrolux, Wallenberg. Ce qui est bon pour ces grands champions nationaux est bon pour le pays. Le Danemark n'a pas de grand champion mais une forme d'organisation coopérative traditionnelle modernisée dans les districts industriels qui fournissent aux entreprises petites et moyennes les services et les liaisons nationales et internationales qu'ailleurs les grandes entreprises gèrent pour elles-mêmes. Dans les pays plus grands, des champions plus nombreux et plus divers ont des intérêts contradictoires, des modes de gestion variés et les marchés sont plus diversifiés ; le gouvernement est donc ramené à un rôle d'arbitre, garant des objectifs nationaux. Or chaque pays définit à sa manière ce qu'il considère comme ses objectifs primordiaux.

Il y a quelque naïveté à espérer que les pays qui sortent à peine d'une économie étatique de type soviétique vont subitement adopter les règles théoriques d'un système capitaliste qu'ils n'ont jamais

connues. Ils n'ont de notion claire ni de la propriété individuelle ni des règles de confiance
nécessaires à la négociation, ni du rôle de l'État
dans un état de droit. Ils ne connaissent que le
marchandage sur le champ de foire entre le paysan et le maquignon où « le plus madré »
l'emporte ; précisément le contraire des stipula-
tions précises d'un contrat dans un marché régulé.
Il leur faudra du temps pour inventer de nouvelles
institutions, de nouvelles règles, de nouvelles formes de capitalisme.

Pour trouver une voie d'approche dans cette foisonnante diversité, Robert Boyer et « l'école de la
régularisation » proposent un schéma d'analyse
qui distingue quatre instances de régulation (*in*
Crouch, Streeck, 1996) :

— Le *rapport salarial* codifie les rapports entre
patrons et salariés au sein de l'entreprise et le
fonctionnement du marché du travail. Chaque
pays a son droit du travail, ses institutions syndicales, ses types d'entreprise et ses mœurs de négociation.

— Le *rapport marchand* n'est pas le même dans
tous les pays. La concurrence ne joue pas de la
même manière selon que les offreurs et deman-
deurs sont nombreux ou que le marché est
dominé par un petit nombre d'agents.

— La *monnaie*, les institutions et les politiques
monétaires ont une influence décisive : inflation,
taux d'intérêt, dévaluation.

— Enfin l'*État* joue un rôle plus ou moins direct
dans la gestion de l'économie, dans les institutions

qui fournissent des services aux entreprises, notamment l'enseignement. L'État-providence pèse plus ou moins lourdement sur l'appareil productif.

Dans chaque pays, ces quatre instances s'agencent de manière unique. Le rôle de la monnaie et de l'État est décisif. Entre le rapport salarial et le rapport marchand les critères d'efficience économique ne sont pas les seuls à jouer ; les principes de légitimation varient considérablement ; l'histoire et les crises ont laissé des traces qui sont souvent devenues des structures durables. Chaque analyste propose sa typologie de « capitalismes organisés ». Distinguons quatre types : négocié, réticulaire, étatique ou colbertien, individualiste.

LE CAPITALISME NÉGOCIÉ

Pendant vingt ans, le modèle suédois était la référence pour les sociaux-démocrates européens à la recherche d'un « capitalisme à visage humain ». Volvo servait par ailleurs de modèle pour la gestion du travail au sein des entreprises. Jonas Pontusson schématise en ces termes le modèle suédois : « Il combine un secteur privé orienté vers l'exportation, une gamme complète de services sociaux publics, une compression des salaires par le biais d'une négociation collective applicable à l'ensemble de l'économie, une intervention étatique sélective sur le marché du travail et un système fiscal qui a encouragé le réinvestissement productif des bénéfices des entreprises sur le territoire national » (*in* Crouch et Streeck, 1996). Si ce modèle a fasciné pendant vingt ans les démocrates de tous les pays, c'est qu'il assurait le plus bas niveau de chômage et la plus faible inégalité des salaires de tous les pays de l'OCDE. Mais il n'a pas survécu à la mondialisation de l'économie des années quatre-vingt-**dix**.

La dimension du pays faisait que la négociation était centralisée au niveau national. Il a joué pour des grandes entreprises de type fordiste et en faveur des services sociaux très diversifiés ; si bien que l'on a vu croître en même temps le nombre des ouvriers industriels et le nombre des employés (le plus souvent des femmes) des services publics et sociaux. Ce qui a contribué à maintenir le plein emploi. En 1992 le secteur public représentait 32,5 % de l'emploi total et le taux d'activité était de 83,2% ; 85 % des salariés sont syndiqués. Dans les années récentes, le patronat réformiste a mis en place de nouvelles stratégies productives. Il a mené une campagne victorieuse contre la négociation centralisée dans des institutions nationales tripartites. Le changement de majorité politique a fait perdre une partie de leur pouvoir aux syndicats et le rapport entre les trois parties aux négociations a donc changé au moment même où la mondialisation de l'économie imposait des pressions nouvelles. L'admirable modèle n'a pas résisté.

Pierre Guillet de Monthoux (*in* Schnapper et Mendras, 1990) avait averti que le modèle suédois est trop suédois pour pouvoir être imité, surtout à l'époque où il était triomphant. En Suède, l'entreprise est directement issue de la communauté de bûcherons au milieu de sa clairière : l'individu n'existe que s'il parle au nom du groupe. L'État est absent de la conscience suédoise. « On raconte que l'ancien ministre des Finances Sträng, figure légendaire de la Suède, gouvernait en consultant chaque semaine au téléphone M. Wallenberg, chef de la grande famille de banquiers » (p. 90). M. Sträng et M. Wallenberg gouvernaient avec le consentement de tous les Suédois qui se sentent membres de leur pays, tous à égalité, grâce à l'État-providence social-démocrate. En Suède, dit-il, être un individu ce n'est pas être libre, mais souffrir d'isolement. « La Suède est une société de castors. Jadis tout Suédois savait réparer lui-même sa maison en rondins. L'industrialisation du pays a forcé les castors à sortir de leurs fermes et à pénétrer dans les usines où ils continuent à assembler des éléments pour faire des voitures, des navires et d'autres choses encore » (p. 74). Et tous les castors sont égaux et heureux de vivre ensemble. L'entreprise est l'institution hégémonique de la Suède : elle impose son mode de gestion à l'ensemble du pays et elle cherche à couvrir tous les besoins de ses employés, comme la forge du XVIIIe siècle perdue dans la forêt près de son gisement. L'État-providence est régionalisé, ce qui entraîne de fortes inégalités dans l'accès aux soins médicaux en par-

ticulier, et s'il se trouve en difficulté, tout naturellement ses responsabilités vont aux entreprises.
Aujourd'hui l'on peut s'interroger sur l'évolution
à venir du modèle suédois : va-t-il évoluer à
l'anglaise ou à l'allemande ? Les transformations
en cours paraissent conduire à un abandon des
principes sociaux-démocrates intégrés dans un
capitalisme organisé. Mais l'État-providence n'est
pas démantelé. En revanche les négociations salariales ont tendance à se faire au niveau des branches et des régions et non plus seulement au
niveau national. De son côté la Banque centrale,
sans changer son statut, gagne en autonomie.
Enfin le système de formation se modifie en
s'inspirant du modèle allemand.

L'Autriche a construit une social-démocratie qui
peut s'analyser comme une variante du modèle
suédois. Avec succès, puisque les performances de
l'économie autrichienne étaient supérieures à la
moyenne de l'OCDE dans les années quatre-vingt.
Le partenariat social tripartite a organisé un système de coopération institutionnalisée qui traite
de tous les aspects de la politique économique et
sociale : le gouvernement, la Confédération autrichienne des syndicats et les chambres d'Agriculture, de Commerce et de Travail, organismes
parapublics auxquels le gouvernement doit soumettre les projets de lois. Environ 60 % des salariés
sont syndiqués. L'instance de négociation est une
Commission paritaire tripartite où toutes les décisions doivent être prises à l'unanimité, mais qui
n'a pas d'autorité légale et ne dispose pas de

moyens pour imposer des sanctions. Une sous-commission traite des prix, une autre des salaires et un comité consultatif économique et social traite des autres problèmes et de la politique économique en général. Jusque dans les années quatre-vingt ce remarquable agencement institutionnel a poursuivi une politique qualifiée « d'austro-keynésianisme » dont les trois principes directeurs sont :

— la priorité absolue donnée au plein emploi et à la croissance ;

— une monnaie forte pour lutter contre l'inflation ;

— une politique fiscale expansionniste pour favoriser la croissance, et, par là, l'emploi.

Depuis dix ans, dans un contexte restrictif imposé par l'Allemagne, il devient plus difficile de mener une politique expansionniste, et le système s'est déréglé. Le chômage et la dette publique ont augmenté. Par ailleurs cet agencement institutionnel a développé un corporatisme dans les professions du tertiaire qui défendent avec succès leurs règles protectrices et leurs revenus. De plus cette politique a entraîné des inégalités dans les salaires plus fortes que dans les autres pays, inégalités qui sont largement compensées par la redistribution de l'État-providence. Le « corporatisme » autrichien a donc perdu de sa valeur de modèle.

En Allemagne, la gestion de l'économie peut s'analyser de manière analogue avec cette différence majeure qu'une économie de 80 millions d'habitants ne se gère pas de la même manière qu'un pays de 8 millions comme la Suède ou l'Autriche. Par ailleurs, les bases idéologiques de la social-démocratie ou de l'austro-keynésianisme ne sont pas les mêmes que celles de la démocratie chrétienne. Les syndicats rassemblent seulement 35 % des salariés mais quelques syndicats puissants, IG Metall et DGB, ont un rôle de leader qui donne aux syndicats un fort pouvoir de marchandage malgré leur médiocre base militante. Le patronat allemand est fortement organisé à la fois sur une base interprofessionnelle à l'échelle régionale et par branche à l'échelle nationale. Les souvenirs de l'inflation dévastatrice des deux après-guerre motivent un consensus sur l'impératif majeur que constitue la rigueur monétaire.

Selon W. Streeck (*in* Boyer et Dore, 1994) : « Tous les ans, à partir de 1974, la Banque annonce unilatéralement un objectif de taux de croissance pour la masse monétaire et s'engage publiquement à recourir à tous les instruments à sa disposition pour éviter que ce taux soit dépassé, *quelles qu'en soient les conséquences*. Les augmentations autorisées seraient égales à la croissance attendue du potentiel de production réel, incluant une inflation inévitable (...). La banque estime son objectif non négociable, que ce soit avec le gouvernement fédéral, ou avec qui que ce soit d'autre. En effet, c'est la non-négociabilité de cette politique fermement établie — et le rejet implicite de tout compromis avec d'autres objectifs, en particulier le plein emploi — qui est considérée pour la banque comme la condition la plus importante de son succès » (p. 150). Cette contrainte d'objectif est acceptée par les syndicats de salariés, parce que dans la sidérurgie, le secteur dominant, fortement exportateur, IG Metall a conscience que le maintien de l'emploi est conditionné par les marchés extérieurs. En outre, dès les années soixante-dix IG Metall a eu pour doctrine le partage du travail réduction du temps de travail pour restreindre le chômage. Cet admirable agencement institutionnel a bien fonctionné jusqu'à la réunification. On peut se demander aujourd'hui s'il est capable de résister au triple choc de la réhabilitation de l'économie des *Länder* de l'Est, de l'immigration et de la mondialisation.

La comparaison entre l'Allemagne et d'autres pays fait ressortir plusieurs traits caractéristiques :

— L'importance de l'industrie manufacturière et son rôle dans la formation du capital. Encore aujourd'hui l'Allemagne est le pays le plus « industriel » d'Europe puisque l'Angleterre s'est très rapidement désindustrialisée. Cette prééminence de l'industrie explique sans doute que le patronat soit aussi bien organisé.

— La production industrielle a toujours été orientée vers l'exportation. La dimension du pays explique cette orientation en Suède, en Suisse, en Belgique et en Hollande : le marché intérieur est trop étroit pour être le débouché principal des grandes entreprises. Ce n'est pas la raison en Allemagne.

— Le système bancaire a été développé pour financer l'industrie. Alors qu'en Angleterre le système bancaire, orienté vers le marché international des capitaux, est clairement autonome par rapport à l'industrie nationale. En France le système bancaire s'est construit sur l'épargne bourgeoise et paysanne ; il a toujours été dépendant de l'État français et des États étrangers car les épargnants français attachaient une importance décisive aux garanties étatiques ; la catastrophe des emprunts russes n'a guère entamé cette confiance en l'État, comme le succès des privatisations l'a montré.

S'interrogeant sur l'avenir de « l'économie sociale de marché » à l'allemande, Wolfgang Streeck souligne quatre exigences du système :

— des marchés mondiaux pour des produits de qualité suffisamment vastes pour absorber une production à hauts coûts salariaux ;

— une innovation technique continue pour donner en permanence aux produits allemands une avance sur leurs concurrents. Ce qui suppose de poursuivre de forts investissements en recherche et développement ;

— une main-d'œuvre hautement qualifiée dans des compétences très spécialisées, donc un agencement très intime entre système de formation et entreprises.

— enfin la main-d'œuvre non qualifiée, incapable de fonctionner dans ce système, doit être réduite au minimum pour ne pas être à la charge de l'État-providence, et donc de l'économie.

Ces quatre conditions s'imposent peu ou prou à toutes les économies européennes. Seront-elles toujours remplies à l'avenir ? La concurrence japonaise sur les marchés de qualité est inquiétante parce que le système allemand, tout orienté vers la qualité de production, est moins capable d'optimiser les rendements et de réagir rapidement à une modification de la demande. Par ailleurs la réunification a créé une zone de bas salaires à l'Est, qui ne seront jamais assez bas pour entrer en concurrence avec les autres pays de l'Est et qui déséquilibrent le système de hauts salaires de l'ancienne RFA : le transfert institutionnel (*Institutionentransfer*) de l'un à l'autre ne peut se faire d'un coup de baguette magique, comme l'a été la parité des deux marks. Le chômage qui sévit à l'Est modifie le marché du travail dans tout le pays. Enfin le « chauvinisme » du capitalisme allemand ne va pas résister à l'internationalisation de l'économie. Tout le système institutionnel de négociation est ancré sur un État fort, qui est en passe de perdre son monopole régalien. La globalisation des marchés financiers permet aux firmes d'échapper à la tutelle des banques (*Hausbanken*) qui deviennent plus sensibles au marché mondial. Dans le cadre de l'Union européenne, les Allemands se sont alliés aux Anglais dans le domaine financier tout en s'accordant avec les Français sur la nécessité d'une « dimension sociale » de l'Europe. Deux exigences et deux alliances qui risquent d'être antinomiques.

Le « miracle espagnol », transition démocratique et modernisation économique, s'explique sans doute par le refus de tous les Espagnols de

toute violence, rappel insupportable de la guerre
civile (Pérez-Díaz, 1996). Cette crainte, viscérale et
raisonnée, a conduit les Espagnols et leurs dirigeants à conclure une série de pactes, tacites ou
explicites : pacte politique entre la gauche et la
droite, suivi d'un accord avec l'Église et l'armée.
Renforcés par la crainte de la dérive violente des
Basques, des pactes régionaux et sociaux entre
politiciens, syndicalistes et patrons ont été institutionnalisés dans les gouvernements des régions et
des collectivités autonomes. Cet agencement institutionnel, à la fois neuf et traditionnel, a permis
de canaliser les conflits et de mettre en place une
politique anti-inflationniste. Ce rôle intégrateur
de la politique, symbolisé par l'accord entre le roi
et le parti socialiste, a été le facteur décisif. Dès la
période finale du franquisme, à la fin des années
cinquante, le gouvernement décida de renoncer à
son rêve autarcique, de s'orienter vers une économie ouverte, intégrée aux marchés internationaux
de biens et de capitaux. Ce nouveau modèle n'est
pas sans rappeler le modèle allemand, derrière
toutes les différences économiques et culturelles,
mais il est visible qu'un capitalisme espagnol est
en train de s'élaborer, dont on ne connaît pas
encore les caractéristiques propres.

LE CAPITALISME RÉTICULAIRE[1]

Le contraste avec la troisième Italie s'impose, mais aussi avec le Danemark et le sud de l'Allemagne, notamment le Bade-Wurtemberg. Dans ces trois régions se sont développés, sous des formes différentes, des districts industriels qui rassemblent sur une petite région une constellation de petites et moyennes entreprises qui fonctionnent en réseau et bénéficient des services « étatiques » et bancaires à leur niveau. Les petites entreprises peuvent être des sous-traitantes de grandes entreprises, et être agencées sur un capitalisme national organisé, comme c'est le cas en Bade-Wurtemberg. De même des services techniques fournissent les informations sur les progrès techniques et aident à la diffusion des innovations. Enfin les écoles d'apprentissage définissent leurs programmes de formation en fonction des besoins locaux en étroite collaboration avec les entreprises qui accueillent les apprentis en stages à temps partiel ou en scolarité « duale » comme en Allemagne.

Au Danemark une vieille tradition coopérative a servi de trame au développement de districts industriels. Les coopératives avaient l'habitude de coopérer entre elles et de s'intégrer dans un réseau institutionnel et un réseau commercial,

1. Sur ce sujet cf. Bagnasco et Sabel, *PME et développement économique en Europe*, 1994, et Bagnasco et Trigilia, *La construction sociale du marché*, 1993.

largement orienté vers l'Angleterre en ce qui concerne les produits alimentaires. En France, quelques régions très limitées peuvent se comparer à ces exemples étrangers, notamment le Choletais.

Les banques locales jouent un rôle décisif dans l'orientation des investissements et le soutien des trésoreries en périodes difficiles parce qu'elles connaissent les entreprises, leurs dirigeants et leurs marchés et qu'elles sont libres de leurs décisions, sans les faire remonter au niveau national. En Allemagne, les caisses d'épargne (*Sparkassen*), les banques mutualistes (*Genossenschafts Banken*), et les banques provinciales (*Länder Banken*) jouent un rôle essentiel de coordination entre les entreprises mais aussi entre les districts industriels et l'échelon provincial et national. Dans la troisième Italie les banques régionales, qui sont parmi les plus anciennes du monde, jouent le même rôle. Elles se sont assoupies quand ces régions centrales paraissaient demeurer en marge du développement économique, puis elles ont repris vie à partir des années soixante et ont innervé tout le prodigieux bourgeonnement des entreprises petites et moyennes. La dévaluation de la lire est le recours ultime du système : lorsque les PME ne peuvent plus exporter le gouvernement dévalue et tout le système reprend son souffle.

En effet le modèle le plus achevé de capitalisme réticulaire se trouve en Italie. Entre le triangle industriel Turin-Milan-Gênes et le Mezzogiorno, cette « troisième Italie », région paysanne et artisanale, était en marge du développement et regardait passer l'histoire, en quelque sorte. Puis subitement, dans les années soixante-dix, elle connut un démarrage économique spectaculaire dans les productions traditionnelles (vêtement, chaussure, céramique) comme dans les productions les plus modernes de l'électronique. Entre 1970 et 1979 la valeur ajoutée a augmenté de 37 % en Italie, de 25 % en Piémont et de 50 à 60 % dans ces régions. À la fin des années soixante-dix, la province de Modène était la plus riche d'Italie. Les entreprises de plus de 1 000 salariés emploient un tiers de la main-d'œuvre en Piémont, 6 % seulement en Émilie-Romagne, environ 10 % dans les autres provinces. Dans la troisième Italie la taille moyenne des entreprises est égale ou inférieure à 10 salariés. Les fondements de ce décollage ne sont ni techniques ni économiques, mais sociaux : une structure familiale forte, une capacité de gérer une petite entreprise, des réseaux d'entraide, une ouverture sur l'international et des institutions municipales et bancaires actives.

Cette troisième Italie correspond à l'Italie des villes et des principautés de la fin du Moyen Âge. Elles avaient l'habitude de se gouverner elles-mêmes et d'entretenir des liens économiques avec le monde entier : les marchands de Venise et les banquiers de Florence en sont les meilleurs exemples et la plus ancienne banque au monde, la Caisse d'épargne de Sienne. Aujourd'hui les institutions provinciales et municipales fournissent aux entreprises des services divers, notamment la formation professionnelle, et les banques locales sont au plus près de leurs clients, petits chefs d'entreprises. Dans les régions blanches (Vénétie) comme dans les régions rouges (Toscane, Émilie-Romagne) les clientèles politiques s'enracinent dans le tissu des petites entreprises familiales. Curieusement, le développement économique a coïncidé avec le recul de la culture religieuse dans les zones blanches, et du Parti communiste dans les zones rouges.

Dans la troisième Italie on trouve les groupes familiaux les plus nombreux : 9 à 12 membres en Toscane et Émilie, 18 à 20 dans les Marches. Ces familles ont toujours été de véritables unités de production mi-agricoles mi-artisanales : « De telles familles constituaient des organismes capables d'un certain contrôle sur leur propre destinée, suffisamment autonomes pour expérimenter des formes d'organisation nouvelles, assez stables dans le temps pour rassembler une expérience suffisamment longue pour arriver au rendez-vous de la transformation du système productif » (Bagnasco, p. 63). En outre chaque famille s'inscrit dans un réseau de parenté et dans un réseau de voisinage avec lesquels elle entretient des rapports de confiance, d'échange et d'entraide.

Famille et cité ont servi de trame à la constitution de systèmes d'entreprises et de districts industriels, dont certains sont spécialisés dans une production, d'autres au contraire rassemblent des productions complémentaires ; dans tous, les entreprises sont étroitement liées avec les marchés internationaux à travers des correspondants à l'étranger ou des firmes internationales : Beneton est le cas le plus spectaculaire. Dans le district de Prato, près de Florence, environ 50 000 ouvriers produisent la moitié de tout le tissu cardé confectionné dans la CEE, dans des entreprises de cinq personnes. Ce réseau d'entreprises reçoit ses commandes d'un représentant de Londres ou d'ailleurs, qui ne sait pas quelles entreprises produiront son tissu, mais est assuré qu'il sera produit selon les normes et dans le délai exigé. Le réseau d'entreprises familiales peut répondre à un marché très instable grâce à la flexibilité de sa main-d'œuvre très compétente et à une compression des coûts due en partie au travail noir. Mais Prato est réputée comme la ville aux doigts coupés parce que les **accidents** du travail y sont très nombreux. Ce modèle neuf de capitalisme réticulaire se trouve aujourd'hui confronté, comme les autres, à la mondialisation des marchés et à la concurrence de producteurs aux bas salaires des pays en développement.

LE CAPITALISME COLBERTIEN

En France, les chefs d'entreprises ont toujours hésité à s'aventurer hors des frontières et se sont concentrés de préférence sur le marché national, prolongé par le marché colonial. Ils demandaient à l'État de protéger leurs débouchés intérieurs contre l'intrusion étrangère, selon une doctrine colbertienne bien établie, et s'ils s'aventuraient à l'extérieur c'était le plus souvent avec l'aide de l'État. Chez nos voisins l'orientation vers l'extérieur pèse sur la négociation salariale car elle fournit une sanction visible dans la chute des parts de marchés étrangers, dont les représentants des salariés sont clairement conscients. La réussite de la planification à la française pendant les Trente glorieuses est largement due à l'accord tacite des syndicats, et notamment de la CGT, qui n'avaient pas de mal à défendre l'emploi dans une période de plein emploi, et les salaires dans une période d'expansion et d'inflation. Depuis l'arrivée au pouvoir des socialistes et la volte-face du gouvernement Mauroy en 1983, les salariés français ont appris que si leur entreprise perd des parts de marché à l'extérieur, ils seront menacés de chômage. En France, au niveau régional, organisations patronales et syndicats de salariés sont très faibles. Toute négociation se passe donc au niveau national, et les négociations d'entreprise ne sont jamais qu'une adaptation de la convention collective de branche nationale[1]. Cette faiblesse du niveau régional est un facteur d'inadaptation et de rigidité dans la régulation économique. Il se retrouve également dans le système bancaire où l'autonomie de décision de l'échelle locale et régionale

1. Cf. J.-P. Jaslin *in* Louis Dirn, « Chronique des tendances de la société française », *Revue de l'OFCE*, n° 56, janvier 1996.

est insuffisante pour favoriser le développement des entreprises. Après la décentralisation administrative politique et culturelle, la vie économique, notamment bancaire, demeure centralisée de manière excessive.

La force du modèle français tient à la capacité de décision de l'État et à la compétence de ses grands corps d'ingénieurs. Si l'on prend les plus belles réussites de l'industrie française, chacune est liée à un grand corps :

— les chemins de fer et le métro, les ingénieurs de la SNCF et de la RATP ;

— l'aéronautique, du Concorde à l'Airbus et à Ariane, grâce à l'Aérospatiale ;

— les télécommunications, grâce aux ingénieurs des Telecom ;

— les industries de l'armement aux mains des ingénieurs du corps de l'Armement ;

— l'énergie atomique, et le pétrole, l'électricité nucléaire, grâce au corps des mines, à l'EDF et au CEA.

Par contraste, l'industrie française a toujours été incapable de produire des machines-outils comme les Allemands ou les Suisses, et des ordinateurs comme les Américains et les Italiens. Mais quelques succès majeurs ne doivent rien aux grands corps techniques : l'automobile (Renault, Peugeot et Michelin), les travaux publics (Bouygues), l'alimentaire (Danone), les super et hypermarchés..., et bien d'autres. Si l'on peut critiquer les grandes écoles pour la place excessive qu'elles prennent dans les instances de décision nationales, il faut en

revanche insister sur leur rôle de recrutement et
de formation d'une élite d'ingénieurs de haute
compétence. De plus, les grands corps techniques
et les associations d'anciens élèves maintiennent
un esprit de corps et une rivalité qui entretiennent
un souci d'excellence.

Ces grands corps d'ingénieurs règnent sans
partage sur de grandes institutions nationales qui
ont accès au niveau élevé de décisions de l'État.
Qu'on les approuve ou qu'on les critique, la décision de doter la France d'électricité nucléaire, de
construire un avion supersonique, un TGV, Ariane
ou un exocet ont été prises au plus haut niveau de
l'État. Décisions politiques, conçues et élaborées
par les ingénieurs et qu'ils ont mises en œuvre
avec l'accord des syndicats qui partageaient la
même vision techniciste de la société, la même
fierté de la prouesse technique et la même ambition pour leur entreprise nationale.

Ce modèle français a fonctionné admirablement bien pendant les Trente glorieuses dans un
univers « fordiste ». Une génération de grands
commis de l'État, issus de la crise de conscience
des années trente et de la débâcle, avait conçu
pendant l'Occupation une renaissance technique
et technocratique du pays. L'impotence politique
de la IVᵉ République leur laissa la bride sur le
cou, puis ils accédèrent au pouvoir sous l'autorité
tutélaire de de Gaulle, suivi de Pompidou et de
Giscard d'Estaing. À la fin des années soixante-dix
ce modèle de croissance faiblit, la compétitivité
des entreprises baisse, le chômage augmente

démesurément. Le succès passé cache la réalité et les gouvernements, de droite comme de gauche, réagissent trop tard et trop peu. La politique sidérurgique et la politique agricole sont des exemples frappants d'erreurs graves dues à une myopie sur les transformations du monde et à une connivence malheureuse et coupable entre responsables politiques, administratifs, économiques et syndicaux. L'économie française sait s'adapter en période d'expansion, elle s'adapte difficilement en période de récession. La volte-face de 1983 assure, avec retard et au prix d'un chômage excessif, un rattrapage remarquable : la libre entreprise est glorifiée, les nationalisations sont remises en question, les grands champions nationaux baissent pavillon devant les petites entreprises qui embauchent. Clairement, le modèle français entre en crise. On lui cherche un remplaçant : modèle libéral anglais ou modèle rhénan ?

Mais, on l'a vu, on ne peut pas importer un mode de gestion du capitalisme. Depuis que les sociologues d'Aix (Maurice *et al.*, 1982) ont montré les vertus de l'apprentissage à l'allemande, malgré tous les discours, les chefs d'entreprises français se refusent à dépenser de l'argent, le temps et la compétence de leurs employés, pour former des apprentis. L'Éducation nationale sert de bouc émissaire : on lui reproche de ne pas former des techniciens rompus aux nouvelles techniques, or on voit mal comment elle pourrait le faire avec un corps professoral qui a acquis ses compétences dix, vingt ou trente ans plus tôt. C'est à l'atelier, non à l'école, que s'apprennent techniques et savoir-faire, surtout en période de modernisation technique. De plus, l'ajustement entre qualifications et compétences ne se faisant pas en France comme en Allemagne, la mobilité des ouvriers d'une entreprise à l'autre est bridée.

La France ne peut guère espérer acclimater chez elle le « modèle rhénan » version germanique. Robert Boyer y voit trois obstacles incontournables :

— l'interdépendance des institutions économiques qui fait la force et la stabilité du modèle rhénan n'existe pas ;

— la difficulté française à synchroniser des changements en dehors des périodes de crises ;

— les groupes sociaux et les entreprises s'expriment en fonction de leur pouvoir de négociation avec l'État, par conséquent, celui-ci est seul à pouvoir faire émerger de nouveaux systèmes de compromis.

LE CAPITALISME INDIVIDUALISTE

L'« expérience Thatcher » a été menée en réaction contre l'État-providence du Labour et contre le *corporate capitalism* de M. Heath. Elle était animée par une idéologie, simpliste et forte, que Mrs Thatcher a résumée en une phrase : « La société n'existe pas. Il y a les individus, hommes et

femmes, et il y a les familles. » Ce postulat, qui
paraît naïf au sociologue, correspond à l'individualisme viscéral des Anglais, à la conception individualiste de leurs institutions, et au souvenir de la
grandeur britannique du XIXe siècle, qui avait été
l'œuvre d'un petit nombre de brillants entrepreneurs. Curieusement cette femme, qui se voulait
pragmatique, a infligé à son pays une cure idéologique qui explique sans doute son relatif échec.
Elle a réussi à enrayer le déclin économique du
pays, certains pensent même à le redresser, mais à
un très fort coût social. La croissance des inégalités
et du nombre des pauvres était le résultat attendu
d'une politique valorisant la compétition et la
réussite individuelle et réduisant l'État-providence. Si la société n'existe pas, la justice sociale
n'existe pas. L'abaissement des syndicats laisse le
gouvernement pratiquement seul face aux entrepreneurs et aux salariés. Malgré l'échec de la *poll
tax*, Mrs Thatcher a réduit l'influence des collectivités territoriales, et a renforcé la centralisation
administrative et les pouvoirs du gouvernement.
Ce qui est particulièrement piquant au moment
où la France entreprenait une véritable décentralisation qui changeait l'équilibre des pouvoirs entre
l'administration et les élus. La dépense publique a
augmenté, le contrôle de l'État a été renforcé sur
l'enseignement, les administrations locales, la
police. Des institutions locales se sont multipliées,
qui dépendent du gouvernement et non des élus.
Les privatisations des grandes entreprises n'ont
pas entraîné une meilleure gestion et n'ont pas

augmenté la concurrence. On peut se demander si
en voulant libérer l'économie du carcan étatique,
Mrs Thatcher n'a pas introduit des rigidités nouvelles, alors que la souplesse des institutions intermédiaires et des réseaux devient essentielle dans
des économies post-fordistes. L'avenir seul per-
mettra de porter un jugement.

LA FORCE
DE LA CULTURE NATIONALE

Si le modèle suédois est obsolète, si le modèle
allemand et l'étatisme à la française se révèlent
trop lourds et trop rigides pour s'adapter aux nouvelles exigences de la mondialisation, deux modèles restent en compétition : le libéralisme à
l'anglaise, les réseaux à l'italienne. Cependant on
peut se demander si le modèle français et le
modèle allemand ne sont pas plus proches qu'il
n'y paraît et s'ils ne recèlent pas en eux des ressources pour se transformer et assurer leur continuité, et répondre aux exigences de la mondialisation malgré les critiques idéologiques du
néolibéralisme dominant, relayé par la doctrine
économique de la Commission de Bruxelles.
L'économiste français de la régulation et le *politi-
cal economist*, qu'il soit anglais ou italien, se font
modestes. Après avoir analysé cette extraordinaire
diversité on est amené à comparer les modèles de

gestion de l'économie et leurs résultats pour savoir si l'on peut déterminer celui qui est le meilleur, *mutatis mutandis*. Les caractéristiques particulières de chaque pays, notamment leur histoire et leur dimension, interdisent d'établir un palmarès, simple et bien hiérarchisé. Le sociologue comparatiste triomphe en soulignant que les mêmes règles économiques doivent s'appliquer de manières aussi différentes pour respecter les traditions culturelles et les structures institutionnelles de chaque peuple (nation ou région).

Après une longue recherche comparative sur des usines française, américaine et hollandaise, Philippe d'Iribarne (1993) a construit trois modèles de rapports sociaux. Dans des études précédentes il avait décrit la « logique de l'honneur qui préside au fonctionnement social des Français. Fondamentale dans la mentalité de chaque Français, l'opposition entre le noble et le commun conduit à refuser toute différence, toute inégalité qui pourrait conduire l'inférieur à se croire rabaisser au rang commun ; chacun veut être traité en noble et être considéré en conséquence. Chez les Anglo-Saxons cette inquiétude est absente, chacun se considère comme lié à autrui par des rapports contractuels qui comportent l'obligation d'obéissance, et celle-ci n'est qu'une obligation fonctionnelle, liée à la tâche à accomplir, et qui n'emporte pas jugement sur la personne du subordonné ». Dans le monde germanique auquel appartiennent les Néerlandais, le groupe et le consensus sont fondamentaux, une fois l'accord réalisé entre les participants, chacun exécute la décision prise puisqu'il y a pris part, qu'il soit ou non complètement convaincu de son bien-fondé. S'il est franchement en désaccord il doit s'esquiver, mais quitter le groupe est toujours douloureux.

Ces conceptions du rapport d'homme à homme se retrouvent dans les usines les plus modernes. Aux États-Unis une législation précise gouverne les rapports entre dirigeants de l'entreprise et syndicats. Les méthodes de gestion par objectifs sont « le fruit de grands efforts d'organisation rationnelle orientée vers une recherche d'efficacité. Cette modernité n'est nullement anti-traditionnelle, car le système contractuel s'appuie sur une tradition très forte de respect religieux des contrats qui remonte aux origines de la société américaine (...). En France, on trouve des groupes (ingénieurs, agents de maîtrise, ouvriers) profondément attachés à des valeurs modernes de compétence technique, de bonne marche d'installations industrielles, d'efficacité productive. Mais le respect de ces valeurs est intimement associé au sentiment que chacun a de son honneur et à la force des traditions propres à l'État, à l'ordre, au corps auquel ils se rattachent (...). Aux Pays-Bas, des systèmes tout à fait modernes de concertation, à tous les niveaux, sont mis en place. Et ce sont les traditions du pays qui rendent le système efficace » (p. 264). Dans les trois cas le moderne et le traditionnel sont indissociables parce que le moderne s'est intégré dans le traditionnel, et le bon gestionnaire doit être à la fois l'un et l'autre, non pas en général, mais selon l'alliage particulier du pays.

De son côté, Colin Crouch (1993) a mené une étude sur l'origine des différentes formes de relations professionnelles en Europe qui aboutit à opposer trois types de traditions. Dans les pays latins (France, Italie, Portugal, Espagne) la modernisation s'est faite contre les corporations et a empêché l'organisation des intérêts professionnels. Dans les pays scandinaves, les organisations corporatistes, qui remontent aux villes hanséatiques, ont pu poursuivre leur fonctionnement en s'adaptant à la modernité. Il avance une hypothèse : « Quand les structures de gestion économique d'Ancien Régime ont pu survivre à la période laisser-faire du capitalisme et de l'étatisme napoléonien et conserver une légitimité politique, il y a de bonnes chances pour que le capitalisme tardif incorpore les organismes de représentations professionnelles et les lobbies dans un système de gouvernance de l'économie » (p. 316). Le cas exemplaire étant celui du Danemark où la tradition coopérative aboutit dès 1899 à un accord fondamental favorable aux syndicats de salariés.

EMPLOI ET CHÔMAGE

Puisque les économies de l'Europe occidentale sont toutes caractérisées par un chômage élevé, l'étude des marchés du travail doit fournir une explication à la fois pour ce trait commun et pour les différences fortes d'un pays à l'autre (Benoît-Guilbot et Gallie, 1992). Le mot « marché » fait référence au xixe siècle et interdit de comprendre les structures contemporaines : il n'y a plus de « louées » comme il en existait dans les campagnes à la Saint-Martin quand tous les domestiques d'une région attendaient sur le foirail que les gros paysans viennent les choisir et les embaucher pour l'année à venir. Après une étude approfondie, Odile Benoît-Guilbot conclut que le mot « marché » est un trompe-l'œil : en fait il n'existe pas de marché où employés et employeurs marchandent, chacun pour soi, une embauche. Dans chaque pays s'est édifié un agencement juridique et institutionnel particulier qui n'a rien d'un marché, et tous les acteurs agissent selon un même code de valeurs.

Comparés aux États-Unis et au Japon, les pays d'Europe occidentale comptent un nombre élevé de chômeurs de longue durée (plus d'un an). C'est un phénomène ancien et en quelque sorte structurel : déjà en 1975 la proportion du CLD était très supérieure en Europe (12 à 34 %) comparée aux États-Unis, au Canada... et à la Suède (1,3 à 6,2 %). Le chômage de moins d'un an mesure les entrées entraînant une sortie, or ce taux est du même ordre dans les pays de la CEE et ceux de l'OCDE, à l'exception du Japon. C'est

donc bien le chômage de longue durée qui singularise les pays de l'Europe occidentale. Il est
curieux de constater que les différentes formes de
gestion de l'économie conduisent au même résultat, à des nuances près. Comme l'autre trait
commun de ces pays est l'État-providence, on est
induit à penser que l'État-providence produit le
chômage de longue durée. En particulier les allocations de chômage « trop élevées » dissuaderaient
les chômeurs de chercher activement un emploi :
cette hypothèse a été contredite par toutes les
comparaisons internationales et par les études
individuelles, sauf pour les personnes de haut
niveau très bien rémunérées et très bien indemni-
sées. Cherchons d'autres explications plus plausibles de cet étrange phénomène.

Le chômage de longue durée a augmenté régulièrement et même la conjoncture plus favorable
des années 1986-89 n'a guère ralenti cette croissance. Au États-Unis le nombre des entrées en chômage évolue parallèlement à la durée du chômage
en fonction de la conjoncture économique. En
Grande-Bretagne, par contre, on n'observe pas ce
parallélisme : temps de chômage et chômage de
longue durée ont augmenté régulièrement (jusqu'à récemment) depuis 1974, quelles que soient
la conjoncture et les variations du nombre
d'entrées en chômage. La Belgique fournit un
exemple extrême avec le plus faible taux de chômage court et le taux de chômage de longue
durée le plus élevé ; par contraste, le Canada a un
taux de chômage court fort et un taux de chômage

de longue durée très faible. Aucune explication ne
rend compte de ces données. La croissance de la
productivité a été plus élevée en moyenne en
Europe qu'aux États-Unis et dans l'OCDE, par
substitution du capital au travail. Cette explication
paraît satisfaisante si l'on admet que les CLD sont
des travailleurs de faible qualification et jugés
« inemployables » par les employeurs à mesure
que le progrès technique réclame des compétences accrues.

En Grande-Bretagne la négociation salariale
n'est pas centralisée. Les syndicats ouvriers et les
unions patronales sont divisés et sans grande force
de marchandage, la négociation se fait donc au
niveau des établissements. L'augmentation du
chômage aurait dû faire baisser les salaires, ce ne
fut pas le cas, sans doute parce que les chefs
d'entreprises modernes accroissent leur productivité et accordent des augmentations de salaire
pour faire accepter la rationalisation de la production ; en même temps ils réduisent leurs effectifs,
créant ainsi du chômage avec l'accord des syndicats. Ainsi s'explique que l'inégalité des rémunérations s'accroisse et que le nombre des chômeurs
de longue durée et surtout de très longue durée
augmente, malgré des indemnités de chômage
très faibles mais, il est vrai, sans limitation de
durée.

Si l'on compare l'Allemagne et la France, le
contraste est frappant : il semble que la France ait
décidé de mettre ses femmes au travail à plein
temps et de laisser un grand nombre de ses jeunes

au chômage tandis qu'en Allemagne le pourcentage des femmes qui ont un emploi est faible et les jeunes ont un taux de chômage à peine supérieur à la moyenne. Les mœurs et le système d'apprentissage fournissent deux explications à ce contraste : les Françaises « veulent » avoir un emploi et les Allemandes en sont moins avides, les jeunes apprentis allemands trouvent facilement de l'embauche à l'issue de leur apprentissage, alors que leurs collègues français ne savent ni ou ni comment faire leur apprentissage.

Dans les pays anglo-germaniques (Royaume-Uni, Pays-Bas et Allemagne : « le Nord »), le système est plus fluide et plus proche du fonctionnement de l'économie. Dans les pays méditerranéens, y compris la France et l'Irlande (« le Sud »), le système, plus rigide et institutionnalisé, crée moins d'emplois mais stabilise le chômage en jouant sur l'inactivité. En effet, on a coutume d'opposer chômeurs et actifs employés sans tenir compte du taux d'activité global. Les réactions des différents pays à la conjoncture favorable de 1984 à 1990 montre que si le chômage a baissé partout, il a atteint des niveaux très différents et surtout par des mécanismes particuliers à chaque pays. Dans les trois pays du « nord », le taux d'emploi des hommes a augmenté, ce qui a entraîné une forte baisse du chômage, et plus faible de l'inactivité. Dans les pays du « sud », les taux d'emplois ont diminué en même temps que le taux de chômage global, compensé par une hausse du taux d'inactivité et du chômage de longue durée. En

Espagne la croissance de l'emploi a fait baisser le chômage (comme dans le « nord ») en même temps que l'inactivité augmentait (comme au « sud »). Les femmes se sont partout portées sur le marché du travail, leur taux d'emploi a augmenté plus fortement dans le « nord » (et l'Espagne) que dans le « sud ». Corrélativement, leur taux de chômage a augmenté (sauf au Royaume-Uni, en RFA et en Irlande) : beaucoup voulaient profiter de l'embellie économique pour trouver un emploi, mais il n'y en avait pas pour toutes. Dans tous les pays, ce « sur-chômage » des jeunes (14-24 ans) a baissé entre 1984 et 1990, mais pour des raisons opposées. L'emploi des jeunes augmentait au « nord » avec une baisse simultanée des taux de scolarisation à plein temps : au Royaume-Uni des taux de scolarisation bas ont encore baissé. Au « sud », la baisse du chômage est due à la prolongation de la scolarité. En six ans les différences entre pays se sont donc accentuées.

En fin de compte, la notion de « marché du travail » est une fausse abstraction construite par les économistes pour étendre leur théorie de l'équilibre du marché à un domaine qui n'en relève pas. Pour gérer l'emploi, chaque pays a construit un agencement institutionnel particulier qui tient compte des coutumes, de la répartition des rôles masculin et féminin, de la politique des employeurs, de la mobilité professionnelle et géographique. Le taux de chômage, sa répartition par âge, par sexe et par qualification est une réponse aux pressions de la conjoncture, en fonction des institutions nationales et des mœurs. Philippe d'Iribarne (1990) a donné une explication « culturaliste » du fort taux de chômage français. Selon lui les salariés français préfèrent rester chômeurs plutôt que d'accepter un emploi qui leur paraît inférieur à leur qualification, autrement dit à leur « dignité ». Vieux réflexe du Français qui refuse de « déroger » et de se trouver rabaissé au niveau du commun. Les familles sont particulièrement fermes sur ce point et préfèrent garder leurs enfants à leur charge plutôt que de les voir accepter un emploi inférieur à leur diplôme. Cette réaction, est moins répandue dans les pays où « il n'y a pas de sot métier », où toute activité salariée est respectable. Tocqueville notait déjà cette différence entre la France et les États-Unis, où accepter un emploi salarié n'était pas dégradant puisque le Président lui-même était salarié.

Et O. Benoît-Guilbot de conclure : « Ces analyses conduisent à mettre en relief les difficultés qui se présenteraient si l'on voulait mettre sur pied une politique européenne du marché du travail. On ne pourrait attendre d'une politique unifiée les mêmes résultats dans chacun des pays puisqu'on ne pourrait pas créer un marché de l'emploi unique, qui fasse jouer les mêmes mécanismes partout. L'agencement institutionnel particulier à chaque pays, correspondant à ses habitudes et à ses attitudes générales, ne pourra être modifié rapidement » (p. 185).

LES PRIVATISATIONS

La politique de privatisation des entreprises nationales qui s'est développée dans tous les pays d'Europe au cours des années quatre-vingt a révélé à quel point une même volonté politique réalise ses intentions de manières contrastées, parce qu'elle doit tenir compte de la dimension du pays, de la force des syndicats, du climat idéologique, du marché financier, de la structure des entreprises, du montant de la dette publique, de la puissance de l'État... etc. À la suite de son étude comparative sur les privatisations dans les différents pays d'Europe occidentale, Vincent Wright (1993) conclut : « chacun privatise à sa manière ». Décrivons succinctement les tendances communes et les manières particulières.

Les gouvernements réagissaient à l'idéologie libérale dominante formulée et exaltée par les économistes monétaristes et mis à la mode par Ronald Reagan et Margaret Thatcher. Qu'ils fussent de droite ou sociaux-démocrates leurs ambitions de départ étaient les mêmes : modifier radicalement la gestion de l'économie, réduire la puissance de l'État et démocratiser le capital. La conviction se répandait que la pression du marché s'exerçait mieux sur les entreprises privées que sur les entreprises nationales et que la privatisation entraînerait une meilleure gestion interne et une plus grande agressivité commerciale au moment où la mondialisation des marchés imposait une concurrence accrue. Par ailleurs la vente des entreprises soulageait un budget public qu'on ne savait plus comment maîtriser. Enfin la vente des actions multiplie le nombre des actionnaires et « démocratise » le capitalisme. À ceux qui reprochaient aux gouvernement de brader le patrimoine de la nation, on répondait que la citoyenneté économique devait prolonger la citoyenneté politique. En effet, en France le nombre des « petits porteurs » a été multiplié par trois, et en Grande-Bretagne il est passé de 3 millions à près de 13 millions.

Les syndicats étaient les principaux adversaires, soucieux de défendre la stabilité de l'emploi et les avantages acquis dans des entreprises nationales qui constituent souvent leurs principaux bastions de pouvoir. Dans tous les pays leur influence était en déclin, mais Mrs Thatcher dut mener un long combat pour imposer sa volonté, notamment lors de la grève symbolique des mineurs. En France les syndicats étaient tellement affaiblis par quatre ans de gouvernement socialiste, qu'ils ne purent pas s'opposer au programme du gouvernement Chirac. Cependant à l'époque personne n'osa s'attaquer à Renault, symbole d'une entreprise capitaliste devenue propriété de la nation et où l'on avait espéré réaliser une cogestion à la française entre la CGT et des patrons hauts fonctionnaires. En Italie les syndicats ont contribué à bloquer la vente de plusieurs entreprises. En Autriche l'OGB a retardé bien des ventes programmées.

Les entreprises à privatiser étaient de natures très différentes selon les pays : entreprises autonomes que rien ne différenciait de leurs concurrents étrangers ou nationaux (banques, industries), monopoles d'État correspondant à une conception du service public différente selon les pays (Telecom – électricité – gaz – eau – chemin de fer), intérêts stratégiques nationaux (armement, pétrole). La structure des entreprises allait de la puissante firme ne produisant qu'un produit, à la holding réunissant des entreprises de toutes sortes, de tous secteurs et de toutes tailles. Le problème des filiales fut crucial en France pour les nationalisations en 1982 comme pour les privatisations en 1986. En Italie, en Espagne, en Autriche des holdings d'État avaient regroupé des entreprises en difficulté qu'il n'était pas facile ensuite de vendre sans les remettre en selle ; les dirigeants de ces holdings étaient généralement favorables à la privatisation pour échapper aux interventions politiques et imposer une exigence de résultat. En Italie en 1980, l'IRI, créé sous Mussolini, avait perdu quatre millions et demi de lires pour chacun de ses 500 000 employés. En Espagne l'INI, créée sous Franco, pouvait être décrite comme « une poubelle dorée remplie à ras bord des déchets non rentables du secteur privé ». De même l'OIAG en Autriche. En France et en Grande-Bretagne la centralisation de l'État et des entreprises rendait la privatisation relativement aisée, une fois la décision de principe prise au niveau législatif. Le souci d'indépendance nationale du gouvernement français conduisit à créer des noyaux durs de souscripteurs, tandis que les Anglais ne voient pas d'objection à vendre les fleurons de leurs industries et de leurs banques aux Allemands, aux Japonais ou aux Hollandais. Le contribuable français est mis à contribution pour que le Crédit lyonnais reste français tandis que la Barings est rachetée par une concurrente hollandaise. Dans un pays fédéral comme l'Allemagne, les *Länder* n'étaient pas prêts à se séparer de leur patrimoine ; par exemple la Basse-Saxe s'est refusée à vendre les 20 % de Volskwagen qu'elle détenait, marquant l'importance de l'entreprise pour la vie économique du *Land*. À Naples, les autorités politiques locales ont assuré l'échec de la privatisation de SME.

Pour pouvoir privatiser il faut trouver des acheteurs nombreux et les appâter. Les entreprises doivent séduire les investisseurs par un prix avantageux de l'action et des perspectives de croissance. Dans beaucoup de pays le marché des capitaux n'était pas capable de trouver les moyens de financer un programme accéléré de privatisations. Seule la City de Londres, par sa puissance internationale, avait la dimension nécessaire pour répondre aux intentions de Mrs Thatcher. En France la politique de privatisations s'est accompagnée d'un renforcement de la Bourse de Paris, de la mobilisation de l'épargne privée et des grands investisseurs institutionnels (pour la plupart nationalisés). En Allemagne, Francfort et les grandes firmes avaient suffisamment de répondant. En Italie les privatisations ont conduit à un renforcement de puissants groupes privés (Agnelli, de Benedetti) ; par exemple Alfa Romeo a été vendu à Fiat. En Suède le complexe sidérurgique d'État s'est associé à un groupe anglais. En Espagne SEAT a été vendue à Volkswagen. Dans la plupart des pays (notamment en France) les experts ont été étonnés de la facilité avec laquelle le marché financier a pu absorber des privatisations massives. Au Danemark le marché national, pourtant bien étroit, a absorbé aisément la vente par l'État de la moitié des parts de Kryolitselskabet Oresund.

En conclusion on peut se demander si cette transformation majeure et relativement rapide du capitalisme européen a eu les conséquences profondes, sociales, politiques et économiques, qu'en attendaient leurs promoteurs. Édouard Balladur, ministre des Finances de la première vague de privatisations, a proclamé : « Le capitalisme français d'après la privatisation ne ressemblera pas à celui d'avant. » Il semble que sa prédiction ait été démentie par les faits : l'État a conservé l'essentiel de ses pouvoirs ; parmi les dirigeants des entreprises, les anciens hauts fonctionnaires sont de plus en plus nombreux ; les petits porteurs se sont multipliés mais n'ont pas acquis de pouvoir ; un système d'actionnariat croisé et de « noyaux durs » a sans doute renforcé la concentration des pouvoirs économiques et financiers et maintenu les liens étroits avec les pouvoirs publics. Jacques Chirac passe ses vacances avec Jacques Friedmann comme en Suède le Premier ministre téléphone à Wallenberg. Différence : Jacques Friedmann, inspecteur des Finances, ancien camarade d'ENA et ancien membre du cabinet de Chirac Premier ministre, a été nommé par ce dernier à la présidence de l'UAP.

CONCLUSION

Si l'on s'accorde à penser que chacun des modèles nationaux de capitalisme se trouve aujourd'hui ébranlé par la mondialisation de l'économie et les innovations techniques de transmission de l'information, on peut anticiper que le modèle libéral anglo-saxon, sous une forme ou sous une autre, servira de modèle, pour la raison simple qu'il suffit de ne rien inventer et de ne rien faire pour que la pente naturelle des évolutions y conduise. De plus, étant le plus « simple », il a une force d'attraction idéologique remarquable. Il ne faudrait pas que sa simplicité et l'esprit du temps porté au libéralisme conduisent à imiter un modèle obsolète. Par définition les entreprises ont des stratégies, mais pas de moralité ; il faut donc que la société leur impose la sienne.

Peut-on espérer que le niveau infra-national, provincial et régional pourra reprendre les rênes et consolider à cette échelle la force et la diversité des capitalismes « institutionnalisés » ? La troisième Italie, le Danemark et l'Allemagne du Sud montrent la voie, mais pourront-ils se développer sans l'appui d'un État puissant et avec une Union européenne dominée par la doctrine libérale ? Sinon le monde marche vers une homogénéisation des structures économiques dans tous les pays avancés qui serait un recul grave pour sa productivité et son inventivité. Si tous les partenaires ont les mêmes structures et la même culture, ils sauront jouer le jeu routinier du marché, mais n'auront plus de ressort pour créer la concurrence nécessaire au progrès, ce qui a été jusqu'à présent la principale vertu du capitalisme. Grâce à leurs énormes ressources et à la stimulation de la concurrence, les grandes entreprises supra-nationales pourront-elles prendre le relais ?

Si les gouvernements d'Europe occidentale continuent à perdre leur autonomie de décision en se fragmentant et en s'insérant dans des réseaux de gouvernance (cf. chapitre précédent), ils ne pourront plus intervenir. Déjà actuellement ils ont tendance à se désengager du domaine économique en prétextant que le marché international fait échouer toutes leurs tentatives de politique économique. Ce faisant, ils cèdent à la pression des forces internationales mais ils déçoivent leur électorat national qui réagit violemment, comme en France à l'automne 1995. Comment maintenir une stabilité démocratique dans un pays ouvert à la violence économique des marchés ? Il faudra bien que les gouvernements trouvent la parade pour triompher de cette contradiction. Les États-nations ne peuvent se réfugier dans le politique et l'identitaire sans susciter des réactions nationalistes chargées de périls.

L'État-providence et un système complexe de gouvernance économique représentent des progrès décisifs par rapport au capitalisme débridé du XIXᵉ siècle, dont la violence a eu pour conséquence des méfaits sociaux qui seraient aujourd'hui insupportables. Les protagonistes actuels du libéralisme semblent souvent inconscients des désastres qui suivaient le triomphe de leur croisade. Ils sont étrangement aveugles aux conditions culturelles et sociales de l'activité économique. Le libéralisme qu'ils prônent est fondé sur une vision anglo-saxonne des rapports humains pour laquelle le contrat librement conclu pour un objet déterminé est le fondement de la démocratie et de la liberté individuelle, contrat qui peut toujours être révoqué et ne comporte aucune allégeance stable. Pour les Germains, l'individu se sent lui-même au sein de son groupe dont il ne peut se séparer sans un sentiment de perdre une partie de sa personnalité. Pour les Français, et de manière différente les Méditerranéens, le rapport social fondamental est un rapport loyal de clientèle entre hommes libres dans lequel le suzerain reconnaît la noblesse de son vassal. Répandre le libéralisme à l'anglaise sur le Continent entraînerait nécessairement une transformation des cultures continentales, de leurs originalités et par conséquent de leur diversité qui fait leur richesse. Il faut espérer qu'une alliance entre le capitalisme français et le capitalisme allemand pourra sauver un capitalisme « civilisé ».

CONCLUSION

CHANGER EN
RESTANT SOI-MÊME

Voici achevé ce périple à travers les pays
d'Europe occidentale. Comme le jeune lord
anglais qui, au XVIIIe siècle, traversait la Manche au
retour de son « grand tour » du Continent, nous
nous sommes étonnés de la foisonnante diversité
des mœurs, des attitudes et surtout des institutions.
Un trompe-l'œil historique nous induit à penser
que la variété s'estompe, que les grands contrastes
s'affadissent et que la « modernité », ou selon certains la « post-modernité », est un rouleau com-
presseur qui écrase toutes les aspérités. Il y a deux
siècles, le jeune lord devait partager la même
inquiétude. Il admirait la variété des costumes que
portaient les jeunes paysannes et n'apercevait
pas qu'elles étaient toutes inspirées par le modèle
unique des robes des belles dames de Versailles et
de Schoenbrunn. Si, comme Arthur Young, il
s'intéressait à l'économie rurale, il découvrait que
tous les paysans géraient leur héritage, petit ou
grand, de la même façon, et que derrière la variété
des cultures, la paysannerie était « la même » en

Bretagne et en Bavière, bien primitive il est vrai comparée à celle du domaine de son père en York-shire. Dans les salons, à Vienne, à Venise, à Paris, il retrouvait la même conversation courtoise et le même savoir-vivre, la société de cour décrite par Norbert Élias. Il pouvait se lamenter en voyant le style néo-classique français se diffuser dans toutes les villes, et même dans les résidences campagnar-des. Aujourd'hui comme il y a deux siècles, la diversité séduit, et l'uniformité, qui sue l'ennui, paraît menaçante.

Au sociologue, l'Europe occidentale offre un véritable laboratoire d'analyse comparative. Uni-que par ses caractères majeurs communs, elle est en même temps si diverse que chaque nation se veut, et se croit, exceptionnelle. Pendant deux mil-lénaires cette Europe, qui s'appelait la Chrétienté, a vécu une histoire commune de guerres internes et de conquête du monde par les armes, par l'éco-nomie et par l'idéologie. Cette communauté d'ori-gine et d'histoire donne à notre civilisation son caractère unique. Chaque nation s'est constituée et s'est construit un État plus ou moins précoce-ment. Toutes ces nations se gouvernent aujour-d'hui selon la règle démocratique de la majorité, mais chacune avec ses institutions particulières, ses traditions, ses mœurs, ses conceptions de la vie et du monde. C'est une leçon de méthode : plus l'objet s'éloigne, plus les traits communs ressor-tent, plus il se rapproche, plus les traits originaux deviennent saillants et oblitèrent les caractères communs. Il est donc attendu que les évolutions observées depuis cinquante ans donnent le sentiment que l'Europe marche vers l'homogénéisation. En effet, le plus massif est le plus visible et donne argument à cette thèse. Chapitre après chapitre nous avons retrouvé unité et diversité, comme les deux faces d'une même médaille, et nous avons souvent noté que la diversité foisonnait après la période de croissance massive des Trente glorieuses.

Le changement perpétuel qui anime nos sociétés doit conduire, pense-t-on généralement, à l'homogénéité. Dans toutes ces transformations, certains voient un danger d'américanisation de l'Europe. Quelques enseignes voyantes, comme Mac Donald, nourrissent cette inquiétude. Cette erreur de perspective doit être redressée car elle n'est qu'un effet de la diversification croissante de nos pratiques. Cette diversification des habitudes alimentaires a débuté par l'introduction des cuisines exotiques venues d'Extrême-Orient ou de la Méditerranée. La pizza, le couscous et le méchoui se sont répandus sans que personne ne crie à l'italianisation ou à l'arabisation de l'Europe. De même les restaurants chinois et vietnamiens n'ont pas suscité d'inquiétudes comme les *fast-food*. Pouvoir choisir entre un repas chinois, un couscous, une pizza ou un hamburger témoigne de la variété nouvelle de la gastronomie, et ce n'est qu'un exemple de la variété qui s'introduit dans les mœurs en général et dans les structures sociales. La diversité croissante de nos goûts et de nos mœurs entrave toute domination d'une seule influence et l'américanisation de l'Europe n'est qu'un faux-semblant[1].

*

Analysant les contradictions du capitalisme, Daniel Bell oppose l'économique qui pousse à l'inégalité, la démocratie garante de l'égalité et la culture qui permet à chacun de s'exprimer et d'être soi-même. L'économique obéit au progrès technique, à la rationalité du comptable et à la morale wébérienne de la besogne, elle apporte progrès matériel et enrichissement et par conséquent diversification et hiérarchie : si les riches s'enrichissent, les pauvres s'appauvrissent. La politique ne connaît pas cette évolution linéaire, elle vit dans un temps cyclique, elle gère la liberté et l'égalité des citoyens en leur donnant à chacun une voix égale ; elle compense l'inégalité économique pour que la citoyenneté politique se double d'une citoyenneté sociale. Enfin le culturel est intemporel, il donne à chacun le moyen de se réaliser et de s'exprimer comme il l'entend, avec les moyens dont il dispose. L'évolution de nos sociétés résulte de la dynamique créée par la tension entre ces forces qui se combinent ou se contrecarrent.

Pendant les Trente glorieuses l'économique

1. Numéro de *La Revue Tocqueville/The Tocqueville Review* consacré à ce thème : « The Americanization of French Popular Culture », vol. XV, n° 2, 1994.

était le moteur qui fit faire à l'Occident son prodigieux bond en avant. La rationalité du comptable paraissait l'emporter sur toute autre logique de gestion de nos sociétés. L'augmentation du revenu national était « l'ardente obligation » qui bandait un effort exceptionnel. Toute la population était tendue vers ce projet de société. L'enrichissement devait permettre une répartition plus égalitaire et un renforcement de l'État-providence. Le système productif croissait en dimensions, les grands champions nationaux recueillaient tous les encouragements, les paysanneries disparaissaient l'une après l'autre. Cette convergence des économies devait entraîner, pensait-on, inéluctablement la convergence des mœurs et des structures sociales. Les théoriciens de la convergence firent florès, qu'ils fussent marxistes ou libéraux, économistes, sociologues ou politistes ; tout se mesurait à l'aune américaine. Cependant les mêmes innovations techniques étaient utilisées et gérées de manières particulières dans chaque pays, au point de susciter différentes formes de capitalisme.

Or dans les années soixante, l'élan se brise ; la natalité baisse et une volte-face idéologique remet en question cette vision du monde. Le petit retrouve des charmes et la complexité devient, à son tour, facteur de croissance et de développement. Le progrès technique cède son rôle primordial de force motrice. Le système productif n'est plus entraîné par la technique mais par la demande des consommateurs, leurs choix, et en dernière analyse leurs modes de vie et leurs valeurs.

Si la consommation impose maintenant sa dynamique au système productif, on imagine que la diversité des modes de vie va imposer des demandes extraordinairement variées au producteur. On peut conjecturer que l'économie post-fordiste sera plus diverse que l'économie fordiste ou l'économie paysanne. Dorénavant le technique n'est plus le *primum movens*, le social commande l'économique plus que le contraire. Du coup, la tension de tout un peuple vers le progrès se relâche : il n'y a plus de projet de société capable de mobiliser les énergies dans l'espoir d'un avenir meilleur.

*

La révolution majeure que nous avons retrouvée à chaque chapitre est sans nul doute le retournement du rapport entre individu et groupe, ou institution. Le bonheur du citoyen doit être la préoccupation majeure d'un bon gouvernement qui se soucie moins de la gloire de la nation. Les classes sociales et les grandes institutions symboliques nationales ne sont plus des instruments communs d'identification pour leurs membres ; elles ne fournissent plus de modèle, ni de valeurs, ni de comportements unanimement acceptés. La famille elle-même est au service de ses membres, non plus le contraire. Chacun se veut libre de construire pour soi-même ses valeurs, ses croyances, ses normes, ses mœurs et son mode de vie ; se créer une famille et des institutions religieuses où il se sente bien, les associations répondant aux

activités qu'il s'est choisies ; des réseaux de
parenté et d'amitié qu'il soit maître de brancher
et de débrancher, de nouer et de dénouer, à sa
guise. Enfin, au bout de deux millénaires l'individualisme évangélique triomphe, il pénètre au sein
même des structures et des rapports sociaux.

Les valeurs proclamées par la Révolution française ne se sont pas imposées en Europe par les
armes comme le rêvaient les révolutionnaires.
Elles ont eu du mal à s'immiscer dans les sociétés
européennes, et il a fallu deux siècles pour
qu'elles s'imposent jusqu'à l'intimité de chaque
individu et de sa famille. L'enrichissement des
Trente glorieuses a permis l'assouplissement des
rapports sociaux qui autorise chacun à moins de
déférence à l'égard de son supérieur. La peur, la
rage et la violence qui étaient les ressorts primordiaux des rapports de classe ont disparu, sauf dans
des secteurs marginaux, la « galère » que vivent les
jeunes chômeurs des banlieues et des grandes
métropoles. En ce sens la liberté a mis deux siècles
à se frayer un chemin dans la société européenne.
Les inégalités de revenus ne baissent que lentement et renaissent sous d'autres formes dans les
modes de vie et l'accès aux biens rares. La même
école accueille aujourd'hui les enfants de toutes
catégories sociales depuis le plus jeune âge et dis-
tribue à tous les rudiments de la même culture,
mais continue à replacer les enfants dans les
mêmes conditions sociales que leurs parents.
L'enrichissement de tous ne va pas sans créer une

nouvelle pauvreté, scandale de notre société opulente.

Si notre société n'est pas encore fraternelle, loin de là, la fraternité est devenue son idéal majeur, qui s'exprime de façons diverses, pour les droits de l'homme et contre les discriminations raciales. Toujours aussi prompte à se mobiliser, la jeunesse ne répond plus aux incitations politiques mais réagit vigoureusement chaque fois que la fraternité est mise en péril. La liberté ne se conçoit pas sans l'égalité ; et toutes deux avec la fraternité ont une exigence commune : l'individualisme. Mais individualisme ne veut pas dire égoïsme. Personne ne se veut ermite dans sa grotte ou stylite sur sa colonne au désert. Les esprits chagrins qui voient se distendre le lien social et l'individu perdu et isolé dans la foule solitaire se trompent. L'individualisme suppose des liens sociaux renforcés, des institutions et des groupes, et surtout un fondement de valeurs communes et de sentiments partagés. Le drapeau ne fait plus vibrer le citoyen cocardier, mais beaucoup s'émeuvent des malheurs des hommes à l'autre bout du monde et se mobilisent pour les soulager. Chacun se cherche des communautés, religieuses ou autres, où il puisse se sentir soi-même et s'exprimer en communion avec d'autres croyants ou d'autres activistes. Si des foules immenses se rassemblent à l'appel du pape ou d'Elvis Presley, c'est parce qu'elles partagent un même désir eschatologique ou esthétique. Parce que l'individualisme est gouverné par des normes et qu'il se vit dans des groupes et des institutions, il est différent d'un pays ou d'une région à l'autre, d'une catégorie sociale à l'autre. L'individualiste italien est en lutte permanente contre les autres qu'il perçoit comme des adversaires et fait allégeance à une clientèle qui le protège et lui procure des bienfaits. L'individualiste de l'aire germanique ne se sent vraiment soi-même que dans un groupe avec ses pairs, et s'en détacher lui est toujours douloureux. Le Français aiguise son individualisme en se battant contre l'État et les pouvoirs, quels qu'ils soient. L'Anglais tolère que son indépendance soit limitée par autrui ou par une institution, à condition que ce soit par un contrat précis et limité, auquel il a souscrit.

Dans cette transformation majeure du rapport entre individu et société, les valeurs prennent une fonction plus déterminante que jamais ; en particulier parce que l'écart s'est réduit entre les valeurs proclamées par la société et la façon dont les gens les vivent, chacun s'efforçant d'avoir sa morale et de s'y conformer. Si les institutions religieuses et les structures familiales ne sont plus aussi contraignantes que naguère, elles n'en demeurent pas moins la source d'une mémoire que chacun cultive à son goût et qui joue un rôle capital dans l'organisation et la transmission des visions du monde et des règles de conduite. Contrairement à une inquiétude diffuse, l'anomie n'est pas menaçante. Certes si chacun doit se construire sa règle de vie, il n'est pas surprenant que cette construction soit plus longue, difficile et pénible que lorsque les modèles étaient disponibles, prêts à être endossés sous la contrainte du groupe et des autorités. Les enquêtes montrent que les individus sont au clair et fermes sur leurs valeurs. Les valeurs politiques fondamentales ont tendance à se rapprocher à travers l'Europe tandis que les valeurs morales et culturelles demeurent aussi variées que par le passé, si ce n'est plus. Le client qui choisit entre les innombrables produits que lui offre le supermarché sait parfaitement pourquoi il se décide pour celui-ci plutôt que pour celui-là, et pour quoi faire. Certes il était plus facile de choisir entre des nouilles et du riz dans l'épicerie villageoise, mais qui regrette la simplicité de ce choix ?

Cette diversification des possibilités de choix doit normalement entraîner une variété plus grande des modes de vie. Chacun sait que les Allemands mangent plus de pain et de charcuterie que les Français et qu'ils préfèrent la bière au vin. Beaucoup de données statistiques brutes sont disponibles mais aucune étude comparative analytique ne permet d'esquisser une géographie et une véritable sociologie des modes de vie. Cette *terra incognita* devrait attirer les énergies des sociologues des divers pays.

*

Le triomphe ultime de la démocratie dans tous les pays d'Europe occidentale n'entraîne pas pour autant une uniformisation des institutions et des mœurs. Chaque régime démocratique agence à sa manière la liberté des individus, l'égalité des citoyens, le pouvoir des institutions et la pression du peuple, le consensus et la négociation, la clientèle et le groupe. Chaque nation crée sa forme de démocratie grâce à un agencement particulier et unique de ces différents éléments. Les principes sont les mêmes mais leur mise en pratique varie d'un pays à l'autre. La démocratie anglaise fondée sur l'individualisme absolu ne s'est jamais acclimatée telle quelle sur le Continent. La démocratie égalitaire française est aussi une démocratie de notables ; elle paraît instable aux étrangers parce que le pouvoir du gouvernement, celui du Parlement et celui des notables sont équilibrés par le pouvoir de la rébellion populaire. La démocratie suédoise transpose à l'échelle nationale des principes de la communauté de bûcherons. La démocratie hollandaise respecte la diversité des provinces qui se sont unies et des croyances de ceux qui sont venus s'y réfugier. La démocratie allemande renforce son consensus et sa pratique de la négociation par la crainte d'un retour aux démons autoritaires. L'Espagne, de même, est soudée par le souvenir de la guerre civile. Le clientélisme fondamental de la démocratie italienne a assuré une surprenante stabilité au pouvoir de la démocratie chrétienne grâce à la contrainte de la guerre froide. Dorénavant des clientèles diverses vont entrer en rivalité et cela changera sans doute les règles du jeu. Aucune force ne semble militer pour que les pratiques démocratiques s'homogénéisent et par conséquent la diversité des fonctionnements politiques a toute chance de se renforcer plutôt que de s'effacer.

Les quatre types majeurs de formes de gestion du système productif sont aujourd'hui confrontés à une mondialisation des marchés. Pour l'instant il semble que le type anglo-saxon soit le mieux préparé à l'adaptation nécessaire, mais si des civilisations différentes ont modelé ces quatre types pour gérer chacune à sa manière la production fordiste, il est fort à parier qu'elles seront suffisamment inventives pour gérer chacune à sa manière la production post-fordiste. Par ailleurs, l'allongement du temps de loisir va donner de plus en plus d'importance au mode de vie dans la structuration de la vie des individus et de la société dans son ensemble.

Par une curieuse coïncidence historique, les bornes s'effritent, les frontières s'ouvrent au moment où les paysans disparaissent, montrant qu'ils étaient bien indissociables. En même temps que les réseaux se multiplient et se renforcent à travers toute l'Europe. Les villes prennent leur pouvoir de leur position de nœud de réseaux, qui rassemble tous les intérêts et toutes les affiliations de la région. De même, les services de l'État deviennent des nœuds intermédiaires essentiels entre les régions et l'Europe ; et celle-ci cherche sans cesse à étendre et à renforcer ses liaisons avec les villes et les institutions régionales. La diversification des mœurs et des valeurs, la permanence des structures familiales différentes, les intérêts corporatistes, les passions culturelles et religieuses s'agencent sans difficulté sur ces réseaux de pouvoir et de gestion. Ils se renforcent les uns les autres et s'enracinent sur un sol commun de valeurs éthiques et politiques.

L'État-nation tel qu'il s'est construit au cours du siècle dernier est en complète réorganisation (Cassese et Wright, 1996). Il perd sa majestueuse souveraineté et ses principes régaliens ; il n'édicte plus ses lois en toute légitimité et ne peut plus se faire obéir sans obtenir le consentement des acteurs ; le recours à la violence nue n'est plus possible, elle doit s'entourer de précautions, la lame est mouchetée. En un mot le gouvernement ne gouverne plus seul, il ne commande plus, mais incite, oriente, stimule. Pris en tenaille entre les capitales régionales et l'Union européenne, il s'intègre dans une triade qui l'oblige à des compromis, à des marchandages, si bien qu'il lui faut convaincre partenaires et adversaires dans chaque domaine, où les spécialistes conquièrent un pouvoir neuf et s'organisent en réseaux pour le renforcer. La gouvernance se révèle plus compliquée et difficile que le gouvernement ; sans doute sera-t-elle plus efficace dans la mise en œuvre des politiques si elle est plus souple et plus proche de la diversité des situations et des enjeux. Ici l'Allemagne et l'Italie peuvent servir de modèle parce que leur État s'est constitué plus tardivement et qu'il a pénétré moins intimement dans la société. Les trois Italie entretiennent des rapports très différents avec l'État romain qu'elles tendent à instrumentaliser. En Allemagne, après la seconde guerre, l'État fédéral s'est reconstitué tardivement sous l'autorité des puissances occupantes ; de 1945 à 1949, la société et l'économie se sont remises en fonctionnement avant l'État.

Dans cette nouvelle organisation des pouvoirs politique et économique, le rôle et la formation des élites seront plus essentiels que jamais. Or il n'y a pas de domaine où les institutions et les habitudes héritées d'un passé ancien soient plus contrastées. Malgré leur caractère anachronique, les systèmes élitistes français et anglais ont magnifiquement résisté aux bouleversements fondamentaux de l'administration et des entreprises depuis 1945. Vont-ils se modifier et les futures élites européennes vont-elles progressivement se rapprocher ?

L'État-providence a été inventé en Europe pour démocratiser la société, assurer l'égalité de tous les citoyens devant les risques majeurs de la maladie, du chômage et de la vieillesse, donner à tous les enfants l'égalité des chances de succès à l'école et rétablir une forme d'égalité entre les familles en fonction du nombre d'enfants. Cinquante ans après, l'État-providence a pénétré toute la société et s'est immiscé dans la vie familiale et professionnelle de tous les citoyens. En protégeant chacun individuellement, il a suivi la progression de l'individualisme et même l'a accéléré en libérant l'individu des liens de son voisinage et en distendant ceux de la famille. Eût-il été construit sur des institutions locales ou régionales — comme en Suède —, familiales et non individualistes, il aurait modifié tout notre équilibre social. Après avoir contribué à une plus grande égalité des conditions sociales et des chances de chacun, il paraît être aujourd'hui une source majeure d'inégalité. Plus il se développe, plus les citoyens sont sensibles aux inégalités d'accès à ses prestations et à ses institutions. Curieuse ruse de l'histoire et vérification de la loi de Tocqueville : plus l'égalité progresse, plus les inégalités deviennent insupportables. Malgré ses difficultés financières et les assauts idéologiques qu'il subit, il poursuit sa progression et, grâce à lui, l'État n'est pas en danger de perdre son emprise sur la société. Bien au contraire, il apparaît comme une invention européenne, un avatar de l'État-nation qui, au moment de se voir dépouiller de ses principaux instruments régaliens, s'invente de nouvelles fonctions. Appuyé sur deux services publics en expansion, l'enseignement et la santé, il devient un enjeu majeur des conflits politiques et sociaux.

Différent d'un pays à l'autre, dans chaque nation l'État-providence suit des principes particuliers et édicte des réglementations singulières. Jusqu'à nouvel ordre, on ne voit apparaître aucune harmonisation européenne, et même les divergences s'accroissent. Une retraite est assurée à tous, mais les pensions sont très variées selon les pays et les catégories sociales. Répondant à des ambitions et à des doctrines sociales différentes, les politiques familiales sont natalistes ici, familiales ailleurs, ou inexistantes. Tous les enfants bénéficient d'une scolarité plus longue mais elle n'est pas la même dans tous les pays et les chances de réussite scolaire demeurent dépendantes de l'origine sociale ; en retour, la réussite scolaire oriente plus directement la réussite professionnelle, la position sociale et même le choix du conjoint. Des études historiques se sont multipliées (Ewald, 1986 ; Swaan, 1995), les études particulières sur la mise en œuvre et les effets des différentes réglementations sont encore trop peu nombreuses et disparates (Guillemard *et al.*, 1991 ; Paugam, 1996).

Enfin le relatif effacement de l'État entraîne un retour en force de la société civile (Pérez-Díaz, 1993), telle qu'elle avait été théorisée par les philosophes écossais du XVIIIᵉ siècle. Dans la philosophie politique des Lumières, l'État ne voulait connaître que les citoyens, et tout intermédiaire entre lui et eux paraissait brider son pouvoir et leur liberté. Familles, Églises, villages, corporations étaient tenus en suspicion. La théorie de la gouvernance leur redonne une légitimité qui, cependant, n'est pas encore reconnue dans notre droit constitutionnel : ils sont maintenus dans un rôle de groupe de pression, défendant des intérêts particuliers contre l'intérêt général ; ce n'est déjà plus le cas à Bruxelles et dans les capitales régionales, nous l'avons vu.

Ce qui est vrai des institutions ne l'est pas moins des mœurs et de la sociabilité. L'importance croissante des loisirs et de la culture redonne à la vie sociale, dans sa quotidienneté et ses structures, une force et une légitimité nouvelles. La vie festive elle-même devient un support d'identité collective, religieuse, familiale ou locale, dont Noël marque le summum annuel : la trêve des confiseurs est une institution majeure de notre civilisation.

*

Au vu de la plupart des variations statistiques analysées dans les différents chapitres, il semblerait que l'Europe soit soumise à un grand mouvement nord-sud de modernisation et d'enrichissement. Bien des nouveautés sont issues de la Suède : l'alphabétisation dès le XVIIe siècle, les enfants nés hors mariage dans l'après-guerre, les formes nouvelles de gestion des ateliers industriels, la social-démocratie... Les modèles suédois paraissent se diffuser plus ou moins rapidement à travers le continent. Si l'on suit les courbes d'équipement domestique, elles évoluent toutes dans le même sens, du nord vers le sud. En revanche, les goûts alimentaires et la gastronomie paraissent remonter du sud vers le nord : les cuisines méditerranéennes, qu'elles soient italienne, grecque ou maghrébine, sont montées vers le continent et s'y sont diffusées rapidement dans les années récentes. On peut analyser ces mouvements en sens inverse et se demander si le sud n'est pas en passe de prendre, avec retard, une dynamique nouvelle et d'inventer des nouveautés, comme la troisième Italie en a donné un exemple. Cette analyse diffusionniste n'est, en fait, qu'un leurre cartographique. Les mécanismes sociaux sont beaucoup plus complexes qu'il n'y paraît sur la carte. Les jeunes soixante-huitards français, qui refusaient de se marier, prônaient l'union libre et organisaient des communautés, n'étaient pas allés en Suède chercher des modèles à imiter. Ils les inventaient en rejetant les comportements de leurs parents. N'ayant pas réussi leur révolution politique, ils entreprenaient une révolution morale sur eux-mêmes, et paradoxalement cette révolution fut une réussite, puisqu'ils imposèrent de nouveaux modèles matrimoniaux qui se répandirent progressivement dans les différentes catégories sociales. Ainsi on voit qu'il n'y a pas eu de diffusion de proche en proche, mais invention simultanée de comportements analogues sous des pressions, variées d'un pays à l'autre.

Autre source d'inquiétude, les innovations techniques qui nous viennent le plus souvent d'outre-Atlantique seraient des fourriers de l'américanisation. Autre erreur de perspective car si les techniques sont neutres pour le système productif, nous l'avons dit, elles le sont aussi pour la vie quotidienne et n'entraînent pas avec elles des mœurs qui leur seraient liées. L'introduction du congélateur ou du magnétoscope n'a pas homogénéisé les loisirs. Certes l'on peut conserver des aliments et des émissions de télévision mais chacun choisit ses aliments et ses émissions selon ses goûts et les déguste solitairement ou en compagnie. Comme toutes les innovations techniques, le congélateur et le magnétoscope n'ont d'effet que par la façon dont ils sont utilisés ; en ville pour stocker des surgelés achetés ; à la campagne pour conserver des fruits et des légumes frais qui épargne la peine de les mettre en bocaux ; pour revoir des matchs de rugby ou réentendre des versions différentes d'un opéra de Verdi. Le seul effet de ces merveilleux outils est d'accroître la variété des choix et la liberté du consommateur. Et par conséquent ils contribuent à la diversification de la société plutôt qu'à son homogénéisation.

Ce qui est vrai des innovations techniques ne l'est pas moins des innovations sociales qui se sont multipliées au cours de ce second XXe siècle. L'emploi féminin hors du foyer, la désaffection religieuse, le concubinage, l'immigration musulmane, le chômage, la jeunesse, la retraite pour tous et le troisième âge : telles sont les innovations sociales majeures qui ont bouleversé nos sociétés. Or chacune de ces innovations a entraîné une diversification des institutions et des comportements. L'exemple le plus instructif est sans doute l'immigration musulmane qui paraît un trait commun aux pays non méditerranéens, et qui a été l'occasion pour chaque pays de raviver sa conception de la nation et de la citoyenneté comme en chimie un réactif permet de reconnaître la nature de différents corps. Grâce aux musulmans, les Français se sont sentis plus français ; sans aller jusqu'à l'extrémisme pathologique de Le Pen, ils ont repensé leur conception de la République et de la laïcité. Les Allemands se sont sentis renforcés dans leur germanité et les démons nazis se sont manifestés. Les Hollandais se sont interrogés sur leur tradition de tolérance à l'égard des croyances et des mœurs diverses. Les Anglais ont dû modifier leur attitude à l'égard des deux Commonwealth. Dans les termes d'Emmanuel Todd (1994), l'universalisme français s'est réaffirmé en se confrontant au différentialisme des autres peuples. Le même phénomène a joué avec la jeunesse qui s'est institutionnalisée de manières très variées selon les pays, parce qu'elle faisait réagir les entreprises, l'école, la famille, les institutions culturelles et sportives. Le chapitre V a montré que si la jeunesse apparaît partout, elle est vécue de façon particulière dans chaque pays et dans chaque catégorie sociale au point qu'elle ravive des contrastes. Il est inutile d'accumuler les exemples pour montrer que toute innovation est un réactif qui oblige le corps social à se mobiliser et par conséquent à faire ressortir ses structures fondamentales.

*

Depuis deux siècles, toutes les sciences sociales cherchent la réponse à une question fondatrice . comment changer en restant soi-même ? Les pages que l'on vient de lire font ressortir une incroyable variété d'organisations sociales, économiques et politiques. À première vue il paraît impossible que cette variété évolue naturellement vers une « inté-gration » européenne qui est l'ambition plus ou moins affirmée des gouvernants et des peuples d'Europe occidentale. Sans doute est-ce le mot

« intégration » qui fait écran. La nation française est une et indivisible, et fortement centralisée depuis quatre siècles, et malgré cela la diversité des structures sociales s'est maintenue dans les différentes régions. J'ai montré ailleurs (1994) que le Code civil pouvait s'accommoder de modes régionaux de gestion de la terre, ou que le Code électoral municipal n'avait pas supprimé la diversité des régimes politiques municipaux. Et ce qui est vrai de la France ne l'est pas moins de l'Italie, de l'Espagne, de la Belgique, etc. Il est donc hors de question d'« intégrer » les sociétés régionales et nationales dans une société unique comme des bataillons français, allemands et hollandais dans une même brigade. Des forces communes n'entraînent pas des sociétés vers une structure unique. Au contraire, chaque société utilise ces forces à sa manière, pour changer tout en persévérant dans son être, au lieu de s'aligner sur les autres. Ou, plus exactement, il faut démêler les réseaux et chercher les clivages à la pointe du ciseau sociologique pour identifier le degré de liberté de chaque élément par rapport à l'ensemble, déceler des logiques d'évolution différentes et pourtant compatibles.

Si au lieu de voir la société sur un schéma de cohésion, on l'analyse comme un jeu de tensions compensées, la diversité n'est plus un obstacle, mais au contraire un atout. Si l'on ne pense plus la structure sociale comme un ensemble de groupes juxtaposés mais comme un système de clivages superposés et de réseaux enchevêtrés, l'Europe peut se surajouter aux nations et aux régions sans chercher une impossible homogénéité. La querelle à propos de la subsidiarité (Millon-Delsol, 1992) montre à quel point il est difficile de se défaire d'une conception régalienne de l'autorité de l'État, et combien il est urgent d'élaborer une nouvelle théorie de l'État.

En s'enrichissant l'Europe occidentale a desserré contraintes et rigidités. Les différents éléments de la société ont acquis des degrés supérieurs d'indépendance les uns à l'égard des autres. Le culturel peut se développer selon sa logique propre sans se soumettre ni à la rationalité économique ni aux impératifs politiques. Chaque citoyen, chaque groupe, chaque réseau se forge ses normes et cherche à atteindre ses objectifs par ses propres moyens. L'individu se partage entre plusieurs groupes et s'affilie à plusieurs réseaux. Sa position dans la société, son *status* disent les sociologues, est donc aussi unique que sa personnalité. À la limite chacun peut inventer sa vie familiale, sa sociabilité, son mode de vie, ses activités culturelles et sportives comme il l'entend, compte tenu de ses ressources, de ses contraintes et du milieu qui est le sien.

*

Confronté à cette déstructuration/restructuration le sociologue cherche de nouveaux schémas pour analyser le changement social. Chapitre après chapitre le thème du réseau est apparu comme un contrepoint de l'individualisme, sorte de fil rouge qui relie les transformations de tous les comportements et de toutes les institutions. Réseaux et clientèles (au sens du client lié à un patron et non au sens d'acheteur) ont une connotation péjorative dans notre société, ce sont des mots liés à une forme ou une autre d'illégalité, réseaux de résistants ou de terroristes, clientèles de mafieux ou d'hommes de pouvoir. Le réseau se cache, fonctionne dans l'ombre et nous avons grand mal à l'accepter au grand jour. Dans notre société, découpée par des frontières qui isolent des territoires, construite en institutions légalo-bureaucratiques, tout ce qui traverse les frontières et les institutions pour relier des individus ou des groupes, a un relent inquiétant de clandestinité. Pourtant dans tous les domaines, les cadres se font moins rigides, les frontières moins tranchées, tandis que les liens et les relations se multiplient, se renforcent et s'enchevêtrent. Nous l'avons vu, les croyants désertent les Églises et les paroisses, pour constituer des réseaux innombrables, de type sectaire, qui relient des petites communautés, auxquelles on s'affilie et dont on s'éloigne lorsqu'on ne s'y sent plus en accord avec les autres. La famille ne s'enferme plus dans son manoir mais tisse des liens de parenté de plus en plus complexes.

La transformation des fonctions de l'État-providence entraîne l'affaiblissement des rapports hiérarchiques et de la pyramide administrative, et le développement de réseaux divers et complexes entre Bruxelles, les États, les autorités des régions et des grandes villes. Le rapport autoritaire de gouvernement cède le pas devant le développement des négociations multiples que suscite la gouvernance. Le fonctionnaire devient un intermédiaire entre les réseaux professionnels, politiques et culturels et le réseau administratif national, lui-même relié aux autres réseaux nationaux au sein de l'Europe. De leur côté les réseaux professionnels, politiques et culturels remontent jusqu'aux autorités politiques nationales et entretiennent des liens de plus en plus étroits avec leurs homologues des autres pays. Le modèle hiérarchique de commandement militaire s'effacera de plus en plus et sera supplanté par l'enchevêtrement des réseaux d'information et de négociation, le champ de foire paysan traditionnel.

Une évolution analogue apparaît dans la gestion de l'économie et des grandes bureaucraties. Le management des très grandes organisations se heurte à des difficultés nouvelles quand elles croissent en dimension et en complexité. L'arrivée de l'informatique devait, pensait-on, jouer en faveur de la croissance des grandes entreprises et des grandes administrations, or c'est le contraire qui s'est passé (Freeman, Mendras, 1995) ; l'informatique a joué en faveur de la décentralisation et de l'autonomie des unités. Le capitalisme réticulaire en est la preuve ; il fournit un contre-modèle qui paraît moins étrange à mesure que les grandes entreprises mastodontes nationales ou internationales diversifient leurs activités, se structurent en réseaux de filiales et de sous-traitants, et donnent plus d'indépendance de gestion à leurs établissements. L'élévation du niveau de compétence des salariés et la réduction des échelons hiérarchiques entraînent une transformation du rapport d'autorité analogue à celle des services publics. Au sein même des grandes unités de production le groupe est progressivement traversé par des réseaux de techniciens et d'experts. La structure en nid d'abeille tend à remplacer la structure pyramidale. Enfin, dans une firme, la production n'est plus l'unique leitmotiv, le marché commande et celui qui détient la clientèle peut toujours trouver à se fournir auprès de divers producteurs. La bonne gestion du réseau de distribution devient donc primordiale au succès de la firme. La mondialisation de l'économie, et surtout de la finance, entraîne la création de réseaux d'entreprises qui tissent à l'échelle de la planète une toile d'araignée nouvelle qui devient de plus en plus dense, étendue et complexe.

Savoir gérer un réseau est une compétence très particulière, qui peut s'acquérir dans un domaine et se transférer à un autre. La politique matrimoniale d'une grande parentèle réclamait une bonne information, de l'autorité et une finesse stratégique. Toutes qualités dont les chefs de lignage ne manquaient pas et qui se perdent avec l'individualisation des choix matrimoniaux. Créer un réseau, noyauter un milieu, susciter des événements et les gérer, stimuler une idéologie sont des savoir-faire qui peuvent se transférer du militantisme politique et de l'agitation révolutionnaire à des activités marchandes. Les entreprises qui ont recruté les leaders de Mai 68 en étaient convaincues, et il n'est pas surprenant que les grandes réussites pionnières dans ce domaine, telles que le Club Med ou la FNAC en France, aient été l'œuvre d'anciens militants.

Les valeurs instituées, affichées par des institutions majestueuses perdent leur séduction et surtout leur valeur normative pour des citoyens qui ne veulent plus qu'on leur impose ni valeur ni norme. Le prêt-à-porter idéologique, légitimé par une grande institution ou une grande tradition, n'est plus endossé que par des minorités. La majorité des citoyens veut avoir le sentiment de faire ses choix personnels, de s'inventer soi-même en se construisant sa propre conception du monde. Construction qui s'édifie grâce aux valeurs et aux normes qu'offre la société. Ainsi avons-nous observé une permanence d'un socle de valeurs morales chrétiennes sur lequel une variété infinie de conceptions morales et esthétiques foisonne. Dans ce domaine aussi la vision change lorsque l'on se rapproche au plus près des individus.

La famille comme la religion fournissent un schéma général de compréhension de nos sociétés. Cellule « fondamentale » de la société, la famille, le groupe domestique, se fragilise, perd sa stabilité et sa continuité, au point que les statisticiens ne savent plus quel sens donner au mot « ménage », et les percepteurs au mot « foyer fiscal ». En revanche le réseau de parenté s'étend et se renforce dans toutes les catégories sociales. Il devient plus complexe et plus différencié à cause des divorces et des familles recomposées, dont nous avons vu qu'elles mettent en péril le lignage bourgeois et paysan traditionnel, mais non la parentèle. Celle-ci devient le « patron » sur lequel la société tout entière est en train de se structurer : enchevêtrement de réseaux qui se nouent et se dénouent, forment une trame sur laquelle d'autres réseaux brochent et brodent des figures variées, sans cesse en décomposition/recomposition. Un emploi nécessite un diplôme, mais c'est à travers les réseaux de parenté que l'embauche se trouve. L'aide en argent et en services circule à travers la parentèle comme le sang à travers le réseau artériel. L'affection et les valeurs suivent les mêmes canaux.

La hiérarchie sociale demeure l'épine dorsale de la société, mais elle n'ordonne plus des groupes clairement distincts, ayant chacun un esprit commun, des voies d'accueil et de rejet. En fonction des ressources financières, culturelles et familiales, elle ordonne des individus, qui se choisissent et se rejettent dans le mariage et le divorce, au sein de la parentèle, dans les activités professionnelles, ludiques, sportives, idéologiques et religieuses. Ce jeu complexe d'organisation sociale nous apparaît comme un désordre, parce que nous avons l'habitude d'une société d'architecture massive et simple : nation, classes, Églises, partis, syndicats, familles. L'ordre nouveau qui est en train de se construire, en sous-œuvre pourrait-on dire, est en train de fissurer puis de fracturer l'ordre ancien, qui résiste mais ne manquera pas de s'écrouler s'il n'est pas étayé par les structures réticulaires nouvelles. Il faudrait le génie d'un Tocqueville pour nous donner le programme, le plan masse de cette architecture nouvelle de la société et nous en expliquer les ressorts dynamiques et en ébaucher la théorie.

La seconde conclusion qui ressort de chacun des chapitres qu'on vient de lire, c'est le rôle déterminant de l'idéologie, au sens où les sociologues emploient ce terme, c'est-à-dire l'ensemble de l'outillage mental d'une civilisation. La fabuleuse croissance des Trente glorieuses avait attiré toute l'attention vers les innovations techniques et les progrès de la gestion économique. Les années récentes incitent à un regard plus lointain, et à mieux voir que sur le long terme, ce sont les innovations idéologiques qui sont les plus déterminantes. Le progrès millénaire de l'individualisme est le triomphe final d'une conception du rapport de la créature à son Créateur, de l'homme et de la société. L'État-nation, sans doute inventé par les paysans français, s'est imposé à l'Europe occidentale, mais a quelque peine à s'implanter ailleurs dans le monde, sauf dans les Amériques. De même le gouvernement de la majorité et la gestion légale rationnelle, capitaliste de l'économie. Ces surprenantes particularités idéologiques ne se rencontrent dans aucune autre civilisation, agencées de la sorte. Elles ont pénétré plus ou moins lentement tous les cantons de notre Occident et s'y sont fermement établies sans pour autant ruiner les structures sociales, les mœurs et les traditions des diverses régions.

L'alliance de l'unité et de la diversité est un autre défi pour les sciences sociales qu'il est urgent de relever au moment où l'Europe est en marche vers plus d'unité, marche qui inquiète bien des citoyens de chaque nation, de chaque village. Répondre à cette inquiétude est la tâche première qui s'impose.

BIBLIOGRAPHIE

Série « Changement social en Europe occidentale »
dirigée par A. Bagnasco, H. Mendras et V. Wright

BENOÎT-GUILBOT O. et GALLIE D. (dirs.), 1992, *Chômeurs de longue durée*, Arles, Actes-Sud.

ELSTER J. et HERPIN N. (dirs.), 1992, *Éthique des choix médicaux*, Arles, Actes-Sud.

WRIGHT V. (dir.), 1993, *Les privatisations en Europe, programmes et problèmes*, Arles, Actes-Sud.

CAVALLI A. et GALLAND O. (dirs.), 1993, *L'allongement de la jeunesse*, Arles, Actes-Sud.

LEWIS B. et SCHNAPPER D. (dirs.), 1994, *Musulmans en Europe*, Arles, Actes-Sud.

BOYER R. et DORE R. (dirs.), 1994, *Les politiques de revenus en Europe*, Paris, La Découverte.

BAGNASCO A. et SABEL C. F. (dirs.), 1995, *PME et développement économique en Europe*, Paris, La Découverte.

DELLA PORTA D. et MENY Y. (dirs.), 1995, *Démocratie et corruption en Europe*, Paris, La Découverte.

LORRAIN D. et STOKER G. (dirs.), 1995, *La privatisation des services urbains en Europe*, Paris, La Découverte.

SULEIMAN E. et MENDRAS H. (dirs.), 1995, *Le recrutement des élites en Europe*, Paris, La Découverte.

GULLESTAD M. et SEGALEN M. (dirs.), 1995, *La famille en Europe · parenté et perpétuation familiale*, Paris, La Découverte.

CROUCH C. et STREECK W. (dirs.), 1996, *Les capitalismes en Europe*, Paris, La Découverte.

DAVIE G. et HERVIEU-LÉGER D. (dirs.), 1996, *Les identités religieuses en Europe*, Paris, La Découverte.

CASSESE S. et WRIGHT V. (dirs.), 1996, *La recomposition de l'État en Europe*, Paris, La Découverte.

BAGNASCO A. et LE GALÈS P., à paraître en 1997, *Les villes en Europe*, Paris, La Découverte.

Collection « *Comparative Charting of Social Change* »
dirigée par Simon Langlois

CAPLOW T. *et al.*, 1991, *Recent Social Trends in the United States 1960-1990*, Francfort, Montréal, Campus Verlag et McGill University Press.

LANGLOIS S. *et al.*, 1992, *Recent Social Trends in the Quebec 1960-1990*, Francfort, Montréal, Campus Verlag et McGill University Press.

FORSÉ M. *et al.*, 1993, *Recent Social Trends in France 1960-1990*, Francfort, Montréal, Campus Verlag et McGill University Press.

GLATZER W. *et al.*, 1992, *Recent Social Trends in West-Germany 1960-1990*, Francfort, Montréal, Campus Verlag et McGill University Press.

DEL CAMPO S. *et al.*, 1997, *Recent Social Trends in Spain 1960-1990*, Francfort, Montréal, Campus Verlag et McGill University Press.

MARTINELLI A. *et al.*, 1997, *Recent Social Trends in Italy 1960-1990*, Francfort, Montréal, Campus Verlag et McGill University Press.

LANGLOIS S. *et al.*, 1994, *Convergence or Divergence ? Comparing Recent Social Trends in Industrial Societies*, Francfort, Montréal, Campus Verlag et McGill University Press

*

ARCHIVES DE L'O.C.S., 1980-1983, *Cahiers de l'observation du changement social*, Paris, Éditions du CNRS, XVIII volumes.

AUGUSTINS G., 1989, *Comment se perpétuer ? devenir des lignées et destins des patrimoines dans les paysanneries européennes*, Nanterre, Société d'ethnologie.

BAECHLER J., 1995, *Le capitalisme · les origines*, Paris, Gallimard, « Folio ».

BAGNASCO A. et TRIGILIA C., 1993, *La construction sociale du marché : le défi de la troisième Italie*, Cachan, École normale supérieure.

BANFIELD E., 1958, *The Moral Basis of a Backward Society*, New York, The Free Press of Glencoe.

BENOÎT-GUILBOT O., 1995, « Les formes nationales d'institutionnalisation des marchés du travail », *Revue de l'O.F.C.E.* n° 52.

BERGER S. et DORE R., 1996, *National Diversity and Global Capitalism*, Cornell University Press.

BLOCH M., 1968, *La société féodale*, Paris, Albin Michel.

BOISSONNAT J., MABIT R., COMMISSARIAT GÉNÉRAL DU PLAN, 1995, *Le travail dans vingt ans*, Paris, Odile Jacob.

BOURDIEU P., 1979, *La distinction : critique sociale du jugement*, Paris, Éditions de Minuit.

BROWN P., 1995, *Le renoncement à la chair : virginité, célibat et continence dans le christianisme primitif*, Paris, Gallimard.

CASTEL R., 1995, *Les métamorphoses de la question sociale*, Paris, Fayard.

CENSIS, 1991, *Social Europe*, Rome, Franco-Angeli.

CHAUVEL L., 1993, « Les valeurs dans la communauté européenne : l'érosion des extrêmes », *Revue de l'O.F.C.E.*, n° 43.

CHAUVEL L., 1995, « Inégalités et répartition des revenus disponibles », *Revue de l'O.F.C.E.*, n° 55.

CHAUVEL L., 1995, « Valeurs régionales et nationales en Europe », *Futuribles*, 200, juillet-août.

COMMAILLE J., 1996, *Misères de la famille, question d'État*, Paris, Presses de la Fondation nationale des sciences politiques.

CROUCH C., 1993, *Industrial Relations and European State Traditions*, Oxford, Clarendon Press.

DARHENDORF R., 1973, *Classes et conflits de classes dans la société industrielle*, La Haye, Mouton.

DEGENNE A. et FORSÉ M., 1994, *Les réseaux sociaux*, Paris, Armand Colin.

DIRN L., 1990, *La société française en tendances*, Paris, Presses universitaires de France.

DUBY G., 1962, *L'économie rurale et la vie des campagnes dans l'Occident médiéval*, Paris, Aubier.

ESPING-ANDERSEN G., 1993, *Changing Classes Stratification and Mobility in Post Industrial Societies*, Londres, Sage.

EUROBAROMÈTRE : L'opinion publique dans l'Union européenne, revue biannuelle, Bruxelles, Commission européenne.

EUROPEAN VALUES SURVEY, voir H. Riffault, 1994, et *Futuribles*, 1995.

EWALD F., 1986, *L'État-providence*, Paris, Grasset.

FAVRE P., 1976, *La décision de majorité*, Paris, Presses de Sciences-Po.

FORSÉ M., 1996, in « La congruence des différentes dimensions du statut social est forte et stable », « Chronique des tendances de la société française, *Revue de l'O.F.C.E.*, n° 57, avril.

FORSÉ M. et LANGLOIS, 1995, Tendances comparées des Sociétés post-industrielles, Paris, P U.F.

FREEMAN C. et MENDRAS H. (dirs.), 1995, *Le paradigme informatique : technologie et évolutions sociales*, Paris, Éditions Descartes & Cie.

FUKUYAMA F., 1995, *Trust, the Social Virtues and the Creation of Prosperity*, New York, The Free Press.

FUTURIBLES, 1995, « L'évolution des valeurs des Européens », numéro spécial, *Futuribles*, 200, juillet-août.

GALLAND O., 1991, *Sociologie de la jeunesse*, Paris, Armand Colin.

GOLDTHORPE J. H. *et al.*, 1980, *Social Mobility and Class Structure in Modern Britain*, Oxford, Clarendon.

GOLDTHORPE J. H. et ERIKSON R., 1992, *The Constant Flux : a Study of Class Mobility in Industriel Societies*, Oxford, Clarendon Press.

GRÉMION P., 1976, *Le pouvoir périphérique : bureaucrates et notables dans le système politique français*, Paris, Le Seuil.

GUILLEMARD A.-M. *et al.* (eds.), 1991, *Time for Retirement*, Cambridge, Cambridge University Press.

GUILLOU A. 1990, *La civilisation byzantine*, Paris, Arthaud.

HERPIN N., 1993, « Au-delà de la consommation de masse ? Une discussion critique des sociologues de la post-modernité », *L'Année sociologique*, 43, p. 295-315.

HERVIEU-LÉGER D., 1993, *La religion pour mémoire*, Paris, Cerf.

INGLEHART R., 1993, *La transition culturelle dans les sociétés industrielles avancées*, Paris, Economica.

IRIBARNE Ph. d', 1990, *Le chômage paradoxal*, Paris, Presses universitaires de France.

IRIBARNE Ph. d', 1993, *La logique de l'honneur*, Paris, Point-Seuil, 2e édition.

JOLY H., 1996, *Patrons d'Allemagne : sociologie d'une élite industrielle*, Paris, Presses de Sciences-Po.

KAELBLE H., 1988, *Vers une société européenne : une histoire de l'Europe sociale*, Paris, Belin.

KOCKA J., 1989, *Les employés en Allemagne 1850-1980*, Paris, Éditions de l'École des hautes études en sciences sociales.

LAGRANGE H., 1995, *La civilité à l'épreuve ; crime et sentiment d'insécurité*, Paris, Presses universitaires de France.

LAMBERT Y., 1996, in *Futuribles*, n° 200, juillet-août.

LE BRAS H., 1993, *La planète au village*, La Tour d'Aigues, Éditions de l'Aube.

LE GALÈS P., 1993, *Politique urbaine et développement local*, Paris, L'Harmattan.

LE GALÈS P., 1995, « Du gouvernement des villes à la gouvernance urbaine », *Revue française de Sciences politiques*, vol. XLV, n° 1.

LE GLOANNEC A.-M. (dir.), 1995, *L'État de l'Allemagne*, Paris, La Découverte.

MAURICE M., SELLIER F., SYLVESTRE J.-J., 1982, *Politique d'éducation et organisation industrielle en France et en Allemagne*, Paris, Presses universitaires de France.

MENDRAS H. (dir.), 1980, *La sagesse et le désordre. France 1980*, Paris, Gallimard.

MENDRAS H., 1994, *La Seconde Révolution française 1965-1984*, Paris, Gallimard, « Folio-essais ».

MENDRAS H., 1995, *Les sociétés paysannes*, Paris, Gallimard, « Folio-histoire ».

MILLON-DELSOL Ch., 1992, *L'État subsidiaire*, Paris, Presses universitaires de France.

MILLON-DELSOL Ch., 1993, *L'irrévérence : essai sur l'esprit européen*, Paris, Mame.

MILOSZ C., 1964, *Une autre Europe*, Paris, Gallimard.

OBERTI M., 1995, « L'analyse localisée de la ségrégation urbaine », *Sociétés contemporaines*, 22-23, juin-septembre.

OBERTI M., 1996, « La relégation urbaine : regards européens » in PAUGAM S., *L'exclusion : l'état des savoirs*.

PAUGAM S. (éd.), 1996, *L'exclusion : l'état des savoirs*, Paris, La Découverte.

PÉREZ-DÍAZ V., 1993, *The Return of Civil Society : the Emergence of Democratic Spain*, Cambridge, Londres, Harvard University Press.

PÉREZ-DÍAZ V., 1996, *La démocratie espagnole vingt ans après*, Bruxelles, Complexe.

PETERS G., 1978, *The Politics of Bureaucracy. A Comparative Perspective*, New York, Longman.

PEYREFITTE A., 1995, *La société de confiance : essai sur les origines et la nature du développement*, Paris, Odile Jacob.

PILLORGET R., 1992, « Genèse de la prise de conscience européenne », *La Revue Tocqueville*, vol. XIII, n° 2.

POWELSON J. P., 1994, *Centuries of Economic Endeavor : Parallel Paths in Japan and Europe and their Contrast with the Third World*, Ann Arbor, University of Michigan Press.

REICH R., 1993, *L'économie mondialisée*, Paris, Dunod.

REYNAUD J.-D., 1973, « Tout le pouvoir au peuple, ou de la polyarchie à la pléistocratie », in *Une nouvelle civilisation ? Hommage à Georges Friedman*, Paris, Gallimard.

RIFFAULT H., 1994, *Les valeurs des Français*, Paris, Presses universitaires de France.

ROOT H.L., 1994, *La construction de l'État moderne en Europe*, Paris, Presses universitaires de France.

ROUSSEL L., 1995, « Vers une Europe des familles », *Futuribles*, n° 200, juillet-août.

SCHAMA S., 1991, *L'embarras de richesses, la culture hollandaise au siècle d'or*, Paris, Gallimard.

SCHNAPPER D., 1994, *La communauté des citoyens : sur l'idée moderne de nation*, Paris, Gallimard.

SCHNAPPER D. et MENDRAS H. (dirs.), 1990, *Six manières d'être européen*, Paris, Gallimard.

SCHWEISGUTH E., 1995, « La montée des valeurs individualistes », *Futuribles*, n° 200, juillet-août.

SEGALEN M., 1985, *Quinze générations de Bas-Bretons. Parenté et société dans le pays bigouden sud, 1720-1980*, Paris, Presses universitaires de France.

SINGLY F. de, 1987, *Fortune et infortune de la femme mariée*, Paris, Presses universitaires de France.

STOETZEL J., 1983, *Les valeurs du temps présent : une enquête européenne*, Paris, Presses universitaires de France.

STOCLET D., 1992, in « Reprise de la fécondité en France, une hypothèse », « Chronique des tendances de la société française, *Revue de l'O.F.C.E.*, n° 39, janvier.

SWAAN A. de, 1995, *Sous l'aile protectrice de l'État*, Paris, Presses universitaires de France.

SZUCS J., 1985, *Les trois Europe*, Paris, L'Harmattan.

THÉRY I. et MEULDERS-KLEIN M.-T. (dirs.), 1993, *Les recompositions familiales aujourd'hui*, Paris, Nathan.

THÉRY I., 1993, *Le démariage*, Paris, Odile Jacob.

TODD E., 1994, *Le destin des immigrés*, Paris, Le Seuil.

TODD E., 1996, *L'invention de l'Europe*, Paris, Le Seuil.

WEBER M., 1982, *La ville*, Paris, Aubier.

WRIGHT E. O., 1987, *Classes*, Londres, Verso.

ZUNZ O., 1991, *L'Amérique en col blanc : l'invention du tertiaire 1870-1920*, Paris, Belin.

INDEX
DES NOMS DE PERSONNES

INDEX DES NOTIONS

Composition SCCM.
Impression Bussière Camedan Imprimeries
à Saint-Amand (Cher), le 26 mai 1999.
Dépôt légal : mai 1999.
1er dépôt légal dans la collection : mars 1997
Numéro d'imprimeur : 992042/1.
ISBN 2-07-074641-0./Imprimé en France.

91854